Bleckwedel und die Schwester des Mädchens, das unter der Planierraupe starb

Thriller

Bleckwedel und die Schwester des Mädchens, das unter der Planierraupe starb

B. Canth

2015

Carola Hartmann Miles-Verlag Berlin

Bibliografische Information der Deutschen Nationalbibliothek
Die Deutsche Nationalbibliothek verzeichnet diese Publikation in der Deutschen Nationalbibliografie; detaillierte bibliografische Daten sind im Internet über www.dnb.de abrufbar.

www.miles-verlag.jimdo.com
email: miles-verlag@t-online.de

Herstellung: Books on Demand, Norderstedt

Printed in Germany

ISBN 978-3-945861-16-5

Wir beide, Sie und ich, beherrschen es.

Uns überspült die Flut von Informationen nicht. Mit Bedacht blenden wir aus, was nur andere betrifft. Daher können wir uns dieser Nachricht kaum entsinnen:

Tatbestand	*Angriff auf den Luftverkehr*
Flugzeugtyp	*Iljuschin 76, zivile Frachtmaschine*
Besatzung	*7*
Passagiere	*4*
Sachverhalt	*Nach dem Abheben wurde das linke Triebwerk von einer Rakete getroffen. Das Flugzeug stürzte ab und explodierte.*
Todesopfer	*11*

Ehrlich jetzt! Wir wissen gar nichts mehr davon, oder? Das ist aber kein Problem, denn später wird Axel sich an den schrecklichen Vorfall erinnern. Allerdings wird dann die Kobra schon mitten unter uns sein.

2001: Sarajevo, Bosnien-Hercegovina

Im Morgengrauen würde das Entsetzen den Raum überwinden und Berlin erreichen. Doch das konnte Aysa nicht wissen.

Schlafen konnte sie auch nicht. Ihr sechster Geburtstag! Manche Nächte sind sehr lang, besonders vor Geburtstagen. Und der Wecker zeigte erst halb Zwölf. Aysa hockte auf dem Bett, spähte aus dem Fenster und freute sich. Die Bäume am Abhang schimmerten im Mondlicht, weit unten funkelten die Lichter der Stadt. Dort würde sie später zur Arbeit gehen, auf einen Studienplatz sei nämlich nicht zu hoffen, sagte Vater immer: Keine Familie bekäme ein zweites Stipendium. Ihren Vater bewunderte Aysa sehr; der war uralt, schon über 30, aber trotzdem noch gut drauf.

Durch das Fenster hörte sie einen Hund bellen. Rechts hinter dem kleinen Waldstück glommen die Lichter des Dorfs, aus dem die Scharfschützen damals ins Tal geschossen hatten. Aysas Familie war bei Ausbruch des Bürgerkriegs in die belagerte Stadt geflüchtet, und erst nach Eintreffen der fremden Soldaten hatten sie sich wieder herauf getraut, ihren niedergebrannten Hof hergerichtet und noch einmal von vorn begonnen. Mutter sagte immer, Rechtgläubige müssten hier vorsichtig sein: Allah habe sich abgewandt, als vor vielen Menschenaltern ein Kaisersohn getötet worden sei, und die Männer hinter dem Wald glaubten noch heute dasselbe wie damals die Täter. Die Kleine fröstelte. Sie kroch unter die Decke, und endlich fielen ihre Augen zu. Später platzte ihr Bruder in das Zimmer und brüllte: „Steh auf!"

Branko auf der anderen Seite des Waldes war verdammt wütend. Am liebsten hätte er dem kläffenden Köter die Kehle durchgeschnitten, wollte aber nicht noch mehr Zeit verlieren. Verdammte Weicheier, warum mussten die so lange den Tieflader blockieren? Erst nach seiner Zusicherung, Blut werde nicht fließen, hatten sie sich verzogen, vermutlich direkt in die Betten ihrer Frauen. Ein Blick aufs Handgelenk, inzwischen war es 23:30 Uhr am 11. September. Nine/Eleven, so würde die Welt diesen Tag später nennen. Unglaubliche Fernsehbilder! Stundenlang hatte er vor dem Apparat gesessen. Er schwang sich in das Führerhaus der Zugmaschine, startete den Motor und fuhr los. Das Licht ließ er aus. Die Aktion begann.

Die anderen waren voraus gegangen, um die Lage zu peilen. Jetzt langsam! Der Weg führte unter die Bäume, es wurde dunkler. Bloß nicht festfahren. Standen dort Schatten am Weg? Ja. Stefan und Luka, er erkannte sie in der Dunkelheit an ihren von den Schultern baumelnden Kalaschnikows. Sein dritter Kumpel, Josip, saß schon im Fahrersitz der Planierraupe. Trotzdem stand da ein dritter Schatten: Diese Reporterin, die seit gestern jeden Bewohner des Dorfs mit Interviewforderungen nervte, obwohl sie kein Wort Serbisch sprach und selbst ihr Englisch holperte. Die hatte das Ganze ja erst ins Rollen gebracht: „Das kann man doch nicht einfach wegstecken, was die da in New York gemacht haben", hatte sie ihn auf Holper-Englisch belabert. „Wo soll das mit denen noch hin führen? Macht mal wieder was, früher wart ihr doch nicht so feige! Ich brauche auch noch ein paar heiße Fotos, verstehst du?" Dabei hatte sie sich so über den Tisch gebeugt, dass ihre Bluse den Blick bis zum Bauchnabel freigab, und daraus hatte sich alles Weitere entwickelt.

Branko stoppte. Hydraulisch senkte sich die Rampe. Josip startete den Motor der Planierraupe und rollte vorsichtig rückwärts. Das auf Ketten fahrende Monster wog 13 Tonnen und war technisch allen anderen voraus. Kein Wunder, schließlich war es *Made in Germany, d*as Beste an Baumaschinen für den Wiederaufbau im Bürgerkriegsland Bosnien-Hercegovina. Bezahlt durch eine großzügige Spende aus dem Staat, der seit Jahrhunderten unbeirrt zu seinen Glaubensbrüdern auf dem Balkan stand: Russland. Nicht einmal 20 Sekunden dauerte es, bis Josip die erste Scheune platt gemacht hatte. Dann ging es los.

Als erste kamen zwei Frauen aus dem Haus, und Branko konnte es kaum fassen: Bevor sie ihren Hof vor der Zerstörung zu retten suchten, hatten sie tatsächlich Kopftücher umgebunden. Das Geschrei war gewaltig und er hatte Mühe, die beiden von der Raupe fernzuhalten. Jetzt erschienen drei Männer mit Spaten und Hacken, es wurde ungemütlich. Schließlich tauchten zwei Kinder auf, ein Junge und ein kleineres Mädchen; auch die schrien wie am Spieß. Den sichersten Platz hatte Josip im Fahrerhaus der Raupe, ungerührt kurvte er über den Hof und legte Gebäude in Trümmer. Pech für die Ziegen, die jetzt im Stall standen.

Ein Kettenfahrzeug bewegt sich anders als ein Auto. Zum Lenken wird eine Kette abgebremst und so das ganze Fahrzeug in diese Richtung gezogen. Wer in Fahrtrichtung links neben der Raupe steht, während die nach rechts schwenkt, sieht den Bug des Ungetüms von sich weg drehen. Was er eventuell nicht sieht, ist das hinter dem Rücken heran kommende Heck.

Es blitzte, die Reporterin schoss Fotos. Branko schob mit dem Ellbogen seine Waffe auf den Rücken und hielt die Frauen fest, eine im Schwitzkasten und die andere in einer Art von Polizeigriff. Damit hatte er beide unter Kontrolle, also konnte er sich umsehen. Stefan hatte einen Bosniaken zu Boden gerungen und würde dem hoffentlich gleich den Spaten entreißen. Luka hielt den beiden anderen seine Knarre unter die Nasen, das war eine einigermaßen stabile Pattsituation. Und wo steckten die Kinder? Der Junge war tatsächlich auf die fahrende Raupe geklettert, der war wohl lebensmüde. Die Kleine rannte neben der Raupe her und schrie irgendwas hinauf; wie dumm von ihr, in dem Motorlärm konnte man natürlich nichts verstehen. Und Josip in der Kabine konnte das kleine Mädchen nicht einmal sehen, denn Planierraupen sind keine Mopeds. Dann entwickelte sich alles gleichzeitig, und die Aktion lief aus dem Ruder.

Eine der Frauen bekam die Kalaschnikow zu fassen, die auf Brankos Rücken und damit vor ihrer Nase baumelte. Josip trat auf die Bremse, um den kletternden Bengel von der Raupe zu schleudern. Der Daumen der Frau drückte die Sicherung der Waffe nach unten. Der Kletterer auf der Raupe klammerte sich fest. Josip drehte das Steuerhorn nach rechts. Die Frau drückte ab. Ein trockener Knall, nicht sehr laut. Sein eigenes Geschoss schlug Branko durch das Rückgrat, wurde daran platt gedrückt und pflügte abwärts durch die Därme. Josip, das Steuerhorn nach rechts haltend, gab überraschend Vollgas. Das plattgedrückte Geschoss trat zwei Handbreiten unter Brankos Bauchnabel aus und riss dort alles weg. Der Bug der Raupe drehte vor Aysa nach rechts. Branko ließ die Frauen los und stürzte zu Boden. Eine Stimme kreischte auf Deutsch: „Nein!“ Das Heck warf Aysa um. Branko lag reglos. Die Raupe hielt. Wo Aysas Beinchen sein müssten, stand die linke Kette des Dreizehntonners. Der Motorlärm erstarb. Der Hund hinter dem Wald bellte nicht mehr. Außer den Geräuschen der fernen Stadt war nur zu hören, wie die Deutsche sich auf ihre Kamera erbrach. Die Aktion war beendet.

Berlin lag im Morgengrauen, als in Zimmer 126 des Studentenheims an der Karl-Marx-Allee ein Handy klingelte. Im Bett war niemand zu sehen, aber unter der Decke lugte ein kleiner Fuß hervor. Nach dem dritten Klingelton bewegte sich etwas, der Fuß wurde eingezogen und eine Hand erschien, die auf dem Nachttisch umher tastete. Dort stieß sie erst gegen eine modische Brille, fand dann aber das klingelnde Handy und verschwand mit dem unter der Decke. Eine Minute später wurde geschrien, bis jemand an die Tür klopfte: „Hey! Was'n los bei dir?“

2002: Kabul, Afghanistan

„Aufsitzen!“ Die Soldaten und Soldatinnen der Nachtpatrouille stiegen in die offenen Geländewagen mit den schwankenden Antennen und der Aufschrift 'ISAF'. Bleckwedel drückte sich auf dem Rücksitz des vorderen Wagens neben die Funkgeräte. Der Hauptgefreite hinter dem Lenkrad betrachtete ihn im Rückspiegel und sagte: „Ich hab' da so'n Gefühl - vielleicht erleben Sie gleich mehr, als Sie jetzt denken.“ Gut so, fand Bleckwedel, denn deswegen war er ja hier: Er brauchte Eindrücke für sein Afghanistan-Buch.

Die jungen Soldaten konnten nicht ahnen, dass er selbst lange Jahre in ihrer Uniform gesteckt hatte, und Bleckwedel würde sie nicht mit Stories aus der Vergangenheit behelligen. Nach Offizierausbildung und Studium hatte er lange bei den Fallschirmjägern gedient und dabei auch für den Bundesnachrichtendienst Auslandsaufträge erledigt, über die nur kryptische Berichte verfertigt wurden. Nach einer heftigen Auseinandersetzung mit dem Bundesminister der Verteidigung, seinem obersten Boss, hat er den Dienst quittiert; weil ein Mann jedoch irgend etwas Sinnvolles tun muss, verfasst er seitdem Bücher. Und da Autoren keine nennenswerten Einkünfte erzielen, ist er dankbar für die Hinterlassenschaft seines Vaters, die ihm jene Unabhängigkeit verschafft, aus der das freie Wort erwächst.

Der Patrouillenführer, ein Oberfeldwebel mit goldenem Fallschirmabzeichen an der Brust, schwang sich auf den Beifahrersitz und nickte dem Fahrer zu. Die kleine Kolonne rollte im Schritttempo zwischen den Zeltreihen hindurch und vorbei an dem dreistöckigen Betongebäude, aus dem sämtliche Möbel, Lampen, Türen, Fenster, Bodenbeläge, Leitungen und Sanitäranlagen verschwunden waren.

Das große Grundstück am Ufer des Flusses Kabul war vor dem Bürgerkrieg eine Straßenmeisterei; nun hieß es 'Camp Warehouse' und war ein Feldlager der Bundeswehr. In der Nordostecke lag die Wache, die Bundesdienstflagge bewegte sich im Wind, der Posten öffnete den Schlagbaum, und die Wagen verließen das Lager. Los ging's, auf die Dschalalabad-Road. Die führte rechts über Dschalalabad zum Khyberpass, auf dem im Winter 1842 die Reste einer britisch-indischen Armee niedergemacht worden sind, und dahinter nach Peschawar im fernen Pakistan.

Die Patrouille aber fuhr nach links, in Richtung der Hauptstadt. Die Fahrbahn war vierspurig, Straßenlampen und Bürgersteige gab es hier nicht. Der Verkehr war ein Gemisch aus Fußgängern, Eselkarren, geschobenen Fahrrädern mit gigantischen Lastenbündeln, Mopeds ohne Beleuchtung, Toyota-Taxis und bemalten, glöckchenbehängten Lastwagen, auf deren schwankender Fracht Gruppen bärtiger Männer hockten. Alles beeilte sich, irgend ein Ziel zu erreichen, denn nach Einbruch der Dunkelheit galt eine Ausgangssperre, die von bewaffneten Milizen rücksichtslos durchgesetzt wurde.

Die Nacht war klar, ungezählte Sterne funkelten und der Mond tauchte das Land in fahles Licht. Fahrtwind schlug ins Gesicht und Staubkörner bissen in die Augen; Bleckwedel zog das Halstuch über Mund und Nase und wünschte, er hätte sich eine Schutzbrille geben lassen. Nach rechts war der Blick aus dem offenen Wagen atemberaubend: Weit entfernt wuchteten die im Mondschein glänzenden Sechstausender des Hindukusch in den Nachthimmel. Links der Straße duckten sich dunkle Anwesen, und dahinter strömte schwarz schimmernd der Kabul.

Wenig später passierte der Trupp die Stadtgrenze. Langsam rollten die Wagen hinein in ein Meer niedriger Häuser. Wolken trieben über den Himmel, Strom gab es in Kabul schon lange nicht mehr, und die großflächig zerstörte Stadt von der doppelten Einwohnerzahl Münchens lag jetzt in völliger Finsternis. Kein Fahrzeug und kein Fußgänger waren hier noch unterwegs, schwarze Alleebäume ragten empor, fensterlose Mauern mit schweren Eisentoren zogen sich dahin. Bleckwedel hatte schon viel erlebt, aber dies hier stimmte selbst ihn bedenklich.

Im Scheinwerferkegel des Geländewagens wurde ein Verkehrskreisel sichtbar. Dort warteten Männer, bärtig, in Decken gehüllt, auf den Köpfen die Pakols, die hier üblichen Filzmützen. Mit Kalaschnikows im Anschlag traten sie vor und versperrten den Weg: Milizionäre, von irgendeiner Autorität mit der Durchsetzung der Ausgangssperre beauftragt. Der Oberfeldwebel ließ halten und sprach mit ihnen, leise und ruhig, in einem Gemisch aus Deutsch, Englisch und einigen Brocken Dari und Paschtu, den beiden Amtssprachen Afghanistans. Er zeigte einen gestempelten, in Paschtu beschriebenen Bogen Papier vor. Ein geschickter Schachzug, der die Kalaschnikow-Träger in die Defensive drängte. Sie würden kaum zugeben, dass sie nicht lesen konnten und mussten daher befürchten, dass der Passierschein von einer wichtigen Persönlichkeit stammte, die ihnen morgen die Hölle heiß machen könnte – falls es überhaupt ein Passierschein war. Aber niemand verlor sein Gesicht; Zigaretten wechselten die Besitzer, man rauchte gemeinsam und in Ruhe. Von Zeit zu Zeit nickte man sich anerkennend zu: Guter Tabak! Da es etwas dauerte, kamen die Besatzungen der folgenden Wagen nach vorn und untermauerten durch ihr entspannt-entschlossenes Auftreten den Anspruch der internationalen Truppen auf uneingeschränkte Bewegungsfreiheit. Im Scheinwerferlicht musterten schwarze Augen die jungen Gesichter und blonden Haare der Soldatinnen. Unverschleierte Frauen, nachts auf der Straße, bewaffnet und entschlossen, sich durchzusetzen – vor den Augen der bärtigen Männer ging eine tausendjährige Welt zu Ende.

Schließlich fuhr die Patrouille weiter.

Die Straße war jetzt auf beiden Seiten von Containern gesäumt, alten rostigen Schiffscontainern. Hunderte, mit den Schmalseiten zur Straße nebeneinander aufgestellt: Geschäfte und Werkstätten. Viele standen noch offen, innen strahlten Karbidlampen oder blakten Petroleumfunzeln. Zwar konnten wegen der Ausgangssperre keine Käufer mehr kommen, aber Männer hockten in den Containern und arbeiteten. Sie hämmerten, feilen, bohrten, schweißten, sägten. Ein Container war eine Fahrradwerkstatt, der nächste eine Autoreifenwerkstatt, eine Bäckerei, eine Schmiede, eine Schlachterei, und so fort. An vier oder fünf Stellen stieg der Oberfeldwebel aus und nahm Bleckwedel mit.

Sie näherten sich dann langsam einem offenen Container und grüßten, indem sie die Rechte aufs Herz legten. Die hockenden Männer grüßten zurück. Der Patrouillenführer und hinter ihm Bleckwedel traten in den Container. Süßer Tee in kleinen Gläsern wurde ihnen gereicht. Wenn keiner zur Hand war, tauchte aus dem Nichts ein Junge auf, ein paar Worte fielen, der Junge verschwand in der Dunkelheit und brachte von weiß Gott woher ein silberfarbenes – oder silbernes? – Tablett mit gefüllten Gläsern, noch ganz heiß. Während des Trinkens schwieg man und nickte gelegentlich freundlich zustimmend mit dem Kopf. Guter Tee! Ja, wirklich gut! Dann verabschiedeten die beiden sich, alle legten die Hand aufs Herz, lächelten, und die Fahrt ging weiter. Bis zum nächsten Kreisel, der nie weiter entfernt war als ein paar Hundert Meter. Frühere Kabuler Herrscher müssen vom Prinzip des Kreisverkehrs ganz begeistert gewesen sein.

Das Funkgerät gab ein kurzes Kauderwelsch von sich, und der Oberfeldwebel drehte sich zu Bleckwedel um: „Camp Warehouse sagt, dass der Botschafter Sie sehen will.“ Botschafter Dr. Friedrich Ringstorf wurde von den wechselnden Bundesministern des Auswärtigen gern in die gefährlichsten Krisengebiete entsandt, und dort waren er und Bleckwedel sich häufig begegnet, der Diplomat und der Berichterstatter. Man konnte wohl von einer Männerfreundschaft sprechen. Jetzt war Ringstorf deutscher Botschafter bei der Provisorischen Regierung der Islamischen Republik Afghanistan und der erste Gesandte überhaupt, der in Kabul nach dem Sturz des Taliban-Regimes sein Akkreditierungsschreiben überreicht hatte.

Ihm verdankte Bleckwedel, dass er hier in dem offenen Wagen hockte. Nach Kabul kam man nämlich zu jener Zeit entweder in einem militärischen Frachtflugzeug oder überhaupt nicht, und der Pressestab des Verteidigungsministeriums hatte Bleckwedel freundlich zu verstehen gegeben, es gebe derzeit Wichtigeres zu transportieren als ihn. Ein Anruf bei Ringstorf hatte jedoch Wunder bewirkt: Gestern ist Bleckwedel auf dem Feldflugplatz Bagram aus einem von der Bundeswehr gecharterten Antonov-Großraumtransporter eines ukrainischen Unternehmens geklettert und dann auf einem deutschen Heeres-LKW zwischen Bergen von Ausrüstung 60 Kilometer nach Kabul kutschiert worden. Dessen Flughafen war gesperrt und ein ausgebrannter, von Bombenkratern und Flugzeugwracks übersäter

Schrottplatz.

„Niederländischer Sektor!" „Bitte?" Bleckwedel hatte trotz des Fahrtwinds die Worte verstanden, nicht aber deren Sinn. Der Oberfeldwebel drehte sich zu ihm um und rief: „Für diesen Stadtteil sind die Niederländer zuständig; vor nix bange, die Jungs! Eigentlich bräuchten wir hier nicht lang zu fahren, aber wir müssen ja Ihretwegen zur Botschaft." Rechter Hand ragte ein Gebäude empor, in dem Licht flackerte: Im Erdgeschoss das Grau einer Notbeleuchtung, weiter oben hinter manchen Fenstern Kerzenschimmer oder Taschenlampenstrahlen. „Komisch", sagte der Oberfeldwebel plötzlich, „fahr' mal langsam!"

Vor der Eingangstreppe des Hochhauses standen zwei schwarze SUV der Marke Jeep und, mit auffallend langen Funkantennen, drei Mercedes-Geländewagen. Der Hauptgefreite stellte fest: „Amis und Holländer. Da ist irgendwas los." Er lenkte auf den baumbestandenen Platz vor dem Gebäude. Bleckwedel fragte: „Was soll das überhaupt sein?" Der Oberfeldwebel war plötzlich kurz angebunden: „Das sehen Sie doch: Ein Hotel!" Im Scheinwerferlicht erkannte Bleckwedel zwei Männer in niederländischen Kampfanzügen. Eine rote Stablampe blitzte auf. Der Hauptgefreite hielt. Der Oberfeldwebel griff nach der Maschinenpistole und stieg aus. Bleckwedel folgte ihm. Er hörte die Motoren der Jeeps laufen, Nummernschilder und andere Kennzeichen fehlten, hinter getönten Scheiben konnte er die Fahrer erahnen. Die Wagen der Patrouille schlossen auf, ihre Besatzungen kamen nach vorn und sicherten in alle Richtungen. Die Dunkelheit hatte plötzlich etwas knisternd Bedrohliches.

Der Patrouillenführer fragte: „Alles klar hier?" „We weten het nog niet", antwortete einer der beiden Niederländer, und dann weiter auf Deutsch: „Wir bewachen die Fahrzeuge, unsere Sergeantin und alle anderen sind im Hotel." Er machte eine Kopfbewegung in Richtung der Jeeps: „Als wir ankamen, waren die schon da." Bleckwedel redete dazwischen: „Wieso sind denn Amerikaner im niederländischen Sektor?" Der Oberfeldwebel, der nicht wissen konnte, wen genau er da vor sich hatte, antwortete: „Sie hören jetzt mal auf zu quasseln und bleiben zurück." Er wies die beiden Niederländer an: „Haltet unsere Autos im Auge und auch diesen Journalisten." Und seine Soldaten: „Fertigladen! Mir nach!" Es gab ratschende Geräusche, als die Waffen durchgeladen wurden. Die Deutschen folgten ihrem Spähtruppführer die Treppe hinauf. Bleckwedel auch.

Gläserne Schwingtür. Große Halle. Grauer Schimmer einer schwachen Birne. Wohl durch Autobatterien gespeist. Menschen wie Schatten. Alles Männer? Ungewiss. Die da hinten im Dunkel, das könnten Frauen sein. Oder? Stille. Bewegungslosigkeit. Alle sahen zu den Soldaten her. Bleckwedel hatte den Eindruck einer im Schauspiel erstarrten Bühne. Irgendwo schlug eine Tür. Es hallte. Schritte verklangen. Bleckwedel sah, wie die Soldaten vor ihm millimeterweise die Waffen hoben. Schließlich wies einer der Schatten auf die Treppe. Wortlos ging der Oberfeldwebel los. Die Soldaten folgten. Einer blieb auf der ersten Stufe stehen, drehte sich um und sicherte den Rücken seiner Kameraden. Das war schlecht für Bleckwedel. Er trat dicht heran und sagte: „Hören Sie mal! Ich schreibe ein Buch über diese Sache und muss da mitgehen." Der Fallschirmjäger antwortete: „Wenn Ihnen da oben was passiert, bin ich dran", trat aber zur Seite. Bleckwedel stieg die Treppe hinauf.

Erster Stock. Dunkelheit. Niemand schaltete eine Taschenlampe an, denn das könnte verhängnisvoll sein. Die Sohlen der Springerstiefel machten auf dem Linoleum schmatzende Geräusche. Es roch nach Essen. Zweiter Stock, kein Mensch war zu sehen. Dritter. Vierter. Im fünften hörte man von oben eine Frauenstimme, deutsch mit niederländischem Akzent: „Kommt rauf! Kein Licht!" Die Fahrzeugwache hatte wohl ihre Gruppe über Funk informiert, dass Besuch anrückte. Bleckwedel kam als Letzter im sechsten Stockwerk an.

Vor einer Zimmertür standen mehrere Niederländer, Gewehre in den Händen, Schutzwesten an, Helme auf, Nachtsichtgeräte vor den Augen, ein Anblick wie in einem jugendgefährdenden Computerspiel. Zwischen ihnen rüttelte der deutsche Patrouillenführer gerade am Türgriff. Die niederländische Sergeantin brummte: „Hab' ich doch gesagt: Abgeschlossen. Aber mir reicht es jetzt. Geht mal alle zur Seite." Sie schlug mit dem Kolben ihres Sturmgewehrs gegen die Tür und rief: „ISAF! I'm entering now!" Ich komme jetzt rein! Von innen wurde geantwortet: „Fuck you, ISAF! Come in and get shot!" Komm rein, und du wirst umgelegt. Die Sergeantin schien aber eine entschlossene Frau zu sein, einem ihrer Soldaten befahl sie: „Geef me een Handgranaat!" Einem anderen bedeutete sie durch Handzeichen, die Tür einzutreten. Im selben Augenblick wurde die von innen aufgerissen.

Vier Menschen erschienen im Gang. Drei sahen aus wie mittlere Kleiderschränke. Trotz der Winterkälte trugen sie kurzärmlige schwarze T-Shirts, und wo normale Männer Schultern, Brustkörbe und Oberarme haben, schwollen Muskelpakete. Gefleckte Wüstentarnhosen, hohe braune Kampfschuhe. Die Köpfe waren kahl, und fast hätte Bleckwedel gelacht, denn während die Niederländer Nachtsichtgeräte vor den Augen trugen, hatten die Schränke Sonnenbrillen auf die Schädel geschoben. Alle drei waren mit Maschinenwaffen, großkalibrigen Pistolen und allerlei HighTech behängt. Der vorderste drängte rücksichtslos durch die Europäer, die beiden anderen schoben eine schmächtige Gestalt im Kaftan vor sich her. Als die an Bleckwedel vorbei gestoßen wurde, blickte sie ihm direkt in die Augen, und trotz der Dunkelheit fiel ihm etwas auf. Sekunden später brach jedoch Chaos aus, und deswegen wurde Bleckwedel erst im Dienstzimmer des Botschafters bewusst, was er da im Hotelflur eigentlich gesehen hatte.

Die drei Schränke mit ihrem schmächtigen Opfer polterten die Treppe hinunter, und die Sergeantin krächzte ins Funkgerät: „Aufpassen da unten! Drei Mann U.S.-Special Forces mit einem Gefangenen kommen gleich raus. Nicht eingreifen! Wegfahren lassen." Plötzlich gellte irgendwo in dem großen Haus ein Schrei. Eine andere Stimme brüllte. Schüsse krachten. Dann rasendes Dauerfeuer einer automatischen Waffe, jemand jagte eine ganze Magazinladung durch. Die Funkgeräte knarzten. Der Oberfeldwebel und die Sergeantin liefen los, die Soldaten folgten. Bleckwedel rannte hinterher. Das Brüllen wurde lauter. Strahlen von Zielscheinwerfern zuckten die Treppe herauf, schwenkten zurück.

Im vierten Stock war die Hölle los, Niederländer und Deutsche hielten die Waffen im Anschlag, sicherten entlang des Gangs und nach unten. Einer der Amerikaner schüttelte sein Gewehr und rief: „Too damn' fast!" Verflucht, zu schnell. Der zweite lag mit ausgebreiteten Armen und aufgerissenen Augen auf dem Rücken, trotz des schwarzen T-Shirts sah man den großen Blutfleck in der Herzgegend. Neben dem Liegenden hockte die Sergeantin, fühlte an dessen Hals nach dem Puls und schüttelte den Kopf. Von unten kam der Fallschirmjäger aus dem Erdgeschoss hoch: „Im Treppenhaus ist niemand!" Der Oberfeldwebel sprach in leisem Englisch beruhigend auf den dritten Special Forces-Mann ein. Dieser kniete am Boden, hatte beide Hände vor das linke Auge geschlagen und brüllte wie ein Tier; zwischen seinen Fingern ragte der Griff eines Stiletts hervor.

Eine halbe Stunde später trafen die Deutschen vor ihrer Botschaft ein. Unter den Blicken afghanischer Posten rollten die Wagen auf das erleuchtete Gelände, hinein in den Lärm der Stromerzeuger. Von einem bewaffneten Beamten des Bundesgrenzschutzes wurden sie in Empfang genommen. „Herr Bleckwedel?" „Ja!" „Folgen Sie mir, bitte." Im ersten Stock wurde Bleckwedel in das Dienstzimmer des Botschafters geführt. Ringstorf kam um seinen Schreibtisch herum und schmunzelte: „Na, alter Freund, gute Reise gehabt? Jetzt erst mal Kaffee, schwarz und ohne Zucker, wie immer. Nehmen Sie doch bitte Platz." Bleckwedel blieb völlig ernst: „Heute erst mal Scotch, doppelt und ohne Eis, wenn's geht." Er setzte sich.

Ein paar Doppelte später endete sein Bericht: „Innerhalb von Minuten wimmelte das ganze Viertel von Amerikanern. Höllenlärm herrschte, überall flogen Hubschrauber. Aber gefunden wurde der Messerstecher nicht. Das war's!" Er betrachtete das hinter dem Schreibtisch hängende Portrait des versöhnlich dreinblickenden Bundespräsidenten.

„Nun ja! Doch noch was, unter uns Männern: Trotz der Szene in der Halle, des Toten im Treppenhaus und des Dolches im Kopf – am meisten beeindruckt hat mich der Blick dieses schmächtigen Brillenträgers."

2003: Herat, Afghanistan

Durch die abgedunkelten Scheiben der Limousine sah Botschafter Ringstorf, dass viele Menschen auf ihn warteten. Der afghanische Fahrer hielt vor der Treppe des Palastes und jemand riss den Schlag auf. Ringstorf stieg aus dem klimatisierten Fahrzeug. Wie ein Hammerschlag traf ihn die Hitze. Vom wolkenlosen Himmel brannte die Sonne, Staub hing in der Luft. Am Fuß der Treppe hatten sich zur Begrüßung Männer aufgestellt, einige in dunklen Anzügen, andere in Kaftanen, wieder andere mit offenen braunen Westen über weiten weißen Hemden oder auch in britisch anmutenden Phantasieuniformen. Frauen waren nicht zu sehen. Hinter der Limousine hielt ein schwarz glänzender Minibus, aus dessen Schiebetür die Mitglieder von Ringstorfs deutscher Delegation stiegen. Der Botschafter schaute die Treppe hinauf. Von oben kam ein extrem gefürchteter Mann auf ihn zu: Der Khan.

Dessen Macht reichte weit hinaus ins Land, unangefochten herrschte er über die westlichen Teile Afghanistans, die an den Iran grenzen, diesen uralten Verbindungsraum zwischen Europa und Asien. Unter dem Willen des Khans und den Waffen seiner 30.000 Männer lebten Menschen, deren Zahl sich nur grob schätzen ließ. Sieben Millionen? Oder mehr? Ruhe und Ordnung herrschten in seinem Machtgebiet, wer unter seinem Schutz lebte, arbeitete auch für ihn, Steuern flossen, Abgaben aller Art, Zölle, Opiumgelder, Schmuggelerträge. Die Grenze zum Iran war die vielleicht einträglichste der Welt. Nichts von dem Geld floss nach Kabul, und im Machtgebiet des Khans sah es in jeder Hinsicht besser aus als im sonstigen Afghanistan. Die Menschen nannten ihn ihren 'Löwen'. Die sowjetischen Besatzungstruppen hatten ihn gejagt, bis sie selbst verjagt worden waren. Das Taliban-Regime hatte ihn gefoltert, aber nicht brechen können. Die gestürzten Taliban-Rebellen sahen in ihm das wichtigste Ziel ihrer Anschläge. Die Kabuler Regierung fragte sich, wie sie ihn loswerden könne. Eine deutsche Lebensversicherung würde ihn keinesfalls aufnehmen.

Der Khan streckte die Rechte aus, beide Herren verneigten sich leicht und schüttelten Hände. Dann begleitete der Löwe seinen Besucher die Treppe hinauf. Nach Passieren der Eingangshalle stand Ringstorf in einem Konferenzraum mit den Ausmaßen eines Tanzsaals. Links, über Eck und mit den Lehnen zur Wand, waren mehrere Sofas aufgestellt, dazwischen kleine Glastische und davor zwei unbequem aussehende Stühle. Mehr Mobiliar war nicht vorhanden, wenn man nicht die Reihen von Sitzkissen mitrechnete, die sich an den Wänden entlang zogen, und die gigantischen Kronleuchter, die von der kuppelförmigen Decke hingen. Die Fenster waren durch bodenlange Vorhänge verhüllt, dadurch herrschten angenehm gefiltertes Licht und eine erträgliche Temperatur. Hinter den Vorhängen schienen einige Fenster offen zu stehen, denn Blütenduft und Vogelzwitschern drangen herein. Ringstorfs Schuhe versanken im Flor eines riesigen Teppichs.

Der Khan wies auf die Sofagruppe, er und der Botschafter nahmen Platz. Links und rechts von ihnen setzten sich die Delegationen. Die afghanische bestand aus zwölf Männern mit grauen und schwarzen Bärten; die Graubärte waren den anderen übergeordnet, jedenfalls saßen sie näher zum Khan. Ein junger Mann mit gestutztem Vollbart und blütenweißem Kaftan hockte sich auf einen der beiden Stühle - offensichtlich der Dolmetscher. Ringstorf stellte dem Khan die deutsche Delegation vor: Eine Diplomatin aus dem Auswärtigen Amt in Berlin, ein Beamter aus dem Bundesministerium für Wirtschaftliche Zusammenarbeit und Entwicklung, ein Offizier aus dem Einsatzführungskommando der Bundeswehr. Und ein Sprachmittler der deutschen Botschaft. Dieser setzte sich neben den jungen Mann auf den zweiten Stuhl, denn bei politischen Unterhandlungen verlässt niemand sich auf den Dolmetscher der Gegenseite. Eine Prozession von Männern erschien; Teegläser auf silbernen Untersetzern, silberne Teekannen, Silberschalen mit Nüssen und gezuckerten Früchten wurden auf den Glastischchen platziert, Tee wurde eingeschenkt. Gänsemarsch in die andere Richtung, Türen zu und es konnte losgehen.

Zum Auftakt erkundigte der Khan sich höflich, aber ohne jedes Lächeln nach dem Wohlbefinden des Botschafters. Das Gespräch wurde auf Dari und Englisch geführt, und das Englisch des afghanischen Dolmetschers hatte zwar einen amerikanischen Akzent, war aber perfekt. Jedenfalls perfekter als das Dari seines eigenen Sprachmittlers, vermutete Ringstorf.

Eine Viertelstunde später waren die Honneurs gemacht, und die Verhandlung begann. Es ging um den Wiederaufbau eines seit 30 Jahren geschundenen Landes. Die internationale Schutztruppe ISAF, deren Einsatzgebiet sich bisher auf die Hauptstadt Kabul beschränkte, würde Stützpunkte im ganzen Land einrichten, in jeder Provinz sollte ein Trupp stationiert werden, ein sogenanntes Provinz-Wiederaufbau-Team, auf Englisch 'Provincial Reconstruction Team', PRT. Das Auswärtige Amt beabsichtigte, ein deutsches PRT hier in Herat einzurichten, denn es erhoffte sich davon Einflussmöglichkeiten in Richtung Iran. Deswegen saß der Botschafter jetzt auf diesem Sofa und verhandelte mit dem Khan. Eigentlich hätte er mit der Zentralregierung in Kabul verhandeln müssen, aber deren Durchsetzungsfähigkeit gegenüber dem Löwen war halt so eine Sache.

Die Verhandlung zog sich in die Länge. Draußen dunkelte es. Einem der Deutschen knurrte der Magen, langsam halfen auch Nüsse und kandierte Trauben nicht weiter. Gegen 21:00 Uhr war die Lage klar, der Löwe hatte seine Entscheidung gefällt und wandte sich dem Botschafter zu: „Exzellenz, bitte versichern Sie Ihre Regierung der Wertschätzung meiner Regierung.“ Er sagte tatsächlich 'meiner Regierung' und meinte gewiss nicht die in Kabul. „Aber Sie konnten sich beim Blick aus dem Flugzeug und bei der Fahrt vom Flughafen hierher ja wohl selbst überzeugen, dass Westafghanistan ein prosperierendes und wohlhabendes Land ist. Ausländische Unterstützung wird nicht benötigt. Wir brauchen kein PRT. Meine Regierung dankt für Ihr Angebot.“ Klarer ging es nicht. Die Verhandlung war beendet. Man erhob sich, der Khan bat den Botschafter und die Mitglieder beider Delegationen zu Tisch.

Spät in der Nacht, nachdem die deutsche Delegation im Gästehaus des Komplexes zur Ruhe gegangen war, wachte der Botschafter auf. Im Zimmer herrschte Zwielicht, Mondschein drang durch die Vorhänge. Draußen auf dem Flur tat sich etwas, Männer sprachen. Dann wurde es still. Ringstorf horchte. Schritte kamen näher, verhielten vor seiner Tür. Der Botschafter war jetzt ganz wach. Stille. Dann ein leises Klopfen. Er räusperte sich: „Yes?“ In amerikanischem Englisch sagte eine Stimme: „Euer Exzellenz, der Khan bittet um ein Gespräch unter vier Augen.“

Zwei Minuten später trat der Botschafter auf den schwach beleuchteten Flur und sah, dass vor jeder Zimmertür, hinter der ein Deutscher schlief, Posten aufgezogen waren. Männer, in Tücher gehüllt, schwarzbärtig, glutäugig, bewaffnet mit Kalaschnikows. Der Dolmetscher mit dem schneeweißen Kaftan nahm ihn ins Schlepptau und geleitete Ringstorf durch die weitläufige Anlage. Alte Bäume und prächtige Blumenbeete auf gepflegten Rasenflächen schmückten das Areal. Wasserspender versprühten Tröpfchenregen und überzogen die Pflanzen mit glitzernder Frische. Tief atmete Ringstorf den Rosenduft. Tagsüber hatte der Gesang hunderter Finken den Park erfüllt, die in ihren übermannshohen Volieren längs des Mauerrings jetzt aber schliefen. Das Mondlicht erinnerte den Botschafter an silbernes Teegeschirr.

Der Khan erwartete ihn in einem Zimmer, dessen Einrichtung auch zu einem großbürgerlichen Haushalt in Berlin, Paris oder Warschau passen würde. Eine Empire-Standuhr tickte. Der Löwe streckte seinem Gast beide Hände entgegen, zum ersten Mal lächelte er. Eine Sekunde lang hielten die zwei gleichaltrigen und gleichgroßen Männer sich an vier Händen, dann nahmen sie Platz. Tee, Nüsse und kandierte Früchte wurden serviert und pechschwarzer Kaffee. Der war jetzt auch notwendig: Das Empire-Zifferblatt zeigte 02:00 Uhr.

Als die Türen geschlossen waren, setzte sich der junge Dolmetscher ohne weitere Umstände in einen Sessel, schlug die Beine übereinander und sagte weder in Dari noch in Englisch, sondern in perfektem, aber etwas amerikanisch eingefärbtem Deutsch: „Sie haben die Uhr bemerkt, Exzellenz? Mein Onkel liebt diesen strengen Empire-Stil, er ist für ihn ein Symbol der Macht. Die Uhr habe ich ihm aus Deutschland mitgebracht, aber sie stammt natürlich aus Frankreich. Im Übrigen bin ich Fan vom BVB!“ Und da er Ringstorfs Bundesligakenntnissen wohl misstraute, fügte er hinzu: „Borussia Dortmund.“ Während der verblüffte Botschafter noch überlegte, ob er seine Vorliebe für Werder Bremen outen solle, fuhr der junge Mann schon fort: „In den USA zu studieren, kann kein Fehler sein, deswegen war ich natürlich in Harvard. Aber bei uns in Afghanistan haben akademische Abschlüsse aus Deutschland ein deutlich höheres Ansehen. Zum Beispiel meiner: Aus Dortmund, von der ISM, der International School of Management.“ Er zeigte ein offenes Lächeln, freute sich offenbar über seine Erinnerungen an die ISM. Oder an den BVB?

Jetzt sagte der Khan etwas, leise und lächelnd. Das übersetzte der junge Mann lieber nicht. Stattdessen straffte er sich in seinem Sessel, stellte die Füße nebeneinander und lief unter seiner dunklen Haut rot an. Offenbar war die Bemerkung des Löwen trotz ihres freundlichen Tonfalls keine nachträgliche Zustimmung zur Gesprächseröffnung durch einen jungen Neffen gewesen.

Länger als eine Stunde sprachen die beiden Herren dann auf Dari und Deutsch über Gott und die Welt, oder Allah und die Welt, über dominante Ehefrauen, anspruchsvolle Familien, studierende Kinder und vorlaute Neffen. Aber auch über The Great Game, das 'Große

Spiel' zwischen dem Zarenreich und der englischen Krone: Ein hundertjähriger Machtkampf um die Herrschaft über Indien, der von den beiden Großmächten auf dem Rücken der Afghanen ausgetragen wurde und für diese alles andere war, aber kein Spiel. Dann sprachen sie über die ebenfalls hundertjährige afghanisch-deutsche Zusammenarbeit, die nie mit Krieg und Blutvergießen, sondern stets mit Straßenbau und Schulbetrieb zu tun hatte. Für all diese Themen hatten die beiden so viel Zeit, weil die eigentliche Nachricht des Khans nur aus drei Sätzen bestanden hatte.

Westafghanistan benötige kein PRT. Ein *deutsches* werde trotzdem willkommen sein. Er, der Löwe, garantiere für die Sicherheit jedes Deutschen in seinem Machtbereich.

Großartiger Erfolg! Der Botschafter war so glücklich, wie man das als kühl denkender Diplomat nur sein kann. Am Morgen flogen er und seine Delegation zurück nach Kabul.

Einige Tage später entschied das Berliner Auswärtige Amt überraschend, das deutsche PRT nicht in Herat einzurichten, sondern im Norden, in einer instabilen Stadt mit korrupten Machtstrukturen: Kunduz. Der Botschafter übermittelte die Änderung telefonisch an den Khan. Beide hüteten sich, die Entscheidung am Telefon zu kommentieren, wussten sich jedoch in der Beurteilung einig. Das unausgesprochene Verständnis zwischen den beiden erfahrenen Männern wurde dadurch nur noch weiter gefestigt.

Noch später versuchte das Kabuler Kabinett, den Khan als Gouverneur von Herat abzusetzen, aber dieser Versuch scheiterte. Der Präsident machte es geschickter als seine Regierung und ernannte den Khan zum Minister. Bei dessen Abreise nach Kabul protestierten in Herat die Menschen gegen den Weggang ihres Löwen und verwüsteten dabei auch das Verbindungsbüro der UNO. Die zog vorsichtshalber ihr Personal ab, und dabei wurde eine junge Spanierin von Herat nach Berlin versetzt. Sie war Juristin, spezialisiert auf Flüchtlingsfragen, und ihr Name war Dr. Evita Córtez Buraño.

2004: Kunduz, Afghanistan

Die Transall der Luftwaffe drehte am Ende der gefährlich kurzen Landebahn und hielt. Der Triebwerklärm verstummte, die Heckrampe öffnete sich, Bleckwedel stiefelte aus der Maschine und blickte sich auf 'Kunduz International Airport' um.

Mit Galgenhumor hatten die Soldaten der ISAF diesen lebensgefährlichen Streifen bröckelnden Betons mitten im Nirgendwo so getauft. Bei Starts wirbelten die Transportmaschinen und Hubschrauber immer wieder Betonsplitter in die Luft, und falls so ein Ding mal in ein Triebwerk geraten wäre, hätte es spannend werden können. Außer dieser Piste hatte 'Kunduz International' bei Bleckwedels erstem Besuch eine kleine Ruine, das war die frühere Abfertigungshalle, und einen schon wieder verglasten Höcker auf dem Dach der Ruine, das war der Tower. In dem saßen drei Fallschirmjäger der Bundeswehr und leiteten den Flugverkehr. Fallschirmjäger haben die Ausrüstung und die Ausbildung für allerlei Tätigkeiten im Nirgendwo, auch für die Flugleitung. Vor der Ruine warteten zwei Mercedes-Geländewagen. Sonst sah Bleckwedel nur die rostigen Wracks einiger sowjetischer Militärhubschrauber, einen weit entfernten Gebirgszug und die hitzeflirrende Luft des Sommertages.

Jetzt aber näherte sich von den Geländewagen her ein Unteroffizier: „Kommen Sie bitte mit!" Der 'Flughafenzubringer', ein unbefestigter Sandweg, schlängelte sich zwischen Pappeln von dem Hochplateau hinunter in das fruchtbare Tal des Flusses Kunduz und traf dort auf die Straße. Die beiden Fahrzeuge bogen rechts ab.

Kunduz ist eine Großstadt mit 120.000 Einwohnern, Hauptstadt der gleichnamigen Provinz, Drehscheibe für Verkehr und Handel, Umschlagplatz für Opium, Ausgangsstelle von Schmuggelrouten, letzter Knotenpunkt vor dem 100 Kilometer entfernten Amur Darja, dem Grenzfluss zu den nördlichen 'Stans', Turkmenistan, Usbekistan, Tadschikistan, einst Teile der Sowjetunion, der Heimat der Ungläubigen. Nachdem die Malaria vor Generationen durch das Trockenlegen der Sümpfe besiegt worden ist, hat sich die Provinz zu einer Kornkammer gemausert. Den Menschen könnte es gut gehen, Wohlstand könnte herrschen. Aber die Bevölkerung der Provinz Kunduz ist ein Spiegelbild ganz Afghanistans, und Afghanistan ist eine Ansammlung unterschiedlichster Ethnien. In Kunduz leben Angehörige von zehn oder zwölf Ethnien und ebenso viele kleine Machthaber, die ihre Auseinandersetzungen um Einfluss und Einkommen, Ernten und Wegzölle nicht europäisch-zivilisiert austragen, also nicht hinter verschlossenen Türen, sondern öffentlich, mit Waffen und Sprengstoff. Der von der Zentralregierung eingesetzte Gouverneur lebt auf einem Hochseil. Wenn er nicht das Gleichgewicht zwischen den an ihm zerrenden Kräften hält, kann er über Nacht ins Bodenlose stürzen.

Afghanische Städte, so unterschiedlich sie sind, haben eines gemeinsam: sie sind faszinierend. Bleckwedel nahm sich also vor, morgen den Pressebetreuern des PRT zu entwischen und allein durch die Stadt zu streifen, durch die zahllosen, winzigen, zur Straße hin völlig offenen Geschäfte, zu den Gewürzhändlern, Gemüsebauern, Teppichknüpfern, Batterieverkäufern, Ledergerbern, Steinguthändlern, Obstverkäufern, Tuchmachern, Silberschmieden, Teehändlern, Messerschleifern, Eisenschmieden, Textilfärbern, Feuerholzhackern, Kupferhämmerern, Schneidern, Barbieren, Fleischereifachverkäufern und den vielen anderen, die jeden vorbeikommenden Soldaten sofort zu einer Tasse Tee einladen. Die Fleischereifachgeschäfte erkennt man an der Ziege, die vor einer offenen Hütte darauf wartet, dass das Fleisch ihrer Vorgängerin zur Neige gehe. Viele Handwerker haben zwar ein Geschäft im kaufmännischen Sinn, aber nicht im infrastrukturellen. Sie produzieren und verkaufen ihre Waren im Freien auf dem Bürgersteig, einem Holzbohlenstreifen entlang der Häuserfront.

Auf der Lehmpiste zwischen diesen Bohlenstreifen waren die beiden Geländewagen mit Bleckwedel nahezu die einzigen Autos. Trotzdem war der Straßenverkehr dicht. Das Verkehrsmittel, das im Kunduz des Jahres 2004 das Stadtbild prägte, war die einachsige Pferdekutsche. Sie war hochbockig, rollte auf zwei besonders großen Speichenrädern und bot außer für den Kutscher Platz für vier bis sechs Fahrgäste, war also sozusagen ein extrem geländegängiger SUV. Gezogen wurde sie von einem Pferd, das mager und mit Blumen sowie zahllosen Glöckchen geschmückt war. Diese Pferde bewegten sich auch auf der schlechtesten Straße nur im Trab oder Galopp. Die Fahrgäste klammerten sich fest und freuten sich über jeden Sprung des Wagens, der Schlamm spritzte und Fußgänger taten gut daran, die Augen offen zu halten, wenn sie lebend die andere Straßenseite erreichen wollten. Außer diesen Pferdekutschen sah man von Zeit zu Zeit matschgrüne LKW des sowjetischen Typs URAL 375, die ihren Weg aus dem Fuhrpark der ehemaligen Besatzer in andere Hände gefunden hatten und sich nur im Schritttempo durch die Stadt quälten, um dem allerorts lauernden Achsenbruch zu entgehen.

Das deutsche PRT lag bei Bleckwedels Besuch, anders als später, in einer Obstplantage zwischen den nordwestlichen Ausläufern der Stadt. Vor Eintreffen der Deutschen hatte dort ein amerikanisches Team gelagert; in den deutsch-amerikanischen Querelen nach dem Irak-Krieg wollte das Auswärtige Amt ein positives Zeichen setzen und die Bundeswehr musste die Amerikaner in Kunduz ablösen, statt ein neues PRT in Herat einzurichten.

Als die beiden Wagen durch die Straßen der Innenstadt holperten, war aus dem Fußgängergewimmel Musik zu hören, Erwachsene und Kinder hielten sich Transistorradios ans Ohr. Die Geräusche waren für Bleckwedels Ohren schrill und unmelodisch. Er fragte den Unteroffizier: „Gibt's hier Radiosender?" „Mehrere, aber die Leute hören alle nur unseren." „Unseren?" „Ja, 'Radio Andernach', unseren Sender im PRT." „Was denn – diese Musik wird von *uns* ausgestrahlt?" „Na klar, die ist doch völlig okay! Oder glauben Sie etwa, die wollen hier Mozart oder so was?"

Nach vielen Abzweigungen wurde die Straße schmal, die Geländewagen schlingerten auf einem halb unter Wasser stehenden Lehmweg zwischen fensterlosen Wänden dahin und hielten schließlich vor einer Mauer mit Stahltor. Dahinter lag das Feldlager des PRT

Zwischen landwirtschaftlichen Nutzgebäuden stand das zweistöckige Wohnhaus der Eigentümerfamilie, die ihren Grund und Boden gegen Dollarmassen an die fremden Truppen verpachtet hatte und ausgezogen war. Im ersten Stock lag die rund um die Uhr besetzte Operationszentrale, deren Funk- und Datenübertragungsgeräte mit den Patrouillen im Stadtgebiet, mit 'Kunduz International', mit dem ISAF-Hauptquartier im weit entfernten Kabul und für den Notfall auch mit Deutschland in Verbindung standen. Bleckwedel meldete sich neben der Operationszentrale in der 'Pressezelle', deren Bezeichnung, wie der Pressefeldwebel schmunzelte, nicht darüber hinwegtäuschen dürfe, dass die Bundeswehr auch die Pressefreiheit verteidige.

Nach einer kurzen Einweisung wanderte Bleckwedel zunächst ins Küchenzelt.

Um diese Uhrzeit war es dort fast leer, aber ein Soldat ordnete Vorräte in ein Regal. Von seiner Absicht, Kaffee zu trinken, nahm Bleckwedel Abstand, als er an einem Tisch im Hintergrund zwei Personen entdeckte, die er hier nicht erwartet hatte. Den Mann hatte er noch nie gesehen, die Frau dagegen kannte er gut, und er schätzte sie außerordentlich. Beide blickten ihm entgegen, und die Frau war offensichtlich erfreut, ihn zu sehen. Den Gesichtsausdruck ihres Gegenübers konnte Bleckwedel nicht erkennen, weil der Mann kein Gesicht hatte.

Die umwerfend gut aussehende Dame trug einen offenen Parka, darunter einen Pullover mit bayerischem Zopfmuster und robuste Hosen. Bleckwedel hatte sich nie getraut, sie als Kollegin zu bezeichnen, denn das wäre ihm vermessen vorgekommen. Eine Iranerin aus Teheran, der einst blühenden Hauptstadt. Weltbürgerin, Humanistin, Reisende, Autorin, Filmemacherin. Ganz besonders aber furchtlose Kämpferin für die afghanischen Frauen, für die von den Kriegern der Finsternis unterdrückten und grässlich misshandelten, unter Ganzkörperschleier gezwungenen, lebendig begrabenen, öffentlich gesteinigten, im Kabuler Sportstadion mit Genickschüssen liquidierten afghanischen Frauen, die am meisten gepeinigten Wesen der Erde. Beraterin der Regierung der Bundesrepublik Deutschland war die Iranerin auch, Geld bekam sie dafür nicht. Ihre deutschen Sprachkenntnisse entsprachen ihren Kenntnissen in Englisch, Italienisch, Dari und Paschtu, waren also vorzüglich. Wer im Fernsehen ihre Dokumentarfilme aus dem Staat am Hindukusch gesehen hatte, verstand die Hintergründe des Konflikts, und wer ihr Buch über Afghanistan nicht gelesen hatte, tat gut daran, sich bei Gesprächen über dies Land zurückzuhalten. Bleckwedel hatte sie vor geraumer Zeit in der deutschen Botschaft kennengelernt, die sich gern auf den Rat der Iranerin stützte. Länder mit den übelsten Führern haben häufig die wunderbarsten Menschen.

Der Mann ohne Gesicht trug landesübliche Kleidung. Sein Oberkörper war in peinlich saubere Decken gehüllt, darunter sah man Pluderhosen, Strickstrümpfe und Sandalen, auf dem Kopf saß der Pakol. Die Augen unter der klaren Stirn waren groß, schwarz und lebhaft.

Unter den Augen war nichts. An der Stelle von Nase, Wangen, Oberkiefer, Mund und Unterkiefer hatte dieser Mann eine mit rötlicher Haut überzogene und von zwei Löchern durchbrochene konkave Fläche. Im Profil ging der Kopf auf Höhe der Wangenknochen in den Hals über. Alles, was dort einmal gewesen war, hatte die Kriegsfurie herausgestanzt.

Auch in einer postheroischen Gesellschaft wie der deutschen kann es für diesen Afghanen nur eine Bezeichnung geben: ein Held. Als die Sowjets einmarschierten und sein Volk zu den Waffen griff, war er Kaufmann im Geschäft seines Vaters. Er wurde ein tapferer Kämpfer und kluger Anführer, Männer gingen für ihn durchs Feuer. Bei einem Schusswechsel wagte er sich zu weit aus der Deckung, und das Verhängnis kam innerhalb einer Sekunde.

Seine Mudjaheddin waren von sowjetischer Infanterie, die irgendwo vor ihnen zwischen den Felsen lag, mit einem Geschosshagel überschüttet und in Deckung gezwungen worden. Dann ging es richtig los, von rechts eröffneten zwei Panzer des Typs T-62 das Feuer. Die standen 800 Meter entfernt hinter einem Hügel, nur ihre schildkrötenförmigen Panzertürme und die Mündungen der schweren Glattrohrkanonen waren sichtbar. Übelste Lage! Vorn die unsichtbare Infanterie und das Feuer der Maschinengewehre, das sie an den Boden nagelte, rechts die unverletzlichen Panzer mit den Sprenggranaten, gegen die kein Kraut gewachsen war. Die Sowjets waren keine heurigen Hasen, innerhalb von Minuten fiel ein halbes Dutzend Afghanen. Die Mudjaheddin mussten da weg, und zwar sofort. Der Anführer richtete sich auf, kniete, schrie gegen den Gefechtslärm an und schwang die Kalaschnikow über dem Kopf, um die Aufmerksamkeit seiner Männer auf sich zu lenken.

Die Splittergranate des T-62 zur Bekämpfung von Zielen in Deckungen wiegt 15 Kilogramm. Das Geschoss verlässt das Kanonenrohr mit einer Geschwindigkeit von 900 Metern pro Sekunde, also 3.240 Stundenkilometern. Da es wegen des Luftwiderstands kontinuierlich an Geschwindigkeit verlor, benötigte dies hier für die 800 Meter eine gute Sekunde, dann traf es von rechts das Gesicht des knienden Mannes. Der Widerstand, den das Menschenfleisch und die Knorpel boten, war nicht groß genug, um den Zünder auszulösen. Das blutverschmierte Geschoss flog 200 Meter weiter, schlug dort auf einen Felsblock, detonierte mit ohrenbetäubendem Krachen in einem rötlichgelben Feuerblitz und deckte eine Fläche von 50 Metern Radius mit glühenden Metallsplittern ein. Der Mann mit dem aus dem Kopf gestanzten Gesicht lag auf dem Boden.

Die Erinnerung, die er noch heute an den Vorgang hat, setzt erst zu dem Zeitpunkt ein, an dem er nach der ersten Notoperation in einem pakistanischen Feldlazarett erwachte. Als er nach der zweiten immer noch lebte, machten die Pakistani eine deutsche Hilfsorganisation auf ihn aufmerksam, und einige Tage später traf der Mann ohne Gesicht in den Berliner 'DRK-Kliniken Westend' ein. Wie seine Mudjaheddin ihn nach der grauenhaften Verwundung in einer tagelangen Kraftanstrengung durch das Gebirge geschafft hatten, über den bluttränkten Khyberpass nach Pakistan und in das Lazarett, wird er wohl nie erfahren. Als er nämlich Jahre später nach Afghanistan zurück kam, waren fast alle tot. Die wenigen, die noch lebten, fand er in dem kriegszerstörten Land nicht wieder. Seine Verbindungen zu der deutschen Hilfsorganisation und der Berliner Großklinik erwiesen sich als nützlich, ebenso seine in Deutschland erworbenen Sprachkenntnisse. Geld traf ein, auf Höfen weitab vom Fluss Kunduz konnten Brunnen gebohrt werden, eine Schuhmanufaktur entstand, Arbeitsplätze wurden geschaffen. Selbst wenn er Angst kennen würde, bräuchte er eine Rückkehr der Taliban nicht zu fürchten: Seine Feinde waren die Sowjets gewesen, nicht die Islamkrieger. Und das war der Grund, warum er vieles erfuhr, was kein Geheimdienst jemals hörte. Am allerwenigsten der amerikanische.

Bleckwedel hatte diese Geschichte bereits bei einem früheren Kabul-Besuch von der Iranerin gehört. Nach der Begrüßung ging er zurück zum Tresen, bestellte Kaffee, zahlte, stellte die drei Becher auf ein Tablett, legte einen einzelnen Strohhalm dazu und transportierte die Ladung an den Tisch. Der Mann ohne Gesicht sah den Strohhalm, blickte zu Bleckwedel hoch, und seine Augen lächelten. In dieser Sekunde krachte es.

Die Zeltwände bewegten sich. Man spürte den Luftdruck der Detonation. Niemand hatte etwas gesehen, Männer und Frauen mit Einsatzerfahrung schätzten, dass der Tatort einen halben Kilometer entfernt war. Eindeutig war das dumpfe Krachen nicht aus Richtung Stadt gekommen, sondern aus Norden: Auf den weiten Reisfeldern vor dem PRT war irgend etwas in die Luft geflogen. Oder eingeschlagen. Alarm wurde ausgelöst, auf dem Fahrzeugabstellplatz sprangen Motoren an und wurden Befehle gerufen. Spähtrupps rollten aus dem Tor und bogen auf die Felder in Richtung Norden ab. 10 Minuten später war es dunkel. Dann krachte es erneut.

Aus derselben Richtung wie zuvor, aber deutlich lauter, der Luftdruck schmerzte in den Ohren. Posten in Alarmstellungen sahen den Detonationsblitz: Ein Raketeneinschlag in Richtung 332°, Nordnordwest. Als Entfernung wurden 100 Meter vermessen. Bleckwedel ging jetzt in das Stabsgebäude und hinauf zur Pressezelle. Dort fand er jedoch niemanden, denn während eines Alarmzustands war das Haus evakuiert, nur in der Operationszentrale verblieb Führungspersonal. Der Zutritt zu dieser 'OPZ' war Unbefugten verboten, weil aber niemand ihn aufhielt, trat Bleckwedel ein.

Abgedunkeltes Licht, Computerbildschirme, knisternde Funkgeräte. Ein Offizier und zwei Feldwebel saßen vor Monitoren. Der junge Oberleutnant schaute hoch, sah Bleckwedel und raunzte ihn an: „Hören Sie mal! Können Sie nicht lesen?“ Aus dem Hintergrund kam eine tiefe Stimme: „Lassen Sie man, Herr Neudeck.“ Dort saß der Kommandeur des PRT höchstpersönlich in einem Drehsessel, hatte vor sich einen Becher dampfenden Kaffees und lauschte den von seinen Spähtrupps übermittelten Funkmeldungen, die verzerrt aus den Lautsprechern krächzten. „Kommen Sie man ruhig her, Sie sind doch bestimmt dieser Herr Bleckwedel. Ihre persische Freundin muss ja 'ne Menge von Ihnen halten – hat mir schon gestern in den Ohren gelegen, ich solle Sie überall rumlaufen lassen. Na, nehmen Sie man Platz und hören zu, dann brauchen Sie keine Phantasieartikel zu schreiben. Erklären muss man Ihnen ja nix, denn ich erinnere mich, dass Sie früher 'n anständigen Beruf hatten.“ Der Oberst schob mit dem gestiefelten Fuß einen Stuhl in Bleckwedels Richtung und zeigte auf die Kaffeemaschine neben dem Eingang. Bleckwedel ging zurück zur Tür. Als er dort ankam, schlug die dritte Rakete ein.

Am Endpunkt ihrer 10 km langen Flugbahn traf sie neben der Stahlplatte, die das Fenster der Operationszentrale schützte, auf die Ziegelmauer und detonierte. Der Luftdruck brach die Mauer auf, zerriss die Trommelfelle aller Männer im Raum, wirbelte Möbel, Computer, Funkgeräte und Telefone umher, zerlegte die Fensterscheibe in lebensgefährliche fliegende Glasscherben, sprengte die Zimmertür aus den Scharnieren, schmetterte Tür, Kaffeemaschine und Bleckwedel an die gegenüberliegende Wand des Flurs, presste Staub und Feuchtigkeit aus sämtlichen Ritzen und vermengte sie mit dem Rauch des detonierten Sprengstoffs zu einem Nebel, in dem man weder sehen noch atmen konnte.

Die heißen Metallsplitter des Raketensprengkopfes zerfetzten Mobiliar und Ausrüstung neben der Einschlagstelle, zertrümmerten alles andere im Zimmer und schlugen Löcher in Wände, Decke und Fußboden; einer riss einem Feldwebel den Bauch auf und ein anderer durchschlug Bleckwedels rechten Oberarm. Benommen und taub lag Bleckwedel im Flur vor der in Flammen stehenden Operationszentrale, Blut lief ihm aus beiden Ohren und strömte hell und stoßartig aus der Armwunde.

Als er entsetzt die Augen aufriss, weil jemand in das klaffende Fleisch des Oberarms griff und die Schlagader abdrückte, während die Oberstabsärztin und ihre Sanitäter um das Leben des schwerstverwundeten Feldwebels und andere Soldaten gegen das prasselnde Feuer kämpften, sah er ein Gesicht, das sich über ihn beugte. Eigentlich war das unterhalb der Augen nur eine konkave Fläche mit Löchern. Dennoch dachte Bleckwedel, bevor es um ihn dunkel wurde, dass von dem Mann mit diesem Gesicht eine große Ruhe und viel Kraft ausstrahlten.

2016: Potsdam, Brandenburg

Es klingelt. Bleckwedel sieht vom Manuskript auf. Draußen leuchtet ein prachtvoller Sommertag. Himmel und Wolken spiegeln sich im Heiligen See, am jenseitigen Ufer schimmert das Marmorpalais im Sonnenschein, und in der Parklandschaft dahinter glänzen die Pyramideneichen. Durch die offene Balkontür dringen Geräusche der Stadt, und ganz leicht duftet es nach Blumen.

Später wird Bleckwedel in das Holländische Viertel spazieren und im 'Fliegenden Holländer' zu Abend essen, seinem Stammlokal neben der katholischen Kirche dieser zutiefst evangelischen Residenzstadt. „Die Religionen Müßen alle Tolleriret werden und Mus der Fiscal nuhr das Auge darauf haben das keine der anderen abruch Tuhe den hier mus ein jeder nach Seiner Faßon Selich werden“, so hatte der Alte Fritz, der häufig mit den Habsburgern und dauernd mit der deutschen Sprache auf Kriegsfuß stand, am Rand einer Eingabe verfügt. Und sein Vater, der Soldatenkönig, hatte für ein paar baumlange Türken, bevor die sich in die Garde der Langen Kerls einreihten, zunächst eine Moschee einrichten lassen.

Preußische Toleranz. Bleckwedel schüttelt den Kopf, als ihm einfällt, dass auch die Toleranz neuerdings auf dem Index der politisch Korrekten steht, weil sie ja nach gnädiger Gewährung rieche. Und die müsse einen ja doch irgendwie unheimlich betroffen machen, oder so. Ihm ist das wurst: Gegenüber Besuchern, die ihn während der Arbeit stören, ist er sowieso intolerant. Oder sollte der Finger, der da soeben die Klingel gedrückt hat, etwa *ihr* gehören?

Das fragt sich wohl auch Gerti, die nicht nur weit vor ihm an der Tür anlangt, sondern dort das Kunststück fertigbringt, gleichzeitig drohend zu knurren und freudig mit dem Schwanz zu wedeln. So weit will Bleckwedel selbst nicht gehen. Er beschränkt sich darauf, dem Wort etwas Einladendes zu geben für den Fall, dass es *sie* ist, und gleichzeitig etwas Abweisendes für den anderen: „Ja?“

Die Sprechanlage antwortet: „Na toll! Genau damit habe ich gerechnet. Halten Sie bloß nicht immer diese Ansprachen, es ist ja nicht zum Aushalten!“ Das Knurren hört auf, das Wedeln wird stärker. *Sie* ist da!

Er steht vor seiner Wohnungstür, und Gerti stürzt ohne Rücksicht auf Verluste die breite Treppe hinunter, was nach Ansicht ihres Tierarztes Dackel auf keinen Fall tun sollten. Einem Duett, das spanische Kosenamen und wildes Kläffen zum Vortrag bringt, kann Bleckwedel entnehmen, in welchem Stockwerk seine Lieblingsfrauen aufeinandergeprallt sind. Dann tritt Ruhe ein, Gerti hat es auf den Arm geschafft. „Ihr Uralt-Auto blockiert mal wieder die Zufahrt. Hat man Ihnen endlich die Garage gekündigt? Kein Wunder, die Kiste kann ja jederzeit in die Luft fliegen.“ Das klingt jetzt etwas undeutlich, die Sprecherin knutscht vermutlich den kleinen Hund ab. Dann kommt sie um die Biegung der Marmortreppe hoch, hell strahlt Sonnenlicht durch den Glasgiebel und leuchtet sie an. Wie immer verschlägt ihr Anblick ihm den Atem.

Zwei Minuten später lümmelt sie in seinem Lieblingssessel, und Gerti schnarcht in ihrem Schoß. Bleckwedels Gedanken irren für einen Augenblick ab, doch er ist klug genug, sie nicht zu äußern. Von draußen treibt Sommerluft herein, Vögel liegen im Sängerwettstreit, Kinder lachen. Im Radio spielt 'Something's gotten hold of my heart'.

Sie schlürft von dem Kaffee, der ihr nie heiß und stark genug sein kann. „Und? Wann denn nun?“ In seiner Gegenwart spricht sie nie laut, aber stets prononciert, weil sie um das alte Kunduz-Problem mit seinen Ohren weiß. „Und wann denn nun was?“ „Habe ich bereits auf der Treppe gefragt! Sie müssen mal zuhören. Wann kaufen Sie endlich ein Auto?“ „Erstens haben Sie das nicht gefragt, und zweitens habe ich eines.“ „Ein uraltes, das demnächst den Geist aufgeben wird.“ „Wie bitte? Ich darf wohl daran erinnern, dass Sie nur unwesentlich jünger sind. Dennoch werden Sie kaum demnächst den Geist aufgeben, meine Liebe.“ Diesen Zusatz, den sie hasst, kann er sich nicht immer verkneifen – sie ist es nun einmal. „Immerhin 10 Jahre jünger als Ihre tomatenfarbene Kiste. Oder mehr, falls Sie in dem Kfz-Brief, den Sie mir so stolz gezeigt haben, das Datum der Erstzulassung gefälscht haben sollten.“ „Das Auto mag etwas älter sein als Sie, wird aber von mir mit eigenen Händen gepflegt. Täglich und von oben bis unten, was Sie ja leider ablehnen.“ Kürzlich ist sie nach einer ähnlichen Bemerkung wortlos aufgestanden und gegangen, jetzt aber bleibt sie sitzen und hält nur ihre Augen auf ihn gerichtet, so dass er sich vorkommt wie ein Fünfjähriger. „Heute ist übrigens Ihr Glückstag“, verkündet sie. „Stimmt. Sie sind hier!“ „Aber warum, haben Sie natürlich vergessen. Heute vor einem halben Jahr haben Sie mich zum ersten Mal gesehen – wie ich schon sagte, Ihr Glückstag. Sie dürfen mich zum Essen einladen, wenn Sie vorher schwören, mir nicht wieder einen Heiratsantrag zu machen.“

Das wird er unter keinen Umständen schwören, denn diese Frau macht ihn ziemlich kirre. Vor sechs Monaten stand er ihr in der Berliner Vertretung des UNHCR gegenüber, des Hochkommissars der Vereinten Nationen für Flüchtlinge, wo er für sein nächstes Afghanistan-Buch recherchierte, das eigentlich im Dezember 2016 erscheinen sollte. Die spanische Leiterin des UNHCR-Büros, Dr. iur. Evita Córtez Buraño, geschiedene Hüberle, von Freunden Eva genannt, war jüngst der ebenso kurzen wie ereignisschwachen Ehe mit ihrem deutschen Mann entronnen und sah in Bleckwedel zunächst nur einen weiteren Idioten.

Dieser Eindruck scheint sich aber während der Gespräche gebessert zu haben, in denen sie von ihren Afghanistan-Erfahrungen aus Herat berichtete, denn mittlerweile treffen die beiden sich regelmäßig zu ganz anderen Zwecken: Theater, Spaziergang, Konzert, Essen, Schwimmbad, Kino, Dasitzen, Oper, Fahrradtour, Museum, Fernsehen, Café, Kabarett, Bootfahren, Reden, Schweigen, Lachen, fast die gesamte Palette. Nur das eine nicht – zu seinem Leidwesen findet das mit Eva nämlich nicht statt. Aber ein Heimspiel von Hertha BSC haben sie besucht, unter Ausnutzung ihres Interesses für Architektur hat er sie ins Olympiastadion gelockt. Eine Woche später rächte sie sich und bestand darauf, zu einem Spiel des 1. FFC Turbine Potsdam zu gehen, Damenmannschaft. Die habe fußballerisch mehr drauf. Bleckwedels Buchprojekt zog sich in die Länge, und von einem Erscheinungstermin in diesem Jahr kann keine Rede mehr sein.

Ihn lässt das kalt, denn er verfolgt jetzt ein anderes Ziel, das ihm einheizt. Aber leider hat sie seinen ersten Heiratsantrag schlicht überhört. Und auf den zweiten hat sie das Brutalste geantwortet, das man einem Mann an den Kopf werfen kann. Einer parkettsicheren Diplomatin der UNO rutscht das nicht einfach heraus. Sie weiß genau, wie sie ihn auf Abstand halten kann: „Geert! Sie könnten doch mein Vater sein."

Mogadischu, Somalia

Während in Potsdam Bleckwedel sich abmüht, einen guten Eindruck auf Eva zu machen, sitzt in Mogadischu der Emir entspannt auf einem Kissen und lächelt. Wenn er lächelt, wirkt sein Gesicht immer sehr freundlich. Wangen und Kinn sind von einem wuscheligen Vollbart bedeckt, und die Augen schauen durch eine altmodische Brille. Die wohl von einer Erkrankung herrührende Beule auf der Stirn könnte er mit dem Turban verdecken, er ist aber nicht eitel und trägt den Turban so wie alle anderen Männer im Zimmer, also mehr auf dem Hinterkopf. Die Männer sitzen mit gekreuzten Beinen auf Kissen längs der Wände. Es ist eine ziemlich große Runde und alle Kissen sind besetzt – bis auf das graue rechts neben dem Emir.

Der hat allen Grund zu lächeln. Schließlich ist er im Jahr 1432 zum Nachfolger des berühmtesten Mannes der Welt ernannt worden, und nur wenige Tage danach haben die Amerikaner das auf ihn ausgesetzte Kopfgeld verzehnfacht. Es beträgt seitdem 25 Millionen Dollar. Das Jahr 1437 wird aber noch besser werden, also einfach unvergesslich. Auch für die Ungläubigen, die das Jahr 1437 als 2016 bezeichnen, wird es unvergesslich werden. Aber nicht besser.

Wie wenig er von seinem toten Vorgänger hält, hat der Emir nur einem einzigen Menschen jemals verraten: Isa. Nach Nine/Eleven zu Al Qaida gestoßen, hat der sich rasch durch akademisch gebildetes Denken, durch Selbstbeherrschung, Zielstrebigkeit und Kaltblütigkeit ausgezeichnet. Nach seinen Plänen sind zahlreiche Opfer in die Luft gesprengt worden, immer von anderen, nie von ihm selbst. Er arbeitete sich in der Organisation stetig nach oben und wurde der Kopf, der Planer, der Stratege hinter Osama bin Laden. Seit dessen Tod ist er dasselbe für den Emir, und auch der Plan 'Bonn' stammt von ihm. Eigentlich sollte Isa jetzt auf dem Kissen rechts neben dem Emir sitzen, ist aber nicht im Zimmer.

Der Emir schaut den ihm gegenüber sitzenden Märtyrer Abdul Nuri an und erläutert Isas Plan. Abdul Nuri, 'der Algerier', ist ein überzeugter Westler gewesen, Inhaber eines französischen Passes, Familienvater, erfolgreich, wohlhabend, entscheidungsfreudig, gebildet und mehrsprachig. Den rechten Glauben hatte seine französische Ehefrau ihm ausgetrieben. Dann aber hat Isa den Abweichler umgedreht, und wie alle Bekehrten entwickelte auch dieser sich zu einem glühenden Verfechter der gerechten Sache. Sämtliche Brücken hat er hinter sich abgebrochen, dadurch aber nicht die Fähigkeiten verloren, mit denen er in jeder westlichen Umgebung glänzend bestehen kann. Für die bevorstehende Aufgabe ist er der beste Mann, und um diesen großen Einsatz nicht zu gefährden, hat der Emir ihn seit geraumer Zeit von jeder Aktion ferngehalten.

Das Ziel ist die internationale Ukraine-Konferenz in Bonn, bei der die nötigen Milliarden für den Wiederaufbau der Ostukraine aufgebracht werden sollen. Zu ihr werden 1.000 Delegierte erwartet, Minister, Parlamentarier, Offiziere, Diplomaten, Beamte, Leiter von Nichtregierungsorganisationen. Delegierte in maßgeschneidertem Anzug, in eng sitzender Uniform, im taillierten Kostüm. Aber auch im lose fallenden Kaftan. Und im weiten Burnus über dem Kaftan. Es wird verschiedene Eingänge geben, und an allen - außer einem - werden die Delegierten durch Sicherheitsprüfungen geschleust werden wie auf großen Flughäfen. Durch den einen jedoch werden die wirklich wichtigen Teilnehmer das Konferenzgebäude betreten. Man kann die Kanzlerin der Bundesrepublik Deutschland nicht abtasten oder durch einen Körperscanner schicken. Auch nicht die adrette, stets lächelnde Entwicklungshilfeministerin der Französischen Republik oder den düsteren Außenminister der Russischen Föderation, der noch nie gelächelt hat. Isa hat die Planungsfähigkeiten, Al Qaida kann die Ausweise herstellen, und Abdul Nuri verfügt über die Weltläufigkeit, die nötig sind, um einen 'Delegierten' in lose fallendem Kaftan und weitem Burnus bis zu dem einen Eingang zu bringen, an dem es keine Durchleuchtung gibt.

Nur wenige Schritte weiter wird Abdul Nuri in dem mit 1.000 Abgesandten gefüllten World Conference Center Bonn stehen, dem ehemaligen Plenarsaal des Deutschen Bundestages. Was dort geschehen soll, wird Osama bin Ladens Anschlag auf das World Trade Center New York noch in den Schatten stellen, denn diesmal werden die Opfer keine unbekannten Büroangestellten sein.

Dieser Angriff wird die Welt aber nicht nur durch die Prominenz der Opfer entsetzen, sondern auch durch seine Effizienz. Das war eine von Isas Ideen: Größte Wirkung bei geringstem Aufwand!

Osama bin Laden musste für Nine/Eleven zahllose Männer anwerben und monatelang ausbilden lassen, einige sogar zu Piloten. Welcher Aufwand an Geld und Zeit! Und welche Gefahr, dass einer der zahlreichen Täter während der Vorbereitungen schwatzte oder sonstwie aufflog. Dann mussten vier Passagierflugzeuge gekapert werden, und zwar nicht irgendwo in der Dritten Welt, sondern in den Vereinigten Staaten von Amerika. Und schließlich mussten diese Flugzeuge quer durch die U.S.-Flugsicherung und die nordamerikanische Luftverteidigung zu ihren Zielen geflogen werden. Eigentlich eine total unmögliche Planung und ein Wunder, dass das überhaupt geklappt hat.

Isas Plan ist ganz anders. Eine Chauffeur-Limousine, der man den Mietwagen nicht ansieht, hält vor dem Konferenzgebäude und ein Mann steigt aus. Sicherheitspersonal wirft Blicke auf dessen umhängenden, völlig einwandfreien Konferenzausweis. Der stattliche Mann in dem weiten Burnus über einem lose fallenden Kaftan plaudert weltläufig und im perfekten Oberklasse-Französisch der école nationale d`administration mit gleichzeitig eintreffenden Ministern anderer Staaten, vielleicht auch mit dem einen oder anderen Regierungschef, und betritt gemeinsam mit ihnen das Gebäude. Drinnen: Zündung! Die ersten Sekunden des ungeheuren Vorgangs werden live in alle Welt übertragen werden, bis die Decke des Saals einstürzen wird. 1.000 Tote, darunter die Bundeskanzlerin und andere Regierungschefs. Guter Plan, findet der Emir. Ein typischer Isa-Plan, einfach und perfekt.

Außerdem wird dieser Anschlag der gesamten Welt endlich wieder klarmachen, wer die wahren Herren des Schreckens sind. Nämlich nicht die Verrückten vom irakisch-syrischen IS, die sich von Al Qaida losgesagt haben. Was ist schon das Abschlachten von Ärmsten der Armen in entfernten Wüsten oder das Absägen von Köpfen einzelner Ungläubiger, verglichen mit dem schlagartigen Tod von 1.000 Politikern, Diplomaten und Offizieren in einem streng gesicherten Konferenzgebäude mitten in einer europäischen Großstadt? Wer den Terror dieser Welt anführen will, braucht keine maskierten Massenmörder wie der IS, sondern einen einzelnen Mann, der weiß, wie es geht: Isa.

An dem perfekten Plan hat Isa lange gearbeitet. Mehrfach ist er zur Vorbereitung in Bonn gewesen. Er reist unbesorgt, denn keine Kontrolle kann ihm gefährlich werden. Seine deutschen Sprachkenntnisse sind vorzüglich, und weder Fotos noch biometrische Daten existieren von ihm – außer den gefälschten in seinen von Al Qaida hergestellten Pässen. Nur wenige Eingeweihte haben jemals sein Gesicht gesehen, denn er hat geschworen, keinen Bart zu tragen, bis die Besatzer aus allen Ländern der Rechtgläubigen vertrieben sind. Und um die Bartlosigkeit zu verbergen, die einem Mann nicht zur Ehre gereicht, schlägt er stets einen Zipfel des Turbans vor Kinn, Mund und Wangen. Eine getönte Brille bedeckt seine Augen. Er spricht selten, und seine Stimme ist leise und kontrolliert, kaum hörbar, nur ein Zischeln. Wenn er reist, verschwindet er spurlos, und wenn er zurück kommt, taucht er ohne Voranmeldung auf. Niemand weiß dann, wo er gewesen ist.

Der Emir, der immer noch den Plan erläutert, schrickt zusammen. Unvermittelt sitzt Isa neben ihm, im grauen Kaftan auf dem grauen Kissen. Einen Zipfel des Turbans hat er vor das Gesicht geschlagen. Schweigend hört er zu, und unmerklich nickt er, wenn der Emir ihm beim Sprechen den Kopf zuwendet. Diesen Menschen, den man nur bemerkt, wenn er selbst es will, von dessen Gesicht man kaum die Augen kennt, der erscheint, wo und wie es ihm beliebt, der Angst verbreitet und Macht ausübt über Leben und Tod, diesen Menschen nennen die Männer schaudernd 'Brillenkobra'.

Lohhöfe, Niedersachsen

Die Sonne verschwindet hinter den Dächern, als Bleckwedel sein rotweinfarbenes Alfa Romeo Bertone Gran Turismo Veloce Coupé abstellt. In der Ortsmitte liegt der kleine Park mit den Linden, der murmelnden Bachquelle und der neunhundertjährigen Feldsteinkirche, und auf dem Marktplatz vor der Kirche gibt es immer freie Parkbuchten, nur Mittwochs nicht, denn dann ist Wochenmarkt. Das war schon so, als Bleckwedel noch unter Protestgeschrei über diesen Platz zum Kindergarten transportiert wurde, dem Ort seiner Abneigung.

Warum sollte er unter Aufsicht Ringelpietz spielen, statt hinter dem Haus seiner Eltern über die Wiesen zu streifen? Ohne Aufsicht, aber mit Unterstützung durch Wilhelm, Otto-Wilhelm und Axel? In 'Winkelmanns Lichtspielhaus' streifte der echte Winnetou ja auch über die Prärie, und ganz gewiss ging der nicht in den Kindergarten.

Wilhelm wurde schon damals 'Willem' gerufen, das ging einfach schneller. Willems Vater führte den Kolonialwarenladen am Marktplatz und Willem, nachdem er den Laden übernommen hatte, baute ihn noch ein wenig aus. Mit Hilfe von Timmy, seiner patenten Frau. Die ist zwar keine geborene Lohhöferin, aber sonst völlig in Ordnung. Inzwischen sind Willem und Timmy Eigentümer der größten Feinkost-Kette in Norddeutschland.

Zur Abgrenzung von Willem wurde Otto-Wilhelm 'O.W.' gerufen. Das fand O.W. völlig okay, denn damals gab es auch einen berühmten Schauspieler dieses Namens, und dadurch kriegte die Sache Schick. Das passte gut, denn O.W.s Vater war der Direktor der Lohhöfer Raiffeisenbank. Als solcher hat man zwar mit viel Geld zu tun, aber es ist leider nicht das eigene. Deswegen pfiff O.W. später auf ein Studium und machte lieber mit dem Import schwedischer Holzhäuser ein Vermögen. Nach der Wiedervereinigung expandierte die Firma und O.W. begann, die Verlegung des Firmensitzes ins Beitrittsgebiet zu planen. Daraufhin informierte ihn seine Ehefrau, dass sie nicht in ein Ostkaff ziehen werde, sondern in die Stadt. O.W.s Firma sitzt seither in Dresden und O.W.s Ex in Westervesede. In O.W.s Villa über der Elbe wohnt Mirja, die Schwedin. Die ist so alt wie Eva und daher für Bleckwedel ein Grund zur Hoffnung.

Axel wurde Axel gerufen, weil er das so wünschte. Weil er die meisten Muskeln hatte, wurde über Axels Wünsche nicht weiter diskutiert. Über Axels Vater war wenig bekannt. Nach der Schule ging Axel zur Luftverteidigung der Bundeswehr, denn bei Lohhöfe gab es damals eine NATO-Radarstellung, und Heidjer ziehen nicht gern weg. Nach Ablauf seiner Dienstzeit wechselte er zur Polizei und wurde schließlich Leiter der Lohhöfer Polizeistation. Statistiken belegen, dass nach seiner Pensionierung die Kriminalität in Lohhöfe bedenklich zunahm, aber Axel hält Statistiken für gefälscht. Er treibt viel Sport und hat noch immer dies V-förmige Kreuz, sagt jedoch, zunehmend müsse er Sorge tragen, dass das breite Ende oben bleibe.

In unregelmäßigen Abständen trifft Bleckwedel seine alten Schulfreunde in 'Spörrles Gasthaus'. Er nimmt Kurs auf die Kneipe und Gerti folgt zögernd, denn sie muss noch die Bäume am Platzrand prüfen. Als beide in den Gastraum kommen, sitzen Timmy, Willem und Axel bereits in der Fensterecke, Pilsgläser vor sich. Timmy sagt: „Moin, Geert!“ Auch um 20 Uhr ist das hier die korrekte Grußformel. Axel brummt freundlich. Willem schweigt, weil alles Nötige damit bereits behandelt ist. Die anderen Gäste, wie immer auf den Hockern an der Theke sitzend, heben ihre Gläser und prosten Bleckwedel zu.

Gerti richtet sich an Timmys Stuhl hoch, wedelt mit dem Schwanz und wird hinter den Ohren gekrault. Jetzt sagt Willem doch etwas: „Kann Dein Hund nicht unter dem Tisch liegen, wie sich das gehört?“ Dort liegt bereits Struppi, Willems Drahthaarterrier. Willem ist Jäger, wie ihre Väter es auch waren, und hat über die Erziehung von Hunden eine klare Meinung. Die wird vielleicht von Struppi geteilt, aber nicht von Gerti. Schon vor geraumer Zeit hat Willem die

Schwarte eines Keilers, der ihm vor die Büchse geraten war, unter dem Stammtisch deponiert. Für Struppi, der sie freiwillig mit Gerti teilt. Bleckwedel setzt sich.

Frieda Spörrle hinter der Theke beginnt, sein Pils zu zapfen und ruft: „Anni, Geert ist da!“ Anni kommt aus ihrer Küche: „Moin, Geert.“ Die Zwillingsschwestern Frieda und Anni Spörrle sind zusammen über 160 und lassen keinen Zweifel aufkommen, dass sie 'Spörrles Gasthaus' auch in den nächsten 160 Jahren führen werden.

Durch das Fenster beobachtet Bleckwedel, wie auf dem Marktplatz ein goldfarbener Mercedes einparkt, S-Klasse, neueste Baureihe. Fahrerin und Beifahrer steigen aus und kommen auf das Lokal zu. „Moin!“ O.W.s Stimme ist volltönend, wenn man es nett ausdrücken will, und Mirja sieht selbst in der rauchgeschwärzten Gaststube bezaubernd aus. Bleckwedel fragt sich manchmal, wie sie es mit O.W. aushält. Außerdem fragt er sich, ob sie wirklich überall blond ist, hat beides aber noch nie zur Sprache gebracht. Gerti kommt unter dem Tisch hervor und lässt sich auf die Jeans hieven, in denen Mirjas lange Schenkel stecken. Bleckwedels Gedanken dringen in gefährliches Gelände vor, aber er reißt sich zusammen.

„Morgen vor der Rückfahrt kommen wir kurz in eure Klitsche“, dröhnt O.W. und meint Willems und Timmys riesiges Feinkostgeschäft am Marktplatz. „Kofferraum vollladen! Schmeiße nächste Woche nämlich wieder 'ne Gardenparty, kleine Jazzband, große Zelte, höchstens 100 Leutchen.“ „Mir langt es jetzt schon“, hakt Mirja in ihrem fröhlichen Schwedinnendeutsch ein. „Hoffentlich regnet es so, dass die Sache ins Wasser fällt.“ „Alles Geschäftspartner, mein Sternchen. Euros winken! Aber die habt ihr ja nicht, deswegen verstehst du auch nix davon.“ „Wozu Euros, ich hab' ja meine Karten!“

Nach diesem Schuss vor den Bug wechselt O.W. vorsichtshalber das Thema, denn ihre Platinkarten hat sie nicht von ihm, sondern von dem Dresdner Reisebüro 'Mitternachtssonne', dessen Inhaberin sie ist. Er spricht jetzt ganz leise. „Wir müssen mal was Wichtiges beschnacken.“ In der Küche hört man Anni hantieren, Frieda kommt mit dem Tablett und stellt gefüllte Gläschen auf den Tisch. Willem klopft auf die Tischplatte: „Erst mal prost“, und sie kippen das hinunter, was hier Schluck heißt.

Inzwischen ist Frieda wieder außer Hörweite und O.W. beugt sich vor: „Wie lange schaffen die beiden das hier noch?“ Über die sonst so muntere Runde legt sich verblüfftes Schweigen. Als erste findet Timmy die Sprache wieder. Ihr Gesichtsausdruck erinnert Bleckwedel an Theodor Körner: Das Volk steht auf, der Sturm bricht los. „Du spinnst wohl! Kiek erst mal, wie du selbst aussiehst! Ohne Mirjas Hilfe kommst du nicht mal in dein Auto rein, von ander'n Dingen sprech' ich da noch gar nicht! Schluss mit dem Tüdelkram!“ In richtiger Einschätzung des Kräfteverhältnisses tritt O.W. den Rückzug an: „Ich mein' ja man bloß!“

Weil Bleckwedel aber gern seine strategischen Kenntnisse vor ihr ausbreitet, weiß Timmy, dass man einer wankenden Verteidigung keine Zeit zur Umgruppierung lassen darf: „Hest du's anne Ohr'n? Schluss, heff ick sächt!“ Ein diplomatisch ausformulierter Verhandlungsfrieden ist das nicht, aber die Waffen schweigen, und die Runde wendet sich anderem zu: Axel berichtet von alten Zeiten bei der Luftverteidigung.

Über eine dramatische Folge von Axels polizeilich geschultem Erinnerungsvermögen wird Bleckwedel die Runde später in Kenntnis setzen. Als die Kobra schon da war und alles gerade vorbei ist.

Gut Gehrcken, Niedersachsen

Am nächsten Tag kommt Ernst von Gehrcken über das Rondell vor seinem Gutshaus auf Bleckwedel zu. Die beiden Golden Retriever, auch nicht mehr die Jüngsten, blicken auf Gerti hinunter. Die springt kläffend an ihnen hoch, doch der Gutsherr, zurückhaltender als Willem, gibt keine Kommentare über die Erziehung fremder Hunde ab. Bleckwedel sagt: „Guten Tag! Und erneut herzlichen Dank.“ Der alte Herr schüttelt ihm die Hand: „Sie sollen ja in Übung bleiben. Aber anschließend müssen wir mal sprechen. Also kommen Sie dann zum Tee rein. Luise wird sich auch freuen.“ Dann geht er in Richtung der Ställe weiter, aufgerichtet wie die Kiefern in seinen ausgedehnten Waldungen. Die Retriever gehen mit, und Bleckwedel muss Gerti anleinen, sonst würde auch sie mitlaufen. Er öffnet den Kofferraum, zieht das Gewehr aus dem Futteral, steckt vier Schachteln mit Patronen in die Taschen der Wachsjacke und macht sich auf den zehnminütigen Fußweg zum Schießstand im Wald des Gutshofs.

Zur Dankbarkeit hat er allen Grund, und zwar gegenüber dem längst verstorbenen Vater des v. Gehrcken. Der suchte nämlich vor dem Krieg einen Gutsverwalter und nahm ihn aus dem benachbarten Lohhöfe, die Gutssekretärin dagegen holte er aus dem weit entfernten Breslau, und deswegen gibt es Geert Bleckwedel überhaupt. Als sein Vater starb, war Bleckwedel plötzlich Eigentümer eines Jagdgewehrs, einer einschüssigen Sauer-Kipplaufbüchse. Noch bei der Beerdigung bot v. Gehrcken ihm an, damit auf dem Schießstand des Gutes zu trainieren, was Bleckwedel in sehr unregelmäßigen Abständen tut.

Nachdem er die 40 Patronen verschossen und die Hülsen aufgesammelt hat, ist er ganz zufrieden. Er schießt wie früher, also sehr gut, findet er. Allerdings sollte er mal zum Optiker gehen, denn seine Brille scheint sich abgenutzt zu haben. Und außerdem gab es wieder das Problem mit dem rechten Arm, der durch den Raketensplitter in Kunduz fast abgerissen worden wäre. Jedesmal, wenn der Rückstoß die Schulter trifft, sticht im Oberarm der Schmerz zu. Die Physiotherapeutin in Berlin wird noch lange brauchen, das endgültig zu kurieren. Durch den Schmerz verzieht er beim Schießen nach rechts, nur ein wenig, aber immerhin.

Er schultert die Büchse, nimmt Gertis Leine auf und wandert zurück. Nach 10 Minuten langt er auf dem Hof an, verstaut die Waffe im Futteral, dieses im Kofferraum, lässt Gerti auf die Rückbank des Wagens hopsen und betritt das Gutshaus.

Die Wände der Eingangshalle sind mit Trophäen aus 200 Jahren Jagdgeschichte bedeckt. Bleckwedel findet das ziemlich altväterlich, aber Luise v. Gehrcken stört sich an den Trophäen natürlich nicht. Sie kommt die geschwungene Treppe herunter, schlank, kerzengerade, ganz in Schwarz, mit einer kleinen goldenen Brosche am Kragen, die weißen Haare im Knoten, hoch erhoben der Kopf, blitzend die Augen. „Geert! Ich freue mich." Noch in jüngster Zeit hat Bleckwedel die alte Dame beim Holzscheiteschleppen, Zäunestreichen und Kühefüttern gesehen. Früher war sie auf den ländlichen Reitturnieren gefürchtet, weil sie häufig die Pokale abräumte. „Frau von Gehrcken!" Mehr sagt er nicht, denn Schwatzköppe kann sie nicht ab.

Sie geht voran. Im Kaminzimmer mit den Glastüren zum Park

liest v. Gehrcken die Zeitung. „Hören Sie sich das hier mal an“, kommt seine Stimme hinter den 'Lohhöfer Nachrichten' hervor. „Erst soll er sich hinsetzen“, befindet Luise. „Er wird sich ja wohl hinsetzen und gleichzeitig zuhören können“, knurrt die Zeitung. Die beiden Retriever heben nicht einmal die Köpfe vom Teppich und Bleckwedel nimmt sich vor, das auch Gerti beizubringen. Er setzt sich in den Ohrensessel, in dem er immer sitzt und neben dem schon das hauchdünne Teeservice steht. Luise nimmt ihm gegenüber Platz und macht eine angedeutete Bewegung zu seinem Teekännchen: „Sie werden sich wohl selbst nehmen und gleichzeitig meinem Mann zuhören können.“ Die Zeitung ruckt nach rechts, der mächtige Schädel des v. Gehrcken und sein kurzgeschnittener Schnurrbart werden sichtbar. Er schaut zu seiner Frau hinüber, sie lächelt ihn an und man sieht, wie er sich abmüht, nicht zurück zu lächeln. Wo käme man da hin, mit einem jungen Spund im Zimmer, der das womöglich mitkriegen würde?

Die Zeitung ruckt zurück, der Kopf wird unsichtbar, und die Stimme sagt: „Die wollen das Gesetz ändern. Dann man los, ich bin dafür! Viel zu viel Schietbüdels laufen mit Knarren durch die Gegend. Hier traut sich das Pack natürlich nicht her, weil ich ihm gleich was auf den Pelz brennen würde. Luise schießt ja auch sehr gut, jedenfalls besser als Sie. Entwaffnen, die Mordbrenner, habe ich schon immer gesagt. Und dann wegsperren!“

Eine Mörderbande ist aufgeflogen, nachdem sie mitten in Deutschland und am helllichten Tag Menschen umgebracht hat, deren Verhängnis es war, weder blond noch kahlgeschoren zu sein. Als der Zugriff kommen sollte, ist es einigen der Feiglinge auch noch gelungen, sich der Gerechtigkeit durch Selbstmord zu entziehen. Unfassbar; man hatte doch behauptet, der Bodensatz sei unter Kontrolle. Die parlamentarische Aufarbeitung zieht sich seit Jahren hin, aber die Regierung plant, jetzt zu handeln. Dabei auch das Waffengesetz zu verschärfen, ist bei der Unzahl der in Deutschland umhergeisternden Schusswaffen nur folgerichtig. Bleckwedel kann sich daher denken, was gleich kommen wird. Schon vor einigen Jahren hat er es sich anhören müssen.

„Hören Sie zu! Sie müssen da jetzt endlich was machen, sonst geraten Sie noch in Deibels Küche. Ich habe Ihnen das schon vor ein paar Jahren mal erklärt, daran werden Sie sich ja wohl noch erinnern können. Und erzählen Sie mir nicht wieder, Autoren hätten keine Zeit, sich um so etwas zu kümmern. Ausgerechnet die!"

Derart ausführliche Reden hält v. Gehrcken selten, das Thema ist ihm offenbar wichtig. Die 'Lohhöfer Nachrichten' werden zusammengelegt, die Linke mit dem Siegelring in Gold und Blau greift nach der Teetasse. „Das ist sicher richtig", gibt Bleckwedel zu, „schließlich will ich ja nicht hinter Gittern landen."

Es ist wirklich höchste Zeit, die alte Waffe seines Vaters anzumelden. Dass er nicht hinter Gittern landen wolle, hätte er sich allerdings verkneifen sollen, denn Luise liebt keine Flapsigkeiten. Ihre Augen blitzen, und missbilligend schaut sie Bleckwedel an: „Geert! Dafür kommt man doch nicht ins Gefängnis. Es sei denn, Sie schössen mit Ihrem Gewehr auf einen Menschen. Aber dann wäre es ja wohl gerecht."

Mogadischu, Somalia

Während Bleckwedel auf Gut Gehrcken Tee trinkt, zieht der Emir in der obersten Etage des Gebäudekomplexes, in dem er sich mit seinen wichtigsten Männern und einigen ausgewählten Frauen verborgen hält, am Bernsteinmundstück einer Wasserpfeife. Ihm gegenüber, halb auf den Sitzkissen liegend, pickt sein engster Vertrauter Zuckernüsse aus einer Silberschale: Isa.

Der sagt mit seiner leisen Stimme: „Nachricht aus Berlin ist eingetroffen." Der Emir, nur grob über Isas Netzwerke informiert, zieht weiter an der Pfeife. „Von unserem Mann im Parlament?" „Ja. Von dem wissenschaftlichen Mitarbeiter, zu dem wir – nun, Geschäftsverbindungen unterhalten. Wie Du vielleicht weißt, sitzt die Abgeordnete, die ihn beschäftigt, im Innenausschuss des Bundestags. Das verschafft ihm viele Informationen aus den Nachrichtendiensten und der Polizei." „Ein glücklicher Zufall."

„In unserem Geschäft gibt es keine Zufälle. Dieser Mann hat sich vor einiger Zeit auf eine kleine Vergünstigung eingelassen, die wir ihm verschafft haben. Die deutsche Baufirma, die ihm ein ungewöhnlich günstiges Angebot für seinen Hausbau vorgelegt hat, gehört nämlich einer amerikanischen Baugesellschaft, die wiederum Teil eines südkoreanischen Baukonzerns ist, dessen Aktien sich im Besitz einer saudi-arabischen Familie befinden, die zu deinen Unterstützern zählt. Und seit seinem preiswerten Hausbau muss dieser Deutsche tun, was wir ihm sagen."

Den Emir ärgert die verborgene Zurechtweisung. „Was hat er diesmal mitgeteilt?" „Die Bonner Ukrainekonferenz wird von der Bundeskanzlerin nicht, wie ursprünglich geplant, beendet werden, sondern eröffnet." „Warum ist das wichtig für uns?" „Weil der Anschlag auch die Kanzlerin treffen soll und die neue Lage das Datum um mehrere Tage nach vorn rückt." „Hm, hm." „Und da die Planungen sowieso unter Zeitdruck stehen, brauche ich jetzt freie Hand in der Vorbereitung. Ich benötige sofortigen und ungehinderten Zugriff auf sämtliche Finanzen, auf alle Dokumentenfälscher und so weiter." „Das werde ich veranlassen. Noch etwas?" „Nein. Ich danke dir."

Der Emir winkt Isa, sitzen zu bleiben, zieht an der Pfeife und sucht offenbar nach Worten. Schließlich sagt er: „Da ist noch eine Angelegenheit, die ich mit dir besprechen will." „Ja?" „Ich habe seit einiger Zeit ein merkwürdiges Gefühl – als lauere hier eine unbekannte Gefahr. Irgend etwas stimmt bei uns nicht." „Was meinst du damit?" „Wir sprechen doch häufig über die Informationen, die unsere Kontaktleute von draußen liefern – so wie eben." „Ja. Und?" „Und ich bin mir keineswegs sicher, dass nicht umgekehrt Informationen von hier nach draußen gelangen."

Isa zeigt keinerlei Reaktion. Körperhaltung, Gesichtsausdruck und Blickrichtung bleiben völlig unverändert. Nur einem sehr aufmerksamen Beobachter könnte auffallen, dass seine Pupillen sich um eine Winzigkeit verengen. „Wie kommst du darauf?"

„Nur ein Gefühl, aber es wird mit der Zeit stärker. Und wie du weißt, trügt mein Gefühl mich niemals." „Wenn Informationen nach außen gelangen würden, wären doch längst die amerikanischen Bomber hier gewesen!" „Aber nicht, wenn Nachrichten über meine Pläne für die Ungläubigen wichtiger sind, als mein Tod es wäre. Dann werden sie sich hüten, uns anzugreifen, selbst wenn sie wissen, wo wir sind. Ich habe jedenfalls das Gefühl, dass hier irgend jemand ein falsches Spiel spielt. Daher sollten wir besser aus Somalia verschwinden und alle Männer, die ich nicht zwingend in meiner Umgebung benötige, hier zurücklassen." „Das geht nicht. Alle für den Anschlag in

Bonn gesponnenen Fäden laufen hier zusammen, und wir können jetzt nicht weggehen – jedenfalls nicht vor dem Anschlag. Wenn du das Gefühl einer Gefahr hast, lass uns beide aus diesem Stockwerk in das Erdgeschoss ziehen. Wie du weißt, gibt es im Keller bombensichere Schutzräume, in die wir uns jederzeit zurückziehen können. Die Männer, die jetzt im Erdgeschoss wohnen, können hierher in den obersten Stock ziehen." Der Emir seufzt. „Also machen wir auch diesmal, was du willst."

Isa zeigt unverändert keine Regung. Er sagt: „Wenn du fürchtest, wir könnten entdeckt werden, solltest du als erstes dein Flugzeug verschrotten. Das Ding ist viel zu auffällig und völlig überflüssig." „Meine kleine Cessna? Die ist doch nicht auffällig! Auf dem Flugplatz von Mogadischu stehen ungezählte Maschinen herum, weil jeder dahergelaufene Piratenchef sich von gemieteten südafrikanischen Buschpiloten durch die Gegend fliegen lässt. Und was soll aus meinem eigenen Piloten werden, wenn wir die Cessna zerstören, aus meinem treuen Avdullah?" „Dein treuer Avdullah? Dass ich nicht lache! Der weiß viel zu viel über dich. Ein Sicherheitsrisiko! Vermutlich ist er das Leck, durch das Informationen nach außen dringen. Ich lasse ihn erschießen."

Der Emir ist empört. „Das verbiete ich!" Reglos sieht Isa ihn an. Wie so häufig, wenn die beiden allein sind, hat der auch heute, bevor er sich niederließ und den Nüssen widmete, den Turban abgenommen und die Brille auf die Haare geschoben. Und wie so häufig schaut der Emir mit heimlich-lustvoller Faszination in die dicht bewimperten Augen, deren unterschiedliches Aussehen das sonstige Ebenmaß des jungen, völlig bartlosen Gesichts betont.

Berlin

Einen Tag später rollt der alte Alfa, aus Potsdam kommend, die Stadtautobahn entlang in Richtung Flughafen Berlin-Tegel. Wenige Kilometer vor dem Flugplatz, in den 'DRK-Kliniken Westend', wird Bleckwedel sich unter die Händchen seiner Physiotherapeutin legen. Die behandelt ihn, seitdem er vor einigen Monaten beim Schießtraining auf Gut Gehrcken bemerkt hat, dass das alte 'Kunduz-Zucken' im rechten Arm stärker wurde.

Eva hat gesagt: „Spritvergeudung! Umweltverschmutzung! Lassen Sie sich in Potsdam behandeln, dann können Sie zu Fuß hingehen.“ Bleckwedel aber hat sich an die Geschichte des Mannes ohne Gesicht erinnert und angenommen, dass eine Klinik, die mit einer derart grausigen Verwundung fertig geworden ist, auch die späten Nachwehen seiner Armverletzung kurieren könne. Seinen euphorischen Bericht von der ersten Behandlung hat Eva sich sehr kühl angehört. Zur zweiten hat sie ihn begleitet. Der Grund ist ihm unklar geblieben, aber die hübsche junge Therapeutin spricht seither mit Hochachtung von der spanischen Frau Doktor.

Er bittet stets um den letzten Termin des Tages, weil er sich für die Zeit nach der Behandlung gern verabredet, mit Eva zum Essen in Mitte. Beim ersten Mal hatte er ihr am Telefon mitgeteilt: „Ich muss sowieso nach Berlin fahren, da könnten wir doch auch zum Essen gehen.“ Das hatte sich als schwerer Fehler erwiesen, an *dem* Abend waren sie weder zum Essen noch sonst wohin gegangen. Seither drückt er sich geschickter aus.

Häufig finden diese abendlichen Essen auf der Friedrichstraße statt, zu DDR–Zeiten eine graue Plattenbaustrecke, jetzt wieder eine teure Flaniermeile im Zentrum der Hauptstadt. Dennoch trägt Eva beim Dîner kein Abendkleid und er keinen Smoking. Stattdessen pflegen beide Wetterjacken zu tragen, denn meist essen sie unter der Eisenbahnbrücke des 'Bahnhofs Friedrichstraße', also vor der besten Currywurstbude der nördlichen Halbkugel. Auf der südlichen Halbkugel gibt es keine Currywurstbuden, jedenfalls keine, die Bleckwedel bekannt wären. Auf den winzigen Stehtisch unter den hoch oben dröhnenden Schienen passen zwei kleine Porzellanteller mit großen Currywürsten und dazu zwei Flaschen Schultheiss. Porzellan hin oder her – Biergläser gibt es hier nicht, denn in Berlin übertreibt man nicht gern.

Obwohl er später mit dem Alfa nach Haus fährt, traut er sich, ein Bier zu trinken. Als er mal zwei getrunken und dann gesagt hat, er könne nicht mehr Auto fahren und müsse leider bei ihr, natürlich in allen Ehren und auf der Couch im Wohnzimmer, außer sie möchte, also naja, hm..., hat sie ihn wortlos in den Bahnhof befördert und oben in die S-Bahn gesetzt: Gleis 6, Linie 7, Richtung Potsdam.

Mogadischu

Während Bleckwedel unter den kundigen Händen der Physiotherapeutin stöhnt, sitzt in einem Erdgeschosszimmer des Verstecks in Mogadischu Isa auf einem Kissen, und gegenüber hockt ein junger Mann, dessen untere Gesichtshälfte von einem nicht besonders vollen Vollbart bedeckt ist.

„Ich freue mich sehr, dass du wieder hier bist, Isa", sagt der Bartträger auf Deutsch. „Ja, Erhan. Auch mich freue ich immer, wenn ich die Länder der Ungläubigen wieder verlassen habe." „Auch *ich* freue *mich* immer, wenn ich die Länder der Ungläubigen wieder verlassen habe." „Ach, du dich auch?" „Isa! Du hast mir befohlen, dein Deutsch zu verbessern, und ich will nicht dafür verarscht werden!" „Lass dich doch nicht auf den Arm nehmen, Erhan. Du bist ein guter Deutschlehrer."

„Es ist eine große Ehre für mich, Dir zu dienen. Aber du brauchst mich nicht, denn dein Deutsch ist perfekt. Oder fast perfekt. Und ich habe meine Eltern und meine Freunde und alles andere in Deutschland nicht verlassen, um hier den Sprachlehrer zu machen. Vor 20 Jahren sind wir nach Deutschland gekommen, und obwohl die ganze Familie seitdem von der lächerlichen Unterstützung leben muss, hat mein Vater mir ermöglicht, aufs Gymnasium zu gehen und Abi zu machen. Einen deutschen Pass habe ich auch, ich könnte jetzt studieren und eine Cousine heiraten. Das alles habe ich zurück gelassen, um zu kämpfen, mit der Waffe in der Hand. Und nicht, um hier herumzuhocken. Wann schickst du mich an die Front? Wann darf ich in den Jemen? Nach Syrien? In den Irak? Nach Afghanistan?" „Hör zu, Erhard." „Erhan!"

„Lass Dich nicht auf den Arm nehmen. Stimmt, der Kampf mit der Waffe ist wichtig. Aber ihn führen schon Tausende. Stirbt einer, so stehen hinter dem bereits drei neue." „Ja und?"

„Wichtiger als der Kampf ist der Kopf. Das Vorausdenken. Die Planung. Das Festlegen und Erkunden der Ziele. Die Auswahl der Märtyrer, ihre Motivierung, Einweisung und Ausbildung. Die Logistik, das Beschaffen von Waffen, Munition, Sprengstoffen, Fahrzeugen, Funkgeräten, Ausweisen, Kreditkarten, Wohnungen. Und vor allem: Von Geld. Millionen von Dollars, Hunderte von Millionen.

Und das Aufspüren persönlicher Schwächen von Politikern und Beamten, um sie zu erpressen: Wer macht Privatreisen in Regierungsflugzeugen? Wer kauft Fotos nackter Kinder? Auch das Aufbauen von Verbindungen zu Wirtschaftsführern, Bankmanagern, Börsengurus, Kirchenleuten, um Informationen zu beschaffen und die Politik der Ungläubigen zu beeinflussen. Das alles ist wichtiger als der Kampf an der Front, und es ist *meine* Aufgabe. Seit geraumer Zeit plane ich einen Angriff, der die Ungläubigen härter treffen wird als Nine/Eleven, über den ich mit dir aber nicht sprechen kann. Doch du weißt, dass ich zur Vorbereitung zahlreiche Reisen nach Deutschland unternehmen muss, so wie die, von der ich gerade zurück komme und..." „*Zurück gekommen bin*, denn deine Rückkehr ist ja abgeschlossen."

„Danke. Also, auf diesen Reisen muss mein Deutsch perfekt sein, und das wird es nur bleiben, wenn ich auch hier deutsch sprechen kann. Dazu brauche ich dich, bis die neue Aktion zu Ende ist." „*Beendet sein wird.* Und dann? Darf ich dann an die Front?" „Erhan, willst du denn unbedingt weg von mir?" Der junge Mann rutscht auf dem Kissen hin und her, zerrt an seinem Kaftan, zieht die Luft durch die Nase, als wolle er an Isa riechen, und kann seinen Blick offensichtlich nicht von dessen Gestalt reißen. „Nein, eigentlich überhaupt nicht. Am liebsten wäre ich immer bei dir. Ganz nah. Kann ich nicht hier unten wohnen, bis du mich an die Front schickst? In dem Zimmer neben dir?" „Neben *deinem.*" „Meinem?"

„Lass dich nicht auf den Arm nehmen. Mir scheint, dass du ein bestimmtes Problem hast, und dass das etwas mit mir zu tun hat. Halte dich bloß unter Kontrolle! Denke nie wieder daran, verstanden?" „Isa, bitte!" „Schluss jetzt!" „Aber ich möchte nicht schon wieder hinauf gehen. Erzähle mir von deiner letzten Reise. Bitte, Isa!"

„Also gut. Von hier nach Nairobi in der Cessna des Emirs. Dann Nairobi – Kairo mit Egypt Air. Von Kairo nach Frankfurt am Main mit Turkish Airlines. Von Frankfurt mit dem ICE nach Köln, dort vier Tage Hotelunterkunft. Täglich mit einem Taxi nach Bonn und abends zurück nach Köln. Am letzten Tag von Köln über Frankfurt, Kairo und Nairobi hierher zurück. Das wars."

„Sonst nirgendwo hin?" „Nein. Warum fragst du?" „Komisch." „Was ist daran komisch?" „Du hast mir doch befohlen, deine Sachen auszupacken." „Und?" „Und dabei habe ich dies in deiner Regenjacke gefunden." Erhan fährt mit der Hand in eine Tasche des Kaftans, bringt ein bedrucktes Stück Papier zum Vorschein und reicht es Isa. Der wirft einen Blick darauf. Das Papier fällt zu Boden.

Wenn man ein Sägeblatt umbiegt und es dann loslässt, entlädt sich mit Gewalt die Spannung, und im Bruchteil einer Sekunde schnellt der elastische Stahl zurück in die Gerade.

Eine ähnliche Bewegung nimmt der junge Mann jetzt im Zimmer wahr. Bevor er denken kann, steht die Kobra vor ihm und wölbt sich über ihrem Opfer hoch. Ihr Kopf ist zu ihm geneigt, der Blick starr, der Turbanzipfel herunter gefallen, der Mund ein Strich, Ober- und Unterarme bilden eine hochstehende, vorgeneigte Raute, in deren Mitte Brillengläser schimmern, die Hände sind nach unten gerichtet und in der rechten blinkt etwas, das der auf dem Boden Hockende nicht erkennen kann, weil er nur die Spitze sieht, die auf seinen Kopf zielt. Entsetzt reißt er den Mund auf, um zu schreien. Noch während er Luft holt, stößt die Kobra zu und rammt ihm die Klinge des Stiletts in den offenen Mund, durch die Zunge und das Genick, zwischen den vierten und fünften Halswirbel und durch alle Nervenstränge. Bevor er schreien kann, ist er tot.

In völliger Ruhe nimmt Isa dann von einer im Raum stehenden Wasserpfeife eine Schachtel Streichhölzer, hebt das heruntergefallene Papier vom Boden auf und zündet es an. Aufmerksam sieht er zu, wie der ICE-Fahrschein Frankfurt – Hamburg verbrennt.

Lohhöfe

Eine Woche nach Erhans Tod parkt Bleckwedel den Alfa neben dem goldfarbenen Mercedes mit dem Kennzeichen DD–OW 1000 und geht auf Spörrles Gasthaus zu. Vor der Eichentür dreht er sich um und wartet. Gerti kommt kläffend herangesaust, Bleckwedel kriegt gerade noch die Tür auf, und als er in die Gaststube tritt, steht der Dackel bereits aufgerichtet an Timmys Stuhl und lässt sich die Ohren kraulen.

„Kann Dein Hund nicht unterm Tisch liegen, wie sich das gehört?" fragt Willem. Timmy sagt: „Moin, Geert." Axel nickt mit dem Kopf und zieht den Stuhl neben sich unter dem Tisch hervor. Von dort ist zu hören, wie Struppi auf sein Keilerfell klopft, um Gerti zu begrüßen. „Hallo, ihr beiden Süßen“, sagt Mirja in ihrem fröhlichen Schwedinnendeutsch. Sie hebt Gerti auf den Schoß und Bleckwedel fragt sich, warum das Wort 'Hundeleben' negativ besetzt sei. Er kommt aber nicht dazu, sich weiter mit Mirjas Schoß zu beschäftigen, weil O.W. ihn andröhnt: „Moin! Gerade noch mal gut gegangen, eben. Hatte schon Angst, deine Spaghettikutsche würde meinen S rammen. Lenkung kaputt, oder was?“ Frieda kommt mit Schluck und Pils hinter der Theke hervor, Bleckwedel setzt sich, die Gäste auf den Barhockern prosten ihm zu, und das Gespräch wird an dem Punkt wieder aufgenommen, an dem es durch Gertis Landeanflug unterbrochen worden war.

„Wenn die einfach so arbeiten würden wie wir, hätte Europa überhaupt kein Problem“, setzt O.W. seine Beurteilung der griechischen Arbeitsmoral aus der Sicht eines Deutschen fort, der schwedische Holzhäuser importiert und sich deswegen in Europa auskennt. Willem, der wirtschaftlich noch erfolgreicher ist als O.W., weswegen sein ökonomisches Urteil hier das größte Gewicht hat, sagt: „Unsinn! Wenn Du Mirja einfach mal zum Essen einladen würdest, statt sie abends in der Küche stehen zu lassen, wo sie dir vermutlich Elchbraten macht,...“ – an dieser Stelle wird er durch Mirja kurz unterbrochen: „Das soll wohl ein Witz sein!“ – „...dann würdest du bemerken, dass viele Griechen deutlich härter arbeiten als du. Oder hast du schon mal gesehen, dass Tavernen am Wochenende geschlossen sind, so wie die Baustellen deiner 'Mitternachtssonne-Häuser GmbH und Co KG'? In Dresden wird es ja wohl eine Menge Griechen geben, bei denen du das mal testen könntest.“ Axel, der regelmäßig den Wirtschaftsteil der Lohhöfer Nachrichten liest, obwohl seine Beamtenpension keine größere Vermögensanlage zulässt, fragt: „Sondern?“

„Das Problem sind nicht die Griechen, sondern die Steuern. Oder glaubt jemand, dass einer der griechischen Reeder, die mit EU-Hilfen gigantische Tankerflotten gebaut haben, Steuern zahlt?“ Willem sieht sich in der Expertenrunde um, aber niemand ergreift das Wort zur Verteidigung milliardenschwerer Tankerkönige. „Und dort werden Steuern, die nicht gezahlt werden, auch nicht eingetrieben. Das ist bei uns ja anders, zum Glück!“ Er schaut O.W. an. Der sagt: „Naja, wie man's nimmt.“

Bleckwedel wirft ein: „Dass ihr hier alle so schnacken könnt, wie euch der Schnabel gewachsen ist, hat ja wohl etwas mit Demokratie zu tun. Und wo kommt die her?“ Alle gucken misstrauisch: Gleich wird er wieder eines seiner gefürchteten Grundsatzreferate halten. Timmy zieht entschlossen die Notbremse: „Geert, sei ruhig. Das wissen wir alles!“ Mirja kündigt an: „Wenn sie aufwacht, werde ich Gerti abfragen, ob sie es auch weiß. Die muss es sich ja sogar im Auto anhören. Gerti, meine Ärmste, willst du mal mit nach Dresden fahren, damit etwas Freude in dein Leben kommt?“ Gerti wackelt im Schlaf mit den Ohren und O.W. versucht, ihren Besuch in seinem Haus abzuwenden: „Mirja, mein Schatz, lass gut sein. Wir sind doch nicht der Dresdner Zwinger.“

Bleckwedel, dessen Lieblingsthema 'Europa' derart zügig vom Tisch gewischt worden ist, greift zu einem Diebstahl. Er hat die Argumentation in einem linksliberalen Hamburger Wochenblättchen entdeckt und beschließt, sie als Eigenschöpfung auszugeben. Schließlich ist dies hier keine Doktorarbeit.

Er lehnt sich also vor, stützt die Ellbogen auf und macht mit den Händen wedelnde Bewegungen. Unwillkürlich beugen auch die anderen Mitglieder der Runde sich vor, und er spricht mit konspirativ gesenkter Stimme. „Könnt ihr überhaupt noch schlafen?“ Timmy sagt: „Klar können wir schlafen, warum nicht?“ „Kommt mal näher!“ Fast liegen sie auf dem Tisch. Er hält den ausgestreckten Zeigefinger vor die Lippen und flüstert: „Der Franzose hat die Bombe.“ Axel erkundigt sich: „Welcher Franzose?“ „Na, die Franzosen eben, also Frankreich.“ „Und was für eine?“ „Die A-tom-bom-be!“

Alle lehnen sich zurück, schütteln die Köpfe und greifen zu den Gläsern. O.W. fasst die Meinung der Runde lautstark in Worte: „Wir sollen nicht schlafen können, weil Frankreich Atomwaffen hat? Das ist doch Schwachsinn!“ Alle nicken. Nun greift auch Bleckwedel zum Glas: „Seht ihr jetzt, wie wunderbar dies gemeinsame Europa ist? Darauf trinken wir!“ Einen Augenblick herrscht Stille. Dann trinken sie.

„Ich geh' mal nachseh'n, wo Anni mit deinem Schinkenbrot bleibt“, meldet Frieda an O.W. und marschiert los, durch die Schwingtür in den schmalen Gang, der weiter hinten in die Küche mündet.

Willem kann der Versuchung nicht widerstehen: „Hast du schon wieder Elch bestellt?“

Wer als Kind einen Weltkrieg überlebt hat und als Erwachsener eine Kleinstadtkneipe betreibt, kreischt nicht, auch nicht im Augenblick des Entsetzens. Frieda, fahl wie ein Gespenst, erscheint einfach wieder in der Schwingtür und sagt leise: „Timmy, komm mit in die Küche, sofort, bitte!“

Timmy wirft beim Aufstehen ihren Stuhl um, sie läuft durch die Gaststube und beide Frauen verschwinden hinter der Tür. Im Küchenflur hört man ihre schnellen Schritte. Axel, jetzt ganz Polizeibeamter, nimmt sein uraltes Siemens-Handy vom Tisch, steht auf und sagt: „Ich glaube, ich geh' da mal besser mit.“

Heikendorf, Schleswig-Holstein

Während die Runde in der Lohhöfer Gaststube sich fragt, was in der Küche los sein mag, sitzt Botschafter a.D. Dr. Ringstorf im Wohnzimmer seines Heikendorfer Hauses und schaut auf das Wasser der Kieler Förde. Heikendorf liegt nur wenige Kilometer nördlich von Kiel, und das ist sehr praktisch, besonders für Segler. Ringstorf ist ein erfahrener Segler und seit seiner Pensionierung auch Skipper einer Yacht. Die konnte er günstig erwerben, als die Ehefrau des vorherigen Eigners, eine langjährige Wochenendwitwe, ihren Mann endlich vor die Entscheidung stellte, die alle begeisterten Segler irgendwann treffen müssen: „Der Pott oder ich!“ Daraufhin wurde Ringstorf Eigner des Potts. Der frühere Skipper zweifelt inzwischen zwar an der Weisheit seiner eigenen Entscheidung, aber nun ist es zu spät.

Mehr noch als auf den nächsten Segeltörn freut Ringstorf sich aber auf die Rückkehr seiner Frau. Die wird übermorgen aus Tallin zurück kommen, wo der Sohn der beiden mit seiner estnischen Ehefrau und neuerdings auch einem winzigen deutsch-estnischen EU-Bürger lebt. Der Botschafter wäre natürlich mitgeflogen, um seinen ersten Enkel zu begrüßen, hatte sich aber schon vor geraumer Zeit breitschlagen lassen, bei der Kieler Kaufmannsgilde einen Vortrag über Afghanistan zu halten, für dessen wirtschaftliches Entwicklungspotential Kaufleute mit internationalen Handelsverbindungen sich selbstverständlich interessieren. Diese Veranstaltung wird morgen stattfinden, und Ringstorf musste seine Frau allein fliegen lassen. Nun wartet er auf ihren Anruf, und als es endlich klingelt, nimmt er das Telefon hoch und sagt: „Hallo Schatz! Du bist zweifellos die am besten aussehende Oma der ganzen Welt. Wie geht's denn unserem jüngsten Familienmitglied und seiner Mama? Dem Papa inzwischen wieder gut, nehme ich an."

Mit leicht amerikanischem Akzent antwortet eine Männerstimme: „Exzellenz, Ihr Tag sei gesegnet. Allah der Allmächtige beschütze Sie und Ihre Familie. Ich bitte um Vergebung für diesen unerwarteten Anruf, aber der Khan würde Sie gern sprechen, falls es Ihnen recht ist. Wenn Sie einverstanden sind, werde ich an diesem zweiten Hörer mithören und jeweils übersetzen."

Ringstorf wird anschließend lange über die Frage nachdenken, woher der Khan die Informationen hatte, aber auf keine Lösung kommen. Überraschenderweise eröffnet jener das Gespräch nämlich, indem er von Großvater zu Großvater herzlich zur Geburt des Enkels gratuliert und bittet, Frau Ringstorf Glückwünsche nach Tallin zu übermitteln. Als Ringstorf dies eine halbe Stunde später tut, teilt seine Frau ihm mit, ein unbekannter Bote habe an der Rezeption des Hotels einen Blumenstrauß für sie abgeliefert, schwarze Rosen und rote Tulpen, eingebettet in einen Kranz grüner Blätter – Afghanistans Nationalfarben. Im Gegenzug teilt Ringstorf ihr mit, übermorgen müsse sie für die Fahrt vom Flugplatz, der früher 'Hamburg-Fuhlsbüttel' hieß und in besserem Deutsch jetzt 'Hamburg Airport' heißt, nach Heikendorf leider ein Taxi nehmen, weil er sie nicht abholen könne.

Noch aber spricht er mit dem Khan. Das Gespräch dreht sich um das Leben des Botschafters als Pensionär, um das Leben des Khans als Minister, um die Erwartungen an die bevorstehende Konferenz in Bonn, um das Wiedererstarken der Taliban, die Zustände in Pakistan und um vieles andere. Beide Männer haben ihr Leben in der Grauzone zwischen Frieden und Krieg verbracht, lange Perioden auch in der blutroten Zone. Sie sind mit allen Wassern gewaschen und werden auf dieser offenen Leitung keine Informationen austauschen, die in der deutschen Amtssprache als sensitiv bezeichnet werden würden. Nach 15 Minuten verabschieden sich die beiden sehr freundschaftlich, der Khan legt auf und der Neffe am zweiten Hörer wünscht dem Botschafter und seiner Familie respektvoll Allahs Segen. Bevor auch er auflegt, fügt er noch an, dass er den kleinen Enkel in sein nächstes Freitagsgebet einschließen werde, welches er in seinem Büro abzuhalten gedenke.

Nach dem Gespräch sitzt Ringstorf lange in seinem Sessel. Er schaut auf das kabbelige, dunkelgraue Wasser der Förde und überlegt.

7.000 Kilometer westlich von Heikendorf, in Fort Meade bei Washington, dem Hauptquartier der National Security Agency NSA, schiebt ein Mann das Kaugummi in die linke Wange und sagt zu seinem Platznachbarn: „Fehlanzeige. Er hat mit Deutschland telefoniert, aber nichts gesagt, was nicht auch in der 'Washington Post' steht. Frage mich sowieso, was der den ganzen Tag über treibt, seitdem er nicht mehr der große Löwe in Herat ist.“

Später ruft Ringstorf seine Frau an. Danach telefoniert er mit dem Vorsitzenden der Kieler Kaufmannsgilde. Er entschuldigt sich, dass er wegen eines nicht vorhersehbaren Ereignisses von seiner Zusage, morgen über Afghanistan zu referieren, zurücktreten müsse. Er kündigt aber an, statt seiner werde ein anderer Kenner der Verhältnisse zur Verfügung stehen, und teilt dem Vorsitzenden, der den Redner ja begrüßen und vorstellen muss, einige Punkte aus dessen Biographie mit. Anschließend ruft er eine Handynummer an, und als der Anschlussinhaber sich meldet, sagt der Botschafter formlos: „Was immer du für morgen geplant hast – sage es ab. Du wirst um 18 Uhr in Kiel einen kleinen Vortrag halten.“ Nur kurz informiert er über das Thema des Vortrags und das Auditorium. Danach steht er auf, prüft die Gültigkeitsdauer seines Passes mit dem Visum für Afghanistan und trauert für eine Sekunde seinem früheren Diplomatenpass nach. Schließlich steigt er ins Auto und fährt zu dem Reisebüro, dessen Stammkunde er ist, seit er sich nicht mehr auf das Dienstreisereferat des Auswärtigen Amtes stützen kann.

Die religiöse Bedeutung des Freitags in muslimischen Ländern entspricht in etwa der des christlichen Sonntags, aber der Freitag ist in den meisten Staaten kein Feiertag, sondern es wird gearbeitet. Allerdings ist der Freitag der Tag des gemeinsamen Gebets, und das findet selbstverständlich in der Moschee statt. Dass der Neffe, Vertrauter und engster Mitarbeiter des Khans, während des Gebets im Büro sein wird, ist nur denkbar, wenn auch der Khan im Büro sein wird. Während der Zeit des gemeinsamen Freitagsgebets wird aber der Khan, ein Vollblutpolitiker, nicht im Büro sein, um dort ungesehen zu beten. Also warum dann? Das ergibt nur Sinn, wenn er einen Besucher empfangen will, dessen Besuch nicht bekannt werden soll. Jedenfalls nicht irgendwelchen Leuten, die Kommunikationsverbindungen abhören, was nicht nur der NSA möglich ist, sondern auch jeder besseren Terrororganisation, die etwas auf sich hält.

Dieser Besucher kann nur Ringstorf sein, sonst hätte der Neffe die abschließende Bemerkung ja nicht gemacht, die zwar dem Mann in Fort Meade und hoffentlich allen anderen Mithörern nicht auffiel, aber dem erfahrenen Botschafter. Das übrige Gespräch diente nur der Vernebelung. Und der Freundschaft.

Kabul, Afghanistan

Während des Fluges hatte die afghanische Stewardess ihn gebeten, nach der Landung sitzen zu bleiben, bis alle Passagiere die Maschine verlassen hätten. Jetzt ist es so weit. Die Stewardess lächelt unter ihrem Kopftuch, Ringstorf steht auf, zieht seinen kleinen Koffer aus dem Gepäckfach, geht die wenigen Schritte bis zur offenen Tür und tritt auf die Plattform der an das Flugzeug heran gerollten Treppe. Die Sonne strahlt von einem wolkenlosen, aber durch die Emissionen etwas verschleierten Himmel, und der Anblick der Bergriesen hinter der Stadt ist gewaltig. Den bietet Kiel so ja nicht.

Am Fuß der Treppe steht ein Chevrolet mit abgedunkelten Scheiben. Der Beifahrer steigt aus und öffnet die hintere rechte Tür. Ringstorf geht die Treppe hinunter und steigt ein, die Tür wird geschlossen, sein Koffer verstaut, der Beifahrer steigt ebenfalls ein und los geht's. Interessiert sieht der ehemalige Botschafter sich um. Kabul International Airport, vor 15 Jahren ein zerbombter Schrottplatz, ist jetzt pico bello. Ringstorf schüttelt mal wieder den Kopf über die Urheberin der Behauptung, nichts sei gut in Afghanistan. Man sollte sich nicht über Länder verbreiten, die man nie gesehen hat. Der Berliner Bär und der Adler der türkischen Luftwaffe, beide in der Anfangszeit des ISAF-Einsatzes von deutschen und türkischen Soldaten als überlebensgroße Standbilder errichtet, stehen auf ihren Steinsockeln vor dem Abfertigungsgebäude. Auf dem Rollfeld bewegen sich

Maschinen zahlreicher Fluglinien, alle paar Minuten startet oder landet ein Flugzeug. Die großen Passagier- und die riesigen Frachtmaschinen schrauben sich derart langsam in den Kabuler Kessel hinunter, dass sie den Gesetzen der Physik zu trotzen scheinen. Der Mann, dessen Name den wieder aufgebauten Flughafen schmückt, wäre sehr stolz, wenn er das alles sehen könnte.

Achmed Schah Massud, politischer und militärischer Führer der Nordallianz, Bezwinger der sowjetischen Besatzer, Sieger über die Taliban, Verteidiger der Hauptstadt gegen die Angriffe zahlreicher Warlords, war unter allen afghanischen Machthabern, Ältesten, Clanchefs und Kriegsfürsten der Fähigste. Nicht zufällig war er der einzige, der vor dem Europäischen Parlament sprechen durfte. Er wäre jetzt der gewählte Präsident seines Landes, wenn er nicht zwei Tage vor Nine/Eleven einem belgischen Presseteam ein Interview gegeben hätte. Die beiden Interviewer waren weder Belgier noch von der Presse und ihre Kamera war eine Bombe.

An der Ausfahrt des Flughafens wartet eine ganze Kolonne von Polizeifahrzeugen mit blitzenden Rotlichtern und heulenden Sirenen. Jetzt erst geht's richtig los. Der Khan wünscht offenbar nicht, dass sein Besucher im Verkehrsgewühl stecken bleibt. Ringstorf lehnt sich zurück. Früher brauchte man hier Polizeibegleitung, um lebend an ein Ziel zu gelangen, heute braucht man sie, um zeitgerecht dorthin zu kommen – wenn das keine positive Entwicklung ist. Kabul ist eine aus allen Nähten platzende, geschäftige Dreimillionenstadt, in deren verstopften Verkehrskreiseln teure Geländewagen sich gegenseitig den Weg abschneiden. Mit dem unheimlichen, großflächig zerstörten, nachts völlig schwarzen Lehmhäusermeer in Ringstorfs Botschafterzeit hat es nur noch die Berge gemeinsam, die unverändert den Horizont bilden. Ringstorf freut sich, hat er doch an dieser Entwicklung mitgearbeitet.

Ja, es stimmt: Ungefährlich ist es in Kabul nicht. Aber es ist hier weniger gefährlich als zum Beispiel in Ciudad Juárez, der Grenzstadt zwischen Mexiko und den USA. Der Straßenverkehr in Deutschland fordert mehr Tote als der Krieg in Afghanistan, und Anschlägen kann man auch in London zum Opfer fallen, in Madrid oder Oklahoma City und auf der Touristeninsel Bali. Ungefährlich ist es weder in der Berliner U-Bahn noch im Bahnhofsviertel von Frankfurt am Main.

Wer Sicherheit will, muss in Heikendorf bleiben. Dort kann man allerdings mit der Yacht kentern, was wiederum in Kabul nicht zu befürchten ist.

Die Fahrt geht die vierspurige Bibi Mahru-Straße hinunter. Linker Hand bleibt das Hotel Marriot zurück. Rechts hinter einer hohen Mauer wehen die Stars and Stripes: Die Botschaft der Vereinigten Staaten von Amerika. Danach folgt links eine schmale Einfahrt, die ohne ihre schützenden Betonblöcke ganz unauffällig wäre: die Zufahrt zum ehemaligen Hauptquartier der internationalen Truppen, ISAF. Am nächsten Verkehrskreisel rechts ab, und die kleine Kolonne taucht ein in das Regierungs-, Ministeriums- und Botschaftsviertel.

15 Minuten später sitzen der frühere Botschafter und der jetzige Minister sich gegenüber. Das Ministerium und das Ministerzimmer sind deutlich bescheidener, als es der weitläufige Gebäudekomplex und tanzsaalgroße Konferenzraum des damaligen Gouverneurs von Herat waren. Das Gebäude wirkt ausgestorben, die Mitarbeiter des Ministeriums sind beim gemeinsamen Freitagsgebet. Der Tee wird daher von dem mittlerweile nicht mehr so jungen Neffen gereicht, der bei Ringstorfs Eintreffen genau so über das Wiedersehen entzückt war wie sein Onkel. Der Minister hat sich schon darüber gefreut, dass die Einladung überhaupt geklappt hat: Als die afghanische Fluggesellschaft Ariana vor sechs Stunden, nach Ringstorfs Umsteigen in Dubai, die Telefonmeldung übermittelte, 'das Paket aus Dubai' sei in der Maschine, hat er von seinem Neffen 20 U.S.-Dollar eingefordert. Der hatte nämlich leichtsinnigerweise gewettet, Ringstorf könne die arg verklausulierte Einladung am Telefon gar nicht verstanden haben.

Der Besuch beginnt mit einem Gespräch über Enkelkinder. Erst nach einiger Zeit greift der Khan sein eigentliches Anliegen auf, und zwar in sehr merkwürdiger Form: Ohne ein Wort über das Thema zu sagen. Nach einem Schluck Tee nickt der Minister seinem Neffen zu; der zieht aus der Innentasche des Sakkos ein zusammengefaltetes Blatt und reicht es dem Botschafter. Der Khan fordert Ringstorf mit einer Handbewegung auf, das Blatt zu entfalten und zu lesen. Gleichzeitig verbreitet er sich weitschweifig, wie es sonst nicht seine Art ist, über Handelsbeziehungen, ohne dass Ringstorf zuhört. Der liest handschriftlich und auf Deutsch:

Abhorung??
Emir: Jidga Afgooye
Konferenz UKR: Abdul Nuri, Weste!!!
Carthage – Dusseldorf, Aug 14
Zur Botschaft? Fahrer auf Schulter tippen!

Der sonst so perfekte Neffe, dessen Dortmunder Studienzeit mittlerweile ziemlich lange zurückliegt, steht wohl mit den deutschen Umlauten nicht mehr auf vertrautem Fuß, doch die dabei schlecht weggekommenen Dusseldorfer werden ihm verzeihen. Angesichts solch atemberaubender Informationen fragt Ringstorf sich nicht länger, wie der Khan an Kenntnisse über die Geburt von Ringstorfs Enkel und an die Talliner Hoteladresse seiner Frau gelangen konnte. Er prägt sich den Text ein, der Neffe verbrennt den Zettel in einer Silberschale, und etwaige 'Abhorer' fragen sich hoffentlich, was der Minister diesem Deutschen eigentlich mitteilen will. Der Abschied nach einer halben Stunde, noch vor Ende des Freitagsgebets, ist außerordentlich herzlich. Man kann nie wissen, ob man sich wiedersieht.

Als die Tür des Chevrolet geschlossen wird, wählt Ringstorf die Formulierung, die während Nine/Eleven in einer Höhe von 6.000 Metern über Pennsylvania die Männer an Bord von 'United Airlines 93' gebrauchten, des vierten durch Al Qaida entführten Flugzeugs. Während die anderen Maschinen die Türme des World Trade Centers und Teile des Pentagons zerstörten, sollte diese ins Kapitol gesteuert werden, das U.S.-Parlament. Passagiere aber griffen die Entführer an und drangen bis ins besetzte Cockpit vor, woraufhin das Flugzeug abstürzte. Da vor dem verzweifelten Gegenstoß einige mit ihren Familien telefoniert und die noch offenen Apparate auf die Sitze geworfen hatten, weiß man, was sie im Augenblick ihres Angriffs riefen: „Let's roll!“ Auf geht's! Das sagt nun auch Ringstorf und schlägt dabei dem afghanischen Fahrer auf die Schulter: „Let's roll!“

Der jetzige Botschafter der Bundesrepublik Deutschland in Kabul hat schon viel erlebt und kann kaum noch verblüfft werden. Dennoch ist er etwas verwundert, als ihm plötzlich der Besuch seines Vor-Vorgängers gemeldet wird. Nachdem Ringstorf ihn ins Bild gesetzt hat, gehen die beiden in den mit neuester Technik ausgestatteten

Kommunikationsraum der Botschaft, wo geschützter, abhör- und mitlesesicherer, verschlüsselter Informationsaustausch mit der ebenso abgeschotteten Fernmeldezentrale des Auswärtigen Amtes in Berlin möglich ist. Der Diensthabende in diesem Kommunikationsraum fährt seinen Computer hoch, der Botschafter diktiert ihm einen Text, Ringstorf liest den und nickt dann billigend. Danach drückt der Diensthabende die Eingabetaste.

Als Ringstorf später im Hotel Marriot am Flughafen eincheckt und sich über den Fluglärm freut, den es vor ein paar Jahren noch nicht gegeben hat, löst sich die Runde vor Nummer 49 bereits wieder auf.

Der Computer mit der Nummer 49, der internationalen Telefonvorwahl für Deutschland, steht zwischen vielen anderen in einem fensterlosen Raum der amerikanischen Botschaft an der Bibi Mahru-Straße, gegenüber dem alten ISAF-Hauptquartier. Er schaltet sich automatisch ein, wenn der Computer des Diensthabenden im Kommunikationsraum der deutschen Botschaft hochgefahren wird. Die von dort abgefangenen Informationen sind in der Regel nicht weltbewegend, meist dreht es sich um Bestellungen von Thüringer Bratwurst, Jever Pils, bayerischem Obstler und anderen Grundnahrungsmitteln aus der Heimat. Heute aber löst der Bediener von Nummer 49 Alarm aus.

Noch bevor Ringstorf sein Hotelzimmer erreicht, ist die abgefangene Meldung entschlüsselt, ins Englische übersetzt und an das State Department, das Außenministerium der USA, weitergeleitet worden. Alle, die sich in Washington mit dem Text befassen, müssen umdenken. Woher die Deutschen die Informationen haben, geht aus der Meldung nicht hervor, aber die Zuverlässigkeit der den Amerikanern unbekannten Quelle wird im Vorspann als AAA eingeordnet, die Deutschen scheinen sich ihrer Sache also sicher zu sein.

Ein Mann namens Abdul Nuri werde am 14. August über die Flughäfen Tunis-Karthago und Düsseldorf nach Deutschland einreisen, um während der Ukraine-Konferenz in Bonn zu sein, so steht es in der Meldung. Seine Rolle bei der Konferenz werde aber nicht die eines Delegierten sein, sondern die eines Selbstmordattentäters. Den amerikanischen Diensten ist dieser Abdul Nuri als ein terrorverdächtiger und seit langem verschwundener Rechtsanwalt französischer Staatsbürgerschaft bestens bekannt.

Und weiter heißt es in der Meldung, der Emir, der meistgesuchte Mann der Welt, auf den ein Kopfgeld von 25 Millionen Dollar ausgesetzt ist, befinde sich nicht in Pakistan. Vielmehr lebe er an einer Stelle, an der niemand ihn jemals vermutet hätte: Jidga Afgooye ist eine Adresse in Mogadischu, der Hauptstadt des nur noch auf der Karte existierenden Staates Somalia. Und zwar die der ehemaligen, aber seit dem Zusammenbruch der staatlichen Ordnung evakuierten U.S.-Botschaft.

Washington D.C., USA

Wo die Vermont Street eine Kurve macht und plötzlich Rock Spring Road heißt, führt eine Zufahrt auf das weitläufige Gelände des 'Washington Golf Clubs', die nur wenigen Clubmitgliedern bekannt ist. Der schnurrbärtige Engländer, der nicht nur im Gesicht wie ein Brite aussieht, sondern auch ein Tweedjackett mit Hornknöpfen und Lederbesatz trägt, sein Schnupftuch unter der Manschette des rechten Hemdärmels verwahrt und einen Jaguar mit Rechtslenker durch die Hauptstadt der USA steuert, biegt vorsichtig in diese Zufahrt ein. 100 Yards weiter wird der Weg durch einen Zaun versperrt, aber dort gibt es offenbar eine Kamera, denn ohne dass ein Mensch sichtbar würde, gleitet ein Tor zur Seite und gibt dem Jaguar die Weiterfahrt frei.

Auch die Strecke jenseits des Tors ist dem Fahrer vertraut. Seine Gruppe trifft sich hier zwar nicht regelmäßig, aber doch ein- bis zweimal im Quartal. Der Amerikaner lädt jeweils zu den Treffen ein, am offenen Telefon und als Verabredung zum Golfspiel. Die fünf Männer, die sich dann einfinden, sind tatsächlich erstklassige Golfspieler, zu diesen Treffen führen sie jedoch keine Golfausrüstung mit. Auch treffen sie sich nicht im Clubhaus, sondern in dem Fachwerkhaus da vorn.

Das reetgedeckte und uralte, aber top-modernisierte Gebäude zwischen den Kirschbäumen ist vom Platz her gar nicht zugänglich. Dort verhindert natürlich kein Zaun die Annäherung, denn das wäre ja undenkbar, ein Zaun auf einem Golfplatz. Die Sperrfunktion erfüllt viel besser der nur aus nächster Nähe sichtbare, breite und mit

Videokameras gespickte Wassergraben. Manchmal kommt es vor, dass ein Anfänger seinen Golfball über diesen Graben schlägt. Das ist Pech, denn danach kann er den Ball vielleicht noch liegen sehen, ihn aber nicht mehr spielen. Wer das nicht akzeptiert und durch den Graben watet, sieht sich vor dem Herauskraxeln am diesseitigen Ufer einigen durchtrainierten Herren mit kurzem Haarschnitt gegenüber. Diese tragen dunkelblaue Blazer mit Golfclub-Enblem und erläutern sozusagen von oben herab, der Zutritt zum Areal des Fachwerkhauses sei nur Angehörigen der Clubleitung gestattet. Doppeltes Pech für den Anfänger, nun ist auch noch die Hose nass.

Könnte man dies Fachwerkhaus hier abbrechen, über den Atlantik transportieren und in Deutschland wieder aufbauen, so würde es dort nicht weiter auffallen. Das ist nicht verwunderlich, denn es wurde von Deutschen erbaut. Und zwar 1780 während des Unabhängigkeitskriegs der amerikanischen Kolonien gegen die englische Krone. Damals gefiel es Friedrich II., Untertanen als Söldner zum Kampf gegen die Amerikaner an England zu vermieten, was der fürstlichen Kasse schönes Geld einbrachte. Dieser Friedrich II. war natürlich nicht der Große, sondern der Landgraf von Hessen, also ein Kleiner. Den Amerikanern passte der Einsatz von Söldnern gar nicht und sie setzten diejenigen Hessen, derer sie habhaft wurden, zum Wiederaufbau ein. Deswegen findet man noch heute im östlichen Teil der USA deutsch aussehende Gebäude aus dem 18. Jahrhundert.

Der Jaguar rollt jetzt über eine schmale Brücke zur Frontseite des Fachwerkhauses, wo bereits vier Fahrzeuge parken: Ein Mercedes GLK, ein Audi Q5, ein Porsche Cayenne und ein Volkswagen Touareg. Man könnte denken, es handele sich bei dem Treffen in diesem Haus und mit diesen Autos vor der Tür um eine Zusammenkunft von Deutschen, aber Deutsche haben hier keinen Zutritt. Der Neuankömmling parkt seinen Wagen ganz links, und jetzt stehen die fünf englischsprachigen Nationen dieser Welt beieinander. Der Jaguar gehört dem Engländer, wie es sich gehört. Der Mercedes GLK gehört einem U.S.-Amerikaner, ihrem Gastgeber. Der Audi Q5 dem Kanadier, der Porsche Cayenne dem Neuseeländer und der VW Touareg dem Australier. Der Brite steigt aus und hat den Eindruck, dass sein Jaguar ein wenig altbacken wirke neben den Produkten der Hochtechnologie von jenseits des Ärmelkanals. Er schüttelt diesen Gedanken aber ab und betritt das Gebäude.

In dessen Flur wird er von einem jungen Mann empfangen, der trotz seines Golf-Blazers eher nach Rugby aussieht. Der begleitet den Ankömmling ohne alle Formalitäten in ein Zimmer mit bodentiefen Fenstern und Aussicht auf den Platz. Dass in den Fenstern das Glas mit hoher Frequenz schwingt, bemerkt man nur, wenn man die Hand dagegen hält; durch die Schwingungen wird jedes Abhören mit Richtmikrofonen von außen unmöglich. Dort draußen weht, vom Platz her deutlich sichtbar, eine große Flagge mit der Aufschrift 'Clubleitung', obwohl das Gebäude gar nicht dem Washington Golf Club gehört.

Die vier anderen Herren haben bereits Platz genommen. Der Amerikaner begrüßt: „Charles! Gut, Sie zu sehen. Danke fürs Kommen.“ Alle nicken, und der mit Charles Angesprochene lässt sich in einen der schweren braunen Ledersessel fallen, die den typischen Clubsesseln aus den zwanziger Jahren des vergangenen Jahrhunderts nachempfunden sind. Er bedient sich mit amerikanischem Kaffee, und das ist jedesmal der Moment, in dem er wünscht, er wäre in Italien oder Frankreich.

„Okay, ich habe etwas Wichtiges.“ Der Gastgeber spricht wie Ben Cartwright in der Fernsehserie 'Bonanza', also eine Oktave tiefer als Sterbliche. „Ich informiere Sie über etwas, das wir kürzlich erfahren haben. Und über das, was wir tun werden, sobald ein bestimmtes Ziel identifiziert sein wird. Heute geht es nicht um Abstimmung, sondern nur um Information. Die Entscheidung ist nämlich bereits gefallen. Ich nehme an, dass in diesem Augenblick das Weiße Haus Ihre Regierungschefs in Kenntnis setzt. Dass außer 'Five Eyes Only' keine weitere Regierung informiert wird, ist selbstverständlich. Die Quelle der Information ist ein NATO-Staat, Näheres tut nichts zur Sache. Die Information dreht sich um den Aufenthaltsort des Emirs“ – vier Köpfe fahren hoch, vier Augenpaare starren den Amerikaner an – „und um einen Selbstmordanschlag auf die bevorstehende Ukraine-Konferenz in Deutschland.“ „Teufel auch“, entfährt es dem Australier.

Der Gastgeber fügt an: „Der NATO-Staat hat den Emir in Mogadischu gemeldet.“ Das müssen drei der Zuhörer erst einmal verdauen, der Kanadier aber sagt ungerührt: „Ich darf wohl daran erinnern, dass Ottawa bereits unmittelbar nach der von Ihnen so genannten *Neutralisierung* Osama bin Ladens der Auffassung war, dessen Nachfolger werde keinesfalls in Pakistan auf seine eigene Hinrichtung warten." „Ihre Regierung hat recht behalten, Chris, ich gratuliere! Nun aber weiter. Dass wir keine Soldaten nach Mogadischu schicken werden, versteht sich nach den Vorgängen um 'Blackhawk Down' von selbst. Und dadurch wird dies zu einem typischen Fall für eine Kampfdrohne!"

Der Neuseeländer fragt: „Wann?" „Wie ich doch wohl bereits sagte: Sobald wir das Objekt identifiziert haben. Wir werden nicht nur den Emir erledigen, sondern auch seinen verdammten Oberstrategen namens 'Brillenkobra'. Der kroch früher immer in der Nähe von Mister bin Laden umher und wird sich jetzt gewiss auf dem Schoß des Nachfolgers kringeln. Und weil die Bürger der Vereinigten Staaten nicht wünschen, dass bei der Konferenz in Deutschland ihr Finanzminister in die Luft gesprengt wird, – nun ja, wenigstens *einige* Bürger der Vereinigten Staaten wünschen das eventuell nicht – ist es besonders wichtig, dass wir auch den auf diese Konferenz angesetzten Attentäter umlegen. Genau das werden wir tun, und zwar mit höchster Dringlichkeit."

„Der Attentäter steckt auch in Mogadischu?" fragt Charles, der Engländer. Der Gastgeber beantwortet dies nur indirekt: „Dadurch wird die Sache zeitkritisch. Bis zur Konferenz verbleibt nur wenig Zeit, und bereits in Kürze soll der Kerl nach Deutschland eingeschleust werden."

Der Australier unterbricht ihn: „Woher, zum Teufel, wollt ihr das alles wissen?" Das beantwortet der Amerikaner überhaupt nicht, sondern fährt fort: „Wenn wir ihn nicht vorher ins Paradies geleiten, wird der Attentäter also demnächst aus Mogadischu verschwinden. Aus diesem Grund hat er die höchste Priorität. Sobald wir ihn sehen, zerlegen wir ihn in seine Einzelteile, selbst wenn die beiden anderen nicht dabei sein sollten." „Kennt ihr den Mann denn?" „Den kennen wir sogar in- und auswendig. Es handelt sich um Abdul Nuri. Genannt 'der Algerier', was nicht verwunderlich ist, denn er war einer." Jetzt fragt der Engländer: „*Der* Abdul Nuri?" „Genau der!" „Schon lange nichts mehr von dem gehört." „Wir auch nicht." Danach herrscht Schweigen. Der Amerikaner und der Engländer sehen sich an.

Schließlich knurrt der Australier: „Dürfen auch Eingeborene abgelegener Kontinente am Exklusivwissen der Weltmächte teilhaben?" Die beiden Angesprochenen lachen, und Charles, der Engländer, sagt: „Dann hören Sie jetzt mal gut zu!" 10 Minuten später sind sich alle einig: *Der* Abdul Nuri, gebürtiger Algerier, Staatsbürger der französischen Republik, Gründer und bis zu seinem mysteriösen Verschwinden Seniorpartner einer international tätigen Anwaltskanzlei in Toulouse, dürfte durchaus das Zeug haben, bis in den Bonner Konferenzsaal vorzudringen – wenn Al Qaida ihn mit den nötigen Papieren ausstattet. Bei kniffligen Sonderaufgaben geht eben nichts über eine treffsichere Personalauswahl.

„Abschließend noch eines. Wenn wir in Mogadischu den Emir *neutralisiert* haben werden", der Amerikaner schaut den Kanadier an, „wird die Regierung der Vereinigten Staaten dies der restlichen Welt mitteilen, damit auch andere Regierungschefs sich freuen können. Sollten wir aber nur den Herrn mit der Priorität Eins erwischen, also diesen Winkeladvokaten aus Toulouse, werden wir das natürlich geheimhalten. Die U.S. Airforce tötet doch keine Bürger der République Francaise! Also stellen Sie gefälligst sicher, dass bei Ihnen zu Haus in diesem Fall niemand quasselt."

Abstimmungsgespräche zwischen Vertretern dieser fünf Nationen finden zu allerlei Anlässen statt, nicht nur in Washington, sondern auch in den Hauptstädten der vier anderen Staaten. Und in Hauptstädten, die nicht zur 'Clubleitung' gehören, zum Beispiel in Berlin, Paris und Warschau. Besonders häufig treffen sich die örtlichen Vertreter der englischsprachigen Fünf natürlich in den Hauptstädten von Krisenstaaten. Und ganz selbstverständlich finden diese Abstimmungen auch innerhalb der UNO und in anderen internationalen Organisationen statt. Sie nennen das 'Five Eyes Only', unter fünf Augen, obwohl sie eigentlich 10 meinen.

„Sir, Madam – Ihr Englisch mag ja perfekt klingen, ist aber nicht Ihre Muttersprache? Sie sind Deutscher, Französin, Italiener, Spanierin, Däne oder Polin? Ihr Pech! Denn dann können Sie den Ball, um den es in diesem Spiel geht, zwar sehen, dürfen aber nicht mitspielen. Sie kommen nämlich von der falschen

Seite des Grabens." „Wie bitte? Von welchem Graben reden Sie da?" „Oh, my dearest friend, how very awful, yes indeed, I am so sorry! Ich wollte natürlich sagen: Sie stammen von der falschen Seite des Kanals."

Der Kanadier merkt jetzt an: „Da Sie ja offenbar wissen, wann dieser tolle Mensch nach Deutschland eingeschleust werden soll, wissen Sie wohl auch, wie und wo das geschehen wird. Warum teilen Sie es nicht einfach den Deutschen mit, damit die ihn einlochen? Das wäre ja wohl sicherer als der Versuch, ihm eine von Ihren Hellfire-Raketen durch den Turban zu jagen."

Der Amerikaner hütet sich, aufzudecken, dass die Informationen von der deutschen Botschaft in Kabul stammen, den Deutschen also bereits bekannt sind. Er sagt kühl: „Nur zu Ihrer Information, Chris: Abdul Nuri trägt selten einen Turban, aber häufig einen Bowler, und Charles wird Ihnen nachher gern erklären, was ein Bowler ist. Außerdem haben Sie wohl seit längerer Zeit keine Nachrichten aus Deutschland verfolgt. Glauben Sie wirklich, es wäre sicherer, jemanden von den Deutschen einlochen zu lassen? Die lochen ja nicht mal ihre indigenen Mörder ein. Unseren Finanzminister schützen wir deswegen selbst!"

Creech Airforce Base, Nevada, USA

Am nächsten Morgen in Nevada betrachten zwei Menschen ihre Bildschirme. Dies scheint ein Routineeinsatz zu sein, und nichts deutet auf das Unerwartete hin, das gleich geschehen wird.

So früh ist auf dem Fliegerhorst noch alles ruhig. Der Himmel glänzt klar, es wird ein schöner und sehr heißer Tag werden. In dem kleinen Raum hier im Untergeschoss herrscht eine angenehme Temperatur. Die Klimaanlage macht ein leises Geräusch, das die zwei Soldaten wegen ihrer Kopfhörer aber nicht wahrnehmen. Beide tragen Fliegerdress, den ihre nicht fliegenden Kameraden neidisch Strampelanzug nennen. Der links sitzende Pilot, ein drahtiger Hauptmann Ende Zwanzig, spricht gerade mit Khamis Mushaid, dem Militärflugplatz in Saudi Arabien, auf dem seine Kampfdrohne gestartet ist. Jetzt, Stunden nach dem Start, kreist er über Mogadischu. Genau gesagt sitzt er in diesem klimatisierten Raum im U.S.-Bundesstaat Nevada, und über Mogadischu kreist seine unbemannte MQ 9.

Die MQ 9, genannt Reaper, 'der Schnitter', hat die Größe eines kleinen Flugzeugs, kann aber höher fliegen und länger in der Luft bleiben als die meisten Flugzeuge. Ihre Sensoren durchdringen Wolken und Dunkelheit, lesen aus vielen Kilometern Höhe die Nummernschilder von Autos und können selbst in der Nacht nicht nur einen Menschen finden, sondern auch denjenigen identifizieren, auf den sie angesetzt sind. Alles, was die Drohne sieht, sehen in mehreren tausend Kilometern Entfernung auch der Pilot und der Waffeneinsatzoffizier auf den Monitoren der Bodenkontrollstation. Zusätzlich zu ihren Sensoren kann die MQ 9 eine Waffenladung vom Gewicht eines Personenwagens tragen, diese besteht aus lasergelenkten Bomben und Hellfire-Flugkörpern mit einer Treffgenauigkeit von wenigen Zentimetern. Ob das Ziel sich bewegt, ist unerheblich, es kann nicht entkommen. Nur wenige Staaten sind in der Lage, Kampfdrohnen abzuwehren. Länder, die Terroristen gewähren lassen, gehören dazu nicht.

Die Verbreitung dieser Fluggeräte ist nicht aufzuhalten, sie sind die Distanzwaffe der Zukunft. Die USA haben ihren Bestand an militärischen Drohnen binnen eines Jahrzehnts von 50 auf 7.500 gesteigert und schon im Jahr 2012 mehr Piloten für das Steuern von Drohnen ausgebildet als für das Fliegen von Kampfflugzeugen. Allein die Volksrepublik China hat auf der Luftfahrtausstellung in Zhuhai 25 neue Drohnentypen vorgestellt, der größte Exporteur militärischer Drohnen heißt Israel, auch die Bundeswehr setzt dessen Drohnen ein, zur Zeit laufen weltweit 700 Drohnen-Entwicklungsprogramme, und ein internationales Abkommen zur Einhegung dieser Technik ist nicht in Sicht.

Schon jetzt nutzen militante 'Befreiungsorganisationen' Drohnen, die sie auf dem schwarzen Waffenmarkt zum Beispiel aus dem Iran beschaffen. Der Missbrauch solcher Geräte durch Mafiafamilien, Drogenkartelle, Menschenhändlerclans, Waffenschieberringe, Piratengruppen und andere kriminelle Organisationen ist nur eine Frage der Zeit. Künftig wird es sehr vorteilhaft sein, auf dem Gebiet eines Staates oder Bündnisses mit hoch entwickelter Luftverteidigung zu leben.

„Jack! Hören Sie gefälligst auf, sich über den Spritvorrat zu verbreiten, der wird schon reichen.“ Die Frau auf dem Sitz des Waffeneinsatzoffiziers vor dem rechten Monitor ist offenbar gewohnt, hier das Kommando zu führen. Sie nennt den Piloten neben sich beim Vornamen, wird von dem aber korrekt mit 'Madam' angesprochen. Jetzt richtet sie das Wort an den Leiter des Technikteams in Saudi Arabien, der vom Tower des Flughafens Khamis Mushaid den Start der Drohne überwacht und dann die Kontrolle an den Piloten auf der anderen Seite der Erde übergeben hat: „Dicky! Halten Sie endlich Ihren Mund und legen sich wieder in die Sonne. Wir brauchen hier jetzt Ruhe. Jack, gucken Sie sich das da unten an, im Botschaftseingang. Da links, am Bildrand!“

Auf den Monitoren sieht man, dass im Eingang der ehemaligen Botschaft der Vereinigten Staaten von Amerika an der Jidga Afgooye in Mogadischu zwei Menschen stehen. Einer in Windjacke und hellen Hosen, der andere in grauem Kaftan und grauem Turban, das Gesicht verdeckt durch eine getönte Brille und einen Turbanzipfel. Dieser Graue zeigt über den leeren Vorplatz auf einen 100 Meter entfernt parkenden Toyota PickUp. Er händigt dem anderen etwas aus, vielleicht die Autoschlüssel. Der in der Windjacke geht los, und plötzlich passiert das Unglaubliche.

20.000 Kilometer entfernt in Nevada lassen Pilot und Waffeneinsatzoffizier die Joysticks und Knöpfe fahren und schrecken in ihren Drehsesseln zurück. So weit weg von den Konsolen, wie die Rückenlehnen es zulassen, starren sie auf die Bildschirme, als sei dort in Großaufnahme der Kopf einer Kobra erschienen.

Trotz ihrer Erfahrungen aus zahlreichen Drohneneinsätzen haben sie niemals Vergleichbares erlebt. Sie werden anschließend lange über die Frage sprechen, ob sie den Vorfall in ihrem schriftlichen Einsatzbericht festhalten sollten, der Waffeneinsatzoffizier wird aber schließlich dagegen entscheiden. Auch nach wiederholtem Betrachten der Aufnahmen, die das System von dem Geschehen speichert, bleibt nämlich ungewiss, was da unten los war. Vielleicht ist ein übles Spiel getrieben worden, es kann aber auch ein Zufall gewesen sein.

Nach dem Vorgang verschwindet der Graue in dem weitläufigen Gebäude der ehemaligen Botschaft. Der in der Windjacke hat nichts mitbekommen und geht weiter auf den Toyota zu. Die beiden Soldaten auf der anderen Seite der Erde fassen sich wieder und legen die Hände auf die Tastaturen. „Unglaublich“, sagt der Pilot, „das habe ich ja noch nie erlebt.“ „Darüber reden wir nachher“, verschiebt der Waffeneinsatzoffizier das Thema.

Beide beobachten, wie der Mann in der Windjacke über den sonnenverbrannten Platz auf den PickUp zugeht. „Das ist er doch, oder?“ fragt die Frau auf dem rechten Sitz. „Der Kerl mit der höchsten Priorität – oder nicht?“ Dann, als auf ihrem Monitor ein grüner Punkt zu blinken beginnt: „Klar doch, das ist er. Wir haben ihn! Let's roll!“

Sie drückt auf einen Knopf. Der Mann mit der Windjacke und den hellen Hosen bewegt sich danach in der Bildmitte und ist von vier Strichen umfasst. Die Frau sagt: „Aufgeschaltet! Zeit: Creech Airforce Base fünf Uhr 16 vormittags, Mogadischu vier Uhr 16 nachmittags.“ Ihre Stimme ist beherrscht und emotionslos. Mit dem wohlwollenden Interesse eines Insektenforschers beobachtet sie den Mann. Der steigt in den Toyota. Die vier Striche umfassen nun den Wagen, und als der losfährt, begleiten sie ihn.

„Jack!“ „Madam?“ „Nur für den Fall, dass Sie es mal in meinen Stuhl schaffen sollten: Da unten, also zwischen die ganzen Lehmhütten, wo er jetzt langfährt, da wirft man natürlich keine Bombe rein.“ „Natürlich nicht, Madam.“ „Da schießt man mit der Hellfire.“ „Ist klar, Madam.“ „Achtung!“ Der rechte Daumen klappt einen roten Sicherungsdeckel hoch, der Zeigefinger legt sich auf den Knopf darunter. Die schlanke Frauenhand steckt vorschriftsmäßig in einem dünnen, weißen, flammhemmenden Fliegerhandschuh. „Feuer!“ Der Zeigefinger drückt auf den Knopf. Sekunden vergehen. Dann schlägt mehrere Kilometer unterhalb der Drohne der lasergelenkte Hellfire-Flugkörper durch das Führerhausdach des fahrenden Wagens, der Gefechtskopf detoniert und auf den Monitoren verschwindet das Zielgebiet in einer Wolke aus Feuer, Rauch und Staub. Nachdem die sich verzogen hat, sieht man anstelle des Autos und des benachbarten Lehmhauses eine von rauchendem Schrott und brennenden Trümmern bedeckte, schwarz verfärbte Fläche.

„Jack!“ „Madam?“ „Beten Sie manchmal?“ „Beten? Klar. Immer wenn ich in stockdunkler Nacht meinen Jagdbomber auf das Landedeck des fahrenden Flugzeugträgers hinuntersteuere und bedenke, dass ich beim kleinsten Fehler vor dem Bug ins Meer stürzen und von einem 100.000-Tonnen-Schiff überfahren werde, bete ich ganz kurz." „Und? Lesen Sie auch die Bibel?" „Also das eher selten." „Tun Sie es einfach mal, zum Beispiel fünftes Buch Mose, viertes Kapitel, Vers 24. Sehr interessant!" „Bin nicht ganz sicher, ob ich zu Haus eine griffbereit habe, Madam. Warum sagen Sie mir nicht einfach, was da steht?" „*Der Herr, dein Gott, ist ein verzehrendes Feuer.*" „Das ist ja ziemlich heftig! Und?" „Und jetzt schaukeln Sie unser Baby nach Haus, und ich maile den Alten an und teile ihm mit, dass er eine neue Kerbe in seinen Messergriff schnitzen kann."

Später lehnen beide sich zurück, greifen nach ihren Plastikbechern mit dem Kaffee, drehen die Sessel zueinander, und der Pilot fragt: „Was zur Hölle war *das* denn?" „Ich wünschte, ich wüsste es. Und hören Sie auf zu fluchen, Jack."

Die MQ 9 fliegt auch beim eigentlichen Angriff mehrere Kilometer hoch. Es ist kaum möglich, dass ein menschliches Auge sie zufällig entdeckt. Deswegen war der Vorgang sehr merkwürdig, der sich ereignete, als der Mann in der Windjacke auf den Toyota zuging: Die zurückbleibende Gestalt in dem grauen Kaftan zeigte plötzlich mit der Linken auf ihren Kumpan, hob die Rechte und das verdeckte Gesicht gen Himmel, winkte den beiden Amerikanern in Creech Airforce Base zu und nickte bestätigend.

„Wie war das möglich? Was glauben Sie, Madam?" „Ich glaube an Gott und an Amerika. Ein Mensch reckt die Arme und hält das Gesicht in die Sonne. Warum? Nun, ihn nerven die langen Schlotterärmel seines Beduinenkittels und der dunkle Betonklotz, in den er gleich zurück muss. Darum." „Sah aber anders aus. Zum erstenmal seit 28 Jahren habe ich mich zu Tode erschreckt, als der Motherfucker mich direkt angaffte und dämlich winkte." „Jack, unterlassen Sie gefälligst ihre unflätigen Ausdrücke, wir sind doch hier nicht bei der Army! Was ist vor 28 Jahren passiert?" „Meine Geburt." „Allerdings ein Anlass, sich zu erschrecken. Falls Sie Recht haben sollten und der Vorgang kein Zufall war, gibt es übrigens einen sehr guten Grund, nachdenklich zu werden." „Nämlich welchen?" „Ihr wievielter Kampfdrohneneinsatz war das heute, Jack?" „Außer den zahllosen Trainingseinsätzen der achte 'scharfe', Madam." „Und? Haben Sie dabei schon mal erlebt, dass die Zielperson der Priorität Eins von einem anderen Terroristen am helllichten Tag auf einen deckungslosen Platz geschickt wurde? Anders gefragt – warum parkte der Toyota so weit entfernt vom Botschaftseingang?“

Potsdam

Einen Tag nach dem Drohneneinsatz über Mogadischu mustert Bleckwedel Frau Ringstorf und findet, dass sie sogar noch besser aussieht als früher. Ihre Augen funkeln, sie lächelt häufig, spricht lebhaft, die Wangen sind etwas gerötet, sie freut sich. Offenbar ist sie glücklich, frisch gebackene Oma zu sein, aussehen wie eine Oma tut sie jedoch nicht. Sie sitzt in seinem Lieblingssessel und schaut abwechselnd das Marmorpalais jenseits des Heiligen Sees und die beiden Männer im Zimmer an. Und sie krault Gerti, die annimmt, dass man braune Dackelhaare auf einem blauen Kostümrock nicht sehen könne und deswegen keine Skrupel hatte, sich auf diesem niederzulassen.

Am Himmel hinter dem Heiligen See steht eine abendlich rote Sonne, und zu dieser Zeit schmeckt der Sundowner am besten, der erste Whisky des Abends. „Wollen wir nicht doch? Nur einen, ganz 'n lütten?“ „Nee, lass man, Geert. Wir müssen ja sowieso gleich los.“ Als er pensioniert wurde, hat der Botschafter seinem alten Freund das Du angeboten, und Bleckwedel fühlt sich immer noch geschmeichelt. Dass Ringstorf allerdings den irischen Whisky ablehnt, betrübt den Gastgeber doch, denn dadurch kommt auch er um den Genuss. Aber der stets besonnene Ex-Diplomat hat natürlich Recht, wie immer. Alle drei müssen sich nämlich gleich einem mehrstündigen Small Talk aussetzen, wobei das Wort 'setzen' ein wenig täuscht, denn der Empfang wird im Stehen ablaufen, mit Reden, Häppchen und Getränken.

„Im Übrigen werden wir nach dem Empfang, wenn wir schon in seiner Residenzstadt übernachten, eine Pulle Schampus auf das Wohl des Alten leeren, bevor wir uns in dein Gästezimmer verziehen. Du hast ja wohl eine auf Lager.“ Der Alte, von dem hier die Rede ist, war ein Staatsoberhaupt, das sich durch 46 Jahre ernster Pflichterfüllung zwar keine reichen Freunde, aber reichlich Respekt verschafft hat, und darauf kann man hier in seiner Residenzstadt ja mal anstoßen. Der erste Bundeskanzler der Bundesrepublik Deutschland ähnelte ihm übrigens nicht nur in der Physiognomie, und beide können in mancher Hinsicht noch heute als Beispiel dienen. Dienen.

„Klar doch. Aber um auf deinen Bericht zurück zu kommen: Woher konnte der Khan das alles wissen, was er dir in Kabul auf seinem merkwürdigen Zettel mitgeteilt hat?" „Dafür gibt es nur eine mögliche Erklärung: Er muss jemanden in unmittelbarer Nähe des Emirs haben." „Und wie ging es nach deiner Mail aus der Botschaft weiter?" „Bin gründlich durch die Mangel gedreht worden. Die Beamten standen schon am Flughafen: Verfassungsschutz, Bundesnachrichtendienst, Bundeskriminalamt, Bundespolizei, wegen der Konferenz in Bonn auch das Landeskriminalamt Nordrhein-Westfalen, also ein richtiges Empfangskomitee. Die Reisekosten Heikendorf–Kabul und zurück wollen sie übrigens nicht erstatten. Das Blatt, das der Neffe mir in Kabul gezeigt hat, ist mittlerweile der am gründlichsten protokollierte und interpretierte Zettel der Welt. Leider ja verbrannt, sonst könnte Birgit ihn in unser Familienalbum einkleben. Die Behörden wissen durch meine Mitteilung, dass der Attentäter übermorgen in Düsseldorf landet. Vom Flughafen Tunis-Karthago nach Düsseldorf gibt es diverse Verbindungen, aber nur einen Direktflug. Und da jedes Umsteigen die Gefahr der Entdeckung vergrößert, dürfte Herr Abdul Nuri wohl in dem Direktflug sitzen. TUNISAIR, Flug TU-0546, Abflug Tunis 09:10 Uhr, Ankunft Düsseldorf 12:05 Uhr. Wie der Mann aussieht, wissen sie auch, und bereits unterwegs wird jemand ein Auge auf ihn haben. Wenn er in Düsseldorf aus der Maschine steigt, wird auch dort ein Empfangskomitee stehen, aber bestimmt nicht ein so nettes wie bei mir."

„Vermutlich hast du recht, der Khan muss jemanden in der Nähe des Emirs haben. Aber wie übermittelt dieser Jemand seine Informationen?" „Handy." „Das kann doch jeder abhören!" „Stimmt. Aber denke daran, auf welche Weise der Khan mich nach Kabul 'eingeladen' hat. Selbst über eine offene Leitung ist Austausch schutzbedürftiger Informationen möglich, wenn die beiden Gesprächspartner sich in einer Weise verstehen, die anderen verschlossen bleibt." „Wegen der Sprache, wie bei den Navajo-Indianern, die den USA im Weltkrieg als Funker gedient haben? Das kann natürlich auch zwischen Leuten funktionieren, die nicht Navajo, aber andere aussterbende Sprachen benutzen, zum Beispiel Deutsch." Bleckwedel lacht, Frau Ringstorf schaut auf den See, und der Botschafter sagt: „Dein Humor ist schon immer etwas dürr gewesen. Hoffentlich war dein Vortrag bei der Kieler Kaufmannsgilde besser." „Der war erstklassig!" „Nun, wie andere ihn beurteilen, werde ich ja in den nächsten Tagen hören."

Vorsichtshalber lenkt Bleckwedel zurück auf das eigentliche Thema: „Übermorgen wird der Terrorist also in Düsseldorf abgefangen? Da kann er ja von Glück sagen, denn andere Länder würden ihn gar nicht erst einreisen lassen, sondern schon vorher erledigen." „Du meinst die USA mit ihren Kampfdrohnen?" „Äußerst bemerkenswert, wie die ihre Drohnen über Staaten einsetzen, mit denen sie sich nicht im Kriegszustand befinden. Die Begründung, dass sie mit Al Qaida im Krieg stünden und deren Terroristen sich in jenen Staaten aufhielten, ist zutreffend, ändert aber nicht die Rechtslage: Drohnenangriffe über fremden Territorien sind illegal. Außerdem ist es ein Zeichen mangelnder Staatsklugheit, für einen taktischen Gewinn einen strategischen Verlust hinzunehmen. Und wenn der Name einer Supermacht, die unbestritten ein Imperium der Freiheit und Demokratie ist, von Millionen Menschen nicht mehr mit Freiheit und Demokratie verknüpft wird, sondern mit Rechtsbruch, so ist das eine strategische Niederlage." Er lehnt sich zurück und wünscht, er hätte einen Whisky.

Ringstorf, der ehemalige Diplomat, urteilt vorsichtiger: „Naja, manches kann auch zugunsten der USA vorgebracht werden. Zum Beispiel, dass jedermann ihre Drohnenangriffe öffentlich kritisieren kann, ohne verhaftet oder sogar nächtens erschossen zu werden, wie es Journalisten andernorts widerfährt. Und es bleibt festzuhalten, dass keiner der zahllosen Kritiker eine Alternative weiß. Fanatisierte Schwerstkriminelle terrorisieren ganze Völker, überziehen den Globus mit einem Netz blutiger Gemetzel, massakrieren Kulturtouristen in Ägypten ebenso wie Passagiere öffentlicher Verkehrsmittel in Spanien und schießen Mädchen in den Kopf, nur weil die zur Schule gehen. Eine demokratisch legitimierte Regierung kennt die Hintermänner und hat das technische Potenzial, sie aufzuspüren und an weiteren Verbrechen zu hindern. Könnte diese Regierung ohne Schuld bleiben? *Wie* könnte sie das: Durch Handeln oder durch Nichthandeln? Das Leben fordert Entscheidungen, aber die Welt ist nicht schwarzweiß. Keine Entscheidung spricht die Verantwortlichen frei. Bis 2001 haben die USA Israel wegen einiger Drohnenangriffe kritisiert. Dann passierte Nine/Eleven, und seitdem setzen sie selbst Drohnen ein. Dafür werden sie nun von uns kritisiert. Wie lange wohl noch, Geert?

Mit der Zahl der eigenen Opfer ändert sich auch die Perspektive!"

Es klingelt, das Taxi ist da. Los geht's, Richtung Berlin, zum Sommerempfang des Bundesministers des Auswärtigen. Der Botschafter der Vereinigten Staaten von Amerika und Diplomaten seiner Botschaft werden ebenfalls dort sein, und Bleckwedel ist ganz froh über Ringstorfs Bemerkung, ohne die er womöglich Unbedachtes äußern würde.

Aber viel wichtiger ist, dass auch Eva da sein wird. Bleckwedel freut sich schon darauf, sie und die Ringstorfs miteinander bekannt zu machen. Er spielt mit dem Gedanken, dabei zu sagen: „Übrigens ist Dr. Córtez Buraño meine künftige Ehefrau." Unterwegs muss er aber noch überlegen, ob das seine Pläne wirklich voranbringen wird. Es ist wohl doch gut, dass er keinen Whisky intus hat, sonst würde er es gewiss sagen und sich eventuell massiven Ärger einhandeln.

Mogadischu

Während Bleckwedel, Eva und die beiden Ringstorfs Reden anhören, Häppchen kauen und preiswerten Behördensekt trinken, werden in Mogadischu die Schreie lauter. Weit schallen sie über das verlassene Gelände bis zur Straße, auf der ein paar verrostete Autos entlang quietschen. Die Wadada Balcad verläuft vom Zentrum der Stadt viele Kilometer ohne Kurve nach Nordosten. Wo sie das bebaute Gebiet verlässt und zu einer Piste in endlosem verbranntem Buschland wird, liegt rechter Hand ein ehemaliges Militärgelände. Es ist unbenutzt, weil es in Somalia nichts mehr gibt, was man als Militär bezeichnen könnte. Die ausgeschlachteten und ruinenartigen Gebäude sind die am weitesten von der ehemaligen U.S.-Botschaft entfernten Steinhäuser der gesamten Stadt. Eine öffentliche Stromversorgung gibt es hier draußen ebenso wenig wie Stromgeneratoren. Die jetzt an den Wänden des Kellerraums tanzenden Schatten werden daher von Petroleumlampen erzeugt.

In deren Flackerlicht sieht das Blut des Mannes ganz schwarz aus. Aus der Wunde an der linken Kopfseite fließt es auf den Boden, dort liegt auch die Ohrmuschel. Der Mann brüllt und windet sich, fällt aber nicht um, weil sein Hals in einer Schlinge steckt, deren Ende an das Kellerfenster über ihm geknotet ist. Auf dessen Glassplittern stehen seine nackten Füße. Die Knöchel sind gefesselt, die Hände hinter den Rücken gebunden. Nackt ist auch sein übriger Körper. Im Keller stinkt es nach dem Petroleum der Lampen und nach dem Urin, der an den Beinen des Mannes hinunter läuft. Und nach verbranntem Fleisch, denn die beiden anderen Männer im Raum zünden immer wieder Zigaretten an und drücken sie auf dem Körper des Gefolterten aus. Das macht jedes mal ein leise zischelndes Geräusch, wie von Schlangen.

„Hör zu, Avdullah! Wenn du nicht zur Hölle fahren willst, sage endlich, an wen du unser Versteck in der Botschaft verraten hast, verfluchter Sohn einer Hündin!" „Nichts, nichts, ich habe nichts!" Das Schreien des Mannes geht in ein Gurgeln über, als ihm die Nase abgeschnitten wird und er sich an seinem eigenen Blut verschluckt. „Du lügst noch an der Pforte der Hölle! Du bist Pilot und weißt genau, welche Informationen die Ungläubigen für Drohnenangriffe brauchen. Und nur du hast das Handy nicht vorgezeigt, nachdem die Drohne den Algerier ermordet hat. Wo ist dein Handy? Isa will sehen, wer wen angerufen hat. Du hast ein schwarzes Samsung-Handy, Hundesohn. Wo ist es? Antworte endlich!" „Weiß nicht, ich schwöre! Ich habe niemanden angerufen, das Handy ist weg, es war schon vorher weg, letzte Woche, es war weg, hör auf, nein!" Er kreischt, als der Mann mit dem Messer ihm das rechte Ohr abschneidet. Der blutige Kopf sieht jetzt, ohne Ohren und ohne Nase, grässlich aus, unmenschlich.

Aus der dunkelsten Ecke löst sich eine Gestalt. Sie klatscht in die Hände, und die Männer weichen von ihrem Opfer zurück. Die Gestalt, die eine Brille trägt und einen Zipfel ihres Turbans vor das Gesicht geschlagen hat, macht mit der nach oben gerichteten Innenfläche der rechten Hand eine Bewegung, als würde sie Wasser auf den verstümmelten Mann schöpfen. Mit der Linken zeigt sie auf eine der Petroleumlampen.

Avdullah erkennt, was ihm bevorsteht. Sein Kreischen wird von Erstickungsanfällen unterbrochen, als ihm beim Luftholen Blut in die Atemwege gerät. „Nein nein nein nein!" Der Mann mit dem Messer lässt die blutverschmierte Waffe fallen, bückt sich, hebt eine Petroleumlampe auf und dreht den brennenden Docht zurück, bis die Flamme erlischt. Der andere drückt seine Zigarette auf einer Brustwarze des zum Tod Verurteilten aus. Der mit der Petroleumlampe öffnet deren Tank und lässt den Brennstoff über den nackten Körper laufen. Dann nehmen beide die anderen Lampen auf und weichen an die Tür zurück. Die Gestalt schlüpft hinaus in den Kellergang und macht dabei eine wegwerfende, verächtlich wirkende Handbewegung.

Die beiden Männer schleudern die brennenden Lampen auf den mit Petroleum übergossenen Körper und bringen sich in Sicherheit. Flammen schlagen hoch, lodern durch den Raum, der brennende Mann mit der Schlinge um den Hals bricht zusammen, hängt an dem Strick, sein Schreien erstickt in einem Gurgeln, seine Augen quellen aus dem Körperteil, der einmal ein Kopf war. Unbeschreiblich ist der Gestank im Raum. Die Gestalt weist in Richtung Kellertreppe; beide Männer gehen los. Die Gestalt wartet, bis der verkohlte Strick reißt und der brennende, zuckende Mann auf den Boden stürzt.

Dann, bevor auch sie im Kellergang verschwindet, zieht sie ein schwarzes Samsung–Handy aus der Tasche und wirft es achtlos in die Flammen.

Flughafen Düsseldorf, Nordrhein-Westfalen

„Was soll das heißen, Sie wissen es nicht? Sind Sie verrückt geworden? Schon vor Stunden haben Sie am Telefon diesen Quatsch erzählt! Mir reicht es jetzt! Sperren Sie einfach Ihre dämlichen Glubschaugen auf, dann finden Sie ihn auch! Sie hatten doch endlos Zeit dafür! Aber nein, lieber zollfreien Sprit saufen, was? Sie und Ihr feiner Kollege werden demnächst keinen Verkehr mehr haben, sondern regeln, das können Sie sich schon mal merken!“ Der Hauptkommissar kocht vor Wut.

Warum musste der Boss ausgerechnet das jüngste Mitglied des Teams nach Tunesien schicken? Trotz seines Zorns fällt ihm aber auf, dass das Wort 'Mitglied' hier nicht ganz zutrifft. Die Auswahl hat vermutlich etwas mit dem vorgewölbten Pullover zu tun. Wer weiß, wie weit der Boss in dessen Geheimnisse schon eingedrungen ist. Und dabei hat das saubere Fräulein Kommissaranwärterin neben anderem vermutlich auch die Gelegenheit ergriffen und den Boss beschwatzt, sie für diese kleine Reise in die südliche Sonne einzuteilen. Andererseits war es ziemlich clever vom Boss, die Kleine dazu mit dem erfahrensten Hauptmeister des Teams zusammenzuspannen.

Wie all ihre Kolleginnen und Kollegen hat auch diese junge Polizistin eine gründliche psychologische Schulung durchlaufen. In stoischer Ruhe lässt sie ihren wutschnaubenden Vorgesetzten ausreden und sagt dann: „Wenn er nicht an Bord ist, können doch Kalle und ich nix dafür. Wir sagen nur, dass wir nicht herausgefunden haben, welcher der 199 Passagiere er ist. Vielleicht ist er ja gar kein Passagier, sondern einer von der Crew. Wäre doch nicht der erste Pilot in den Reihen von Al Qaida, oder?“ Der Zorn des Hauptkommissars verflüchtigt sich. Angst hat sie offenbar nicht, jedenfalls nicht vor Vorgesetzten, und abgebrüht scheint sie auch zu sein. Als Nine/Eleven passierte, war die doch noch ein Kleinkind.

„Es ist jedenfalls niemand in der Passagierkabine, der auch nur im entferntesten so aussieht wie die Fahndungsbilder aus Paris. Die sind ja auch schon x Jahre alt, weil der Mann seit geraumer Zeit verschwunden ist. Und dass niemand unter dem echten Namen Abdul Nuri einchecken würde, war ja wohl schon klar, bevor Kalle und ich da runter jetten mussten. Mit der Fluggesellschaft oder der Polizei in Tunis Kontakt aufzunehmen, haben Sie uns ja auch verboten.“ „Soweit kommt's noch! Da können Sie gleich 'ne Lautsprecherdurchsage machen: Abdul Nuri, sofort vortreten, die Deutschen wollen Sie festnehmen!“ „Außerdem, wenn man mal die Kinder abzieht, sind ungefähr die Hälfte der Menschen an Bord Frauen. Wer sagt denn, dass der saubere Herr nicht in einem Kleid und unter einer Perücke steckt? Daran müsste er durch das Rumrennen in Kaftan und Turban doch gewohnt sein. Dann noch eine Oakley-Brille auf die Nase, und die reiche Tunesierin auf Einkaufstrip nach Europa ist perfekt – schließlich ist das hier Düsseldorf mit der berühmten Kö. Übrigens müssen wir mal auf die Uhr gucken. Die Leute hocken in dem Flugzeug, wissen nicht, warum sie nicht raus dürfen, und es sind kleine Kinder dabei.“

Der Hauptkommissar muss jetzt ein Schmunzeln unterdrücken. Für diesen nicht ungefährlichen Auftrag war die selbstbewusste junge Dame, die ihrem Vorgesetzten nun auch noch unaufgefordert Handlungsempfehlungen unterjubelt, offenbar doch eine geschickte Personalauswahl. „Schluss mit Ihrem Gerede, Marsch zurück in's Flugzeug! Setzen Sie sich keinesfalls neben Kalle, der zieht, wenn's knallt, immer das Blei an, und halten Sie Ihre blauen Augen offen." Er hofft, dass sie ihm seine Glubschaugen-Bemerkung nachsieht. „Und hier, nehmen Sie das Handfunkgerät mit! Bronco mit seinen Cowboys kommt gleich rein und macht die Ansage. Falls dabei irgend jemand anfangen sollte, hektisch an seiner Kleidung oder seinem Gepäck rumzufummeln, geben Sie mir sofort durch, wo der Fummler sitzt." „Braune!" „Was?" „*Braune* Augen. Hier, sehen Sie doch bitte selbst, wenn Sie vielleicht etwas näher kommen möchten, Herr Hauptkommissar?" Er hütet sich: „Abmarsch!" Sie dreht sich um und geht. Die hinteren Rundungen sind genau so sehenswert wie die vorderen, sitzen nur auf einer anderen Ebene.

„Ich hab' das alles mitgehört. Verdammter Mist! Ich glaub' nicht, dass die Kleine was dafür kann, und Kalle sowieso nicht. Also jetzt Plan B?" Der Leiter der Festnahmegruppe nestelt an seinem Pistolenhalfter. Erfreut sieht er nicht aus. „Ja", sagt der Hauptkommissar, „Plan B. Fangt an, Bronco, sofort. Und seid bloß vorsichtig. Ich traue dem Braten nicht."

Sie wissen trotz der beiden vorausgeschickten Beamten also nicht, ob Abdul Nuri an Bord dieses Flugzeugs ist. Falls er an Bord sein sollte, wissen sie nicht, wer von den mehr als 200 Menschen er ist. Sie wissen jedoch genau, dass Sicherheitskontrollen in Tunis-Karthago anders ablaufen als in London-Heathrow, Köln-Bonn oder Berlin-Tegel. Sollte Abdul Nuri an Bord sein und ebenfalls einen Plan B haben, braucht er womöglich nur ein Köfferchen unter seinem Sitz zu öffnen und an einer Schnur zu ziehen, um zahlreiche Menschen mit in den Tod zu nehmen.

Drei Stunden später, nach 188 Personenüberprüfungen (einschließlich Crew, aber ohne Kinder) und der vorläufigen Festnahme zweier uneinsichtiger Männer sowie einer angetrunkenen und randalierenden Frau gibt es zwei Gewissheiten: Erstens, mit Flug TUNISAIR 0546 ist Abdul Nuri nicht eingereist. Zweitens, der gegenwärtige Aufenthaltsort des Abdul Nuri ist den deutschen Behörden unbekannt. Und auch eine Ungewissheit gibt es: Ist vielleicht irgendeiner ausländischen Behörde mehr bekannt?

Mogadischu

Der Äquator ist nur wenige Kilometer entfernt, aber wegen der Brise vom Indischen Ozean, dessen Wellen hinter dem verdorrten Hügel auf den Strand laufen, bleibt die Temperatur erträglich. Während in Düsseldorf die Passagiere der Tunis Air überprüft werden, sitzt in einem Gebäude auf dem ehemaligen Militärgelände an der 'Wadada Balcad' der Emir mit einer Gruppe von Männern zusammen. Isa ist wieder nicht dabei.

„Hier dürfen wir nicht bleiben“, sagt der Emir gerade. „Der große Teufel kann zwar nicht genau wissen, wo wir jetzt sind, wird uns aber noch in der Stadt vermuten. Mogadischu ist nicht mehr sicher. Und in diesen Ruinen haben wir nichts – kein sauberes Wasser, keinen Strom, keinen Kühlschrank, keinen Tee, nichts, hier werden wir krank werden. Von hier aus muss ständig jemand in die Stadt fahren und Essen kaufen und Trinkwasser und Petroleum und Batterien und Handy-Akkus, die wir hier nicht aufladen können. Und das alles von diesem eigentlich menschenleeren Gelände aus – das ist viel zu auffällig. Ich werde euch morgen mitteilen, in welches Land wir uns zurückziehen und auf welchem Wege. Alle Vorbereitungen sind getroffen, und ich warte auf Nachricht.“ Er setzt sich auf dem Kissen zurecht.

„Jetzt besprechen wir aber etwas anderes. Abdul Nuri ist als Märtyrer ins Paradies gegangen, doch seine Aufgabe muss erfüllt werden. Avdullah, der Verräter, brät in der Hölle, verflucht seien sein Name und der Name seines Vaters und Großvaters. Der große Teufel wird von hier keine Telefonanrufe mehr bekommen. Die Frage ist nur, ob der Verräter dem Teufel außer unserem Aufenthaltsort auch unsere Pläne mitgeteilt hat. Ich bin fest entschlossen, die Konferenz in Deutschland anzugreifen. Falls der verfluchte Sohn einer Hündin diese Absicht verraten hat, wird es für den Märtyrer, der anstelle von Abdul Nuri gehen muss, besonders gefährlich werden. Wir müssen vorsichtig sein und sehr schnell. Die bis zur Konferenz verbleibende Zeit reicht nicht, einen Märtyrer von außen auszuwählen, hierher kommen zu lassen, einzuweihen, auszubilden, vorzubereiten und nach Deutschland einzuschleusen. Der Märtyrer muss bereits hier sein, und er muss schon alles wissen.“ Er verstummt und blickt in die Runde. Im Raum breitet sich eine leichte Unruhe aus.

„Isa hat deswegen einen Vorschlag gemacht, und ich habe ihn angenommen. Weil es schwer und sehr gefährlich werden wird, habe ich den Besten ausgewählt. Einen, der keine Schulung mehr braucht, weil er die Waffen kennt und den Umgang mit Sprengstoff beherrscht.“ Im Raum ist niemand, der sich nicht für den Besten hält und sich nicht mit Waffen und Sprengstoff auskennt. Die Unruhe verstärkt sich.

„Das Wichtigste aber ist: Er muss den Plan kennen. Und er muss so klug sein, dass er die Ungläubigen täuschen kann.“ Sie alle kennen den Plan, der Emir persönlich hat ihn ja in ihrer Gegenwart ausführlich erläutert und Isa, dessen Plan es ist, hat dazu immer mit dem Kopf genickt. Und sie alle sind die klügsten Köpfe in der Organisation, schließlich bilden sie deswegen die Umgebung des Emirs. Inzwischen ist die Unruhe mit Händen zu greifen. Männer fangen an zu tuscheln.

„Ich weiß, dass ihr nichts sehnlicher wünscht, als die Ungläubigen zu bestrafen für ihre Verbrechen, und dass ihr dabei selbst in das Paradies einziehen wollt, wo den Märtyrer unendliche Belohnungen erwarten. Es war daher nicht leicht für mich zu entscheiden, wer zurückbleiben und mit mir weiter über die dürre Ebene schreiten muss.“ Der Mann links vom Emir steckt sich etwas in den Mund und beginnt zu kauen: Blätter von Kat, der Droge, die auch denjenigen noch euphorisch macht, der schon keine Hoffnung mehr hat.

„Die wichtigste Voraussetzung, die der Märtyrer erfüllen muss, ist die Fähigkeit, mit den Ungläubigen perfekt in einer ihrer Sprachen zu reden. Ohne diese Fähigkeit kann er sich gar nicht bewegen. Seitdem Abdul Nuri im Paradies ist, hat nur einer von uns diese Kenntnis. Deswegen hat Isa ihn vorgeschlagen, und ich habe ihn ausgewählt. Er ist schon in der Nacht abgereist.“ Schlagartig legt sich die Unruhe im Raum.

Washington

Der Neuseeländer steht am Fenster, nippt von dem dünnen Kaffee und sieht einen Golfball über den Graben hinweg auf sich zukommen. Das Greenhorn, das den geschlagen hat, scheint den Seitenwind falsch eingeschätzt zu haben. Jetzt liegt der Ball auf dem Rasen, und dort hinten kommt schon der tolle Golfer. Gleich wird der den Graben sehen, darauf freut der Neuseeländer sich bereits. „Hit!“ sagt die Stimme von Ben Cartwright, Treffer. Darüber wundert sich offenbar nicht nur der Neuseeländer, denn der Australier sagt: „Hit? Das war doch ein glatter Fehlschlag.“

Nun ist es an dem Amerikaner, verwundert zu sein: „Reden Sie keinen Unsinn, Fehlschlag. Es war natürlich Shit, dass der große Emir und sein Oberstratege nicht mit im Auto saßen, aber die kriegen wir auch noch. Ich hatte doch angekündigt, dass wir den Algerier rechtzeitig vor der Bonner Konferenz in seine Einzelteile zerlegen würden, und genau das haben wir getan. Wir tun immer, was wir angekündigt haben, das unterscheidet uns von den Europäern und anderen Weicheiern!“ Nun ist allen bewusst, worüber hier gesprochen wird.

„Ihr habt ihn erwischt?“ „Klar doch! Wir kriegen sie alle. Saddam Hussein haben wir aus einem Erdloch gezerrt, und aus purem Zufall war gerade ein Fernsehteam anwesend. Osama bin Laden haben wir in seinem eigenen Schlafzimmer einen Besuch abgestattet. Und Abdul Nuri haben wir jetzt in einem Toyota erwischt. Überall, wo es nach Pulver stinkt, fahren Toyotas durch die Gegend. Wie dämlich von den Terroristen, denn auf Dodge oder Ford würden wir natürlich nicht schießen, haha.“

Der Engländer lobt: „Gut gemacht! Werdet ihr das den anderen Verbündeten mitteilen?“ „Natürlich nicht! Monsieur Nuri war schließlich Franzose, und der Präsident hat schon genug Ärger mit der Merkel und mit Hollande, nur weil wir ihre steinalten Handys abhören, was Al Qaida natürlich auch tut. Da werden wir uns nicht auch noch wegen eines französischen Passinhabers mit Paris anlegen. Diese Sache wird geheim gehalten!“ Der Kanadier fordert: „Mindestens den Deutschen und Franzosen *muss* das doch mitgeteilt werden!“ „Chris, hören Sie endlich auf, zu lamentieren wie ein Europäer! Sie sind Nordamerikaner, also verhalten Sie sich auch so.“ „Nun aber langsam! Ich bin Québecois. Und Sie sind alt genug, sich daran zu erinnern, dass der französische Präsident de Gaulle bei einem Staatsbesuch in Kanada eine öffentliche Rede mit dem Ausruf beendete: 'Vive le Québec libre!' Es lebe das freie Québec! Also seid lieber nett zu uns, sonst laufen wir nämlich zu den Europäern über.“

„Sonst noch etwas?" fragt der Australier, „Charles und ich wollen nämlich noch eine Runde spielen." Beide tragen bereits Golfkleidung, und die langen roten Hosen des Engländers sehen deutlich eleganter aus als die kurzen grünbraun karierten des Australiers. Der Amerikaner antwortet: „Ihr Golfspiel können Sie vergessen, denn die eigentliche Information kommt erst noch. Die Hintermänner sind nämlich unbelehrbar, und obwohl wir ihren franco-algerischen Möchtegern-Täter durch die Pforten des Paradieses geleitet haben, verfolgen sie weiter den Plan eines Anschlags auf die Konferenz in Deutschland. Wir kennen inzwischen den Neuen." Der Australier wird jetzt etwas ungeduldig: „Den neuen was?" „Den neuen Attentäter, was denn sonst." „Wie haben Sie *das* denn rausgefunden?" „Sie wissen genau, dass ich darüber nicht reden werde, also lassen Sie diese Fragerei sein. Ich kann Ihnen aber sagen, dass der große Emir sich für etwas zu schlau hält. Er ahnt wohl, dass wir im Augenblick nicht genau wissen, wo er steckt, und wähnt sich deswegen in Sicherheit. Er ist aber irgendwo in Mogadischu, und dies Höllennest liegt direkt am Indischen Ozean." „Und?" „Und und und! Und vor der Küste patrouillieren Kriegsschiffe, offiziell wegen der Piraten. Und Kriegsschiffe der U.S. Navy haben Funktionalitäten, von denen ein 60jähriger Wüstensohn nicht einmal in seinen wildesten Träumen eine Vorstellung hat. Und wenn er heute einen Furz lässt, wissen wir morgen, was er gestern gegessen hat." Der Neuseeländer lacht. „Das ist ja nicht schwierig, die essen doch jeden Tag das gleiche: Hammelfleisch aus Neuseeland."

Der Kanadier lässt sich nicht ablenken, sondern wird jetzt deutlich: „Diese Geheimniskrämerei gegenüber Deutschland und Frankreich halte ich für unverantwortlich." Der Amerikaner wendet sich ihm zu: „Wie bitte?" „Sie haben mich genau verstanden! Die Geheimniskrämerei gegenüber Deutschland und Frankreich ist unverantwortlich." „Das soll wohl ein Scherz sein, Chris. Die Deutschen würden den Neuen vermutlich zu einem Runden Tisch bitten. So einen Unsinn machen wir nicht mit. Und Sie werden ja wohl nicht eine Entscheidung der U.S.-Regierung kritisieren wollen – oder, *Sir?*" Vorsicht, es wird förmlich! Der Kanadier schweigt jetzt.

„Allerdings müssen wir den Kerl, bevor wir ihn neutralisieren, erst aufstöbern. Im Moment ist er nämlich weg. Um ihn wiederzufinden, benötigen wir womöglich die Unterstützung Ihrer Nachrichtendienste. Teilen Sie das gefälligst Ihren Hauptstädten mit, und zwar umgehend. Golf spielen können Sie auch noch morgen." „Was meinen Sie damit: Er ist weg?" „Nun – weg, untergetaucht, verschwunden, hat sich verpisst. Das verstehen Sie doch, Chris, auch wenn Sie aus Quebec sind und zu Haus Französisch parlieren, oder?"

Dem Engländer geht der Ton zwischen den beiden auf die Nerven: „Also los, wer ist der Neue?" Der Amerikaner antwortet: „Dem Emir muss die Sache außerordentlich wichtig sein. Offenbar will er ohne Rücksicht auf Verluste einen Punkt machen. Er schickt seinen besten Mann in den Tod. Den, der sich immer auf Osama bin Ladens Schoß gekringelt hat: Isa, genannt Brillenkobra."

Zugspitze

Anders als der Golfplatz in Washington bietet die Zugspitze 200 Kilometer Sicht, hinein in das Panorama der Alpen. Bei wolkenlosem Himmel und strahlender Sonne herrschen auf der Terrasse des 'SonnAlpin' trotz der Höhe von fast 3.000 Metern angenehme Temperaturen, und an der Hüttenwand ist es sogar richtig warm. Bleckwedel dreht sich ein wenig, legt die Füße in den klobigen Bergstiefeln auf die Bank, lehnt sich mit dem Rücken gegen die Hütte, die trotz dieses Namens ein sehr geräumiges Berggasthaus ist, und hält das Gesicht in die Sonne. Knauffs Rat, Sonnencreme aufzutragen, hat er wieder missachtet.

Jetzt lehnt er auch den Kopf an die Wand. Unter dem karierten Baumwollhemd spürt er ein Völlegefühl, das angenehm träge macht. Die Sonne blendet, er schließt die Augen. Wunderbar riecht die Luft, und die Holzstämme der Wand sind warm, rund und fest. Das bringt ihn auf eine Idee: Eva! Unbedingt muss er sie bitten, zur nächsten Bergwanderung mitzukommen. Ob sie wohl gerade an ihn denkt? Er träumt vor sich hin. Plötzlich ein Geräusch! Heftig schreckt er hoch: „Was?"

Knauff, der die Tabletts in die Hütte gebracht hat, ragt neben der Bank auf und lacht. „Die Dame scheint ja höchste Qualitäten zu besitzen!" „Wie bitte?" Bleckwedel muss sich erst sammeln, er ist noch nicht ganz zurück. Knauff schaut auf ihn hinunter. „Erzähl' mir nix! Du hast von einer Frau geträumt. Dein Gesicht hat ausgesehen wie ein glücklicher Pfannkuchen. Übrigens ein bisschen angebrannt, der Pfannkuchen, aber du willst ja nicht auf mich hören. Also los: Wie heißt sie?" Bleckwedel stellt die Füße auf den Boden. „Unsinn! Jetzt werden erst mal Haxe und Weizen wegtrainiert. Auf geht's!" Er greift zum Rucksack. Knauff schmunzelt. „Wenn wir nachher zu Haus sind, wirst du nicht so leicht davon kommen. Amélie wird nämlich mit Leichtigkeit herausfinden, welche Frau dich in hochalpinem Gelände träumen lässt wie ein Baby im Bettchen." Auch Knauff greift zur Ausrüstung, dann geht er voran. Das tut er immer, wenn die beiden am Berg unterwegs sind. Die höchste Erhebung bei Bleckwedels Heimatstadt Lohhöfe heißt zwar 'Höllenberg', endet aber schon 20 Meter über der Heidelandschaft. Im Gebirge ist es daher eine preiswerte Form von Lebensversicherung, den erfahrenen Knauff voran gehen zu lassen. Der nähert sich der Pensionsgrenze, ist aber trotz seiner silbernen Mähne dieselbe Sportkanone wie früher. Wenn die beiden im Winter Ski fahren und sein Freund die drohend schwarz markierte Kandahar-Abfahrt hinunter brettert, kommt Bleckwedel manchmal im Schneckentempo hinterher, meist aber mit der Seilbahn.

Oberst Dipl. sc. pol. Knauff, Gebirgsjäger und Porschefahrer, ist der Stellvertretende Kommandeur der sogenannten 'NATO-School Oberammergau'. Diese Erwachsenenbildungsstätte des größten Bündnisses der Welt wird zwar von Führungskräften aller 28 Mitgliedstaaten der NATO besucht, aber von nur zwei Ländern finanziell getragen, die sich deswegen die beiden obersten Leitungspositionen teilen: Der Kommandeur ist immer ein Amerikaner und sein Stellvertreter immer ein Deutscher.

Dieser beginnt gerade, ins Sonnenkar abzusteigen, als sein Handy klingelt. Er fischt es heraus, blickt drauf und spricht englisch hinein. Dann kommt er zu Bleckwedel zurück, der einige Meter weiter oben wartet: „Das war J3." Der Amerikaner J3, eigentlich Colonel James J. Jones, ist der Kommandeur in Oberammergau. „Irgend etwas ist passiert, über das er am Telefon nicht sprechen kann. Er ist Hals über Kopf zurückbeordert worden in die Staaten, wird noch heute abfliegen. Ich muss ins Büro, will mit ihm wenigstens ein kurzes Gespräch führen, bevor er womöglich für Wochen weg ist. Dich sehe ich heute Abend. Brich dir möglichst wenige Knochen. Und hier, nimm meine Sonnencreme!" Er drückt Bleckwedel eine kleine Tube in die Hand und marschiert los in Richtung Bergstation der Eibseeseilbahn. Bleckwedel bleibt zurück, Knauffs Tempo könnte er sowieso nicht halten.

Die Sonne scheint, blau wölbt sich der Himmel, weit geht der Blick übers Gebirge nach Österreich. Auf der anderen Seite türmt der Zugspitzgrat hoch. Das dahinter heran ziehende Wetter kann Bleckwedel nicht sehen.

Am Abend sitzen alle drei um den Esstisch in Knauffs Wohnung. Draußen stürmt und regnet es heftig. Bleckwedel war noch am Berg vom Wetterumschwung überrascht worden, dichter Nebel, Sichtweite Null, jeder Fels wasserglatt. Zweimal schmerzhaft gestürzt, aber alles ist noch dran. Leise Musik spielt, Kerzen brennen, Knauffs Scotch ist mild und für Amélie die Aufklärung von Bleckwedels Geheimnis ein Kinderspiel. Mehr oder minder freiwillig rückt er mit Einzelheiten heraus. Knauff amüsiert sich: „Olé!“ Seine französische Frau ordnet an: „Beim nächsten Mal bringst du sie gefälligst mit, und zwar nicht für eure Bergtouren. Eine Spanierin! Die wird bestimmt Madrid vermissen und gern mit mir durch München bummeln. Eva, welch ein schöner Name.“ Dann ziehen alle drei um in die Sofaecke, von wo der Blick über das halbe Wettersteingebirge wandert, wenn es nicht gerade wie aus Kübeln schüttet. Der Scotch zieht mit.

„Was war denn los?“ fragt Bleckwedel. „Hm, merkwürdige Sache. Sieht nicht so aus, als käme J3 in Kürze zurück.“ Amélie greift nach ihrem Handy: „Dann werde ich mich mal um seine Familie kümmern.“ Sie steht auf.

Bevor Colonel James J. Jones Kommandeur der NATO School in Oberammergau wurde, war er Angehöriger der 'Black SOF', Special Operations Forces, der 'Schwarzen Spezialkräfte'. Bei deren Aufgaben geht es nicht um Beratung von Militärs verbündeter Schwellenländer oder Brückenbau in Dschungelgebieten oder was 'normale' Spezialkräfte sonst alles tun mögen. Black SOF sind dort tätig, wo 'kinetische Energie' eingesetzt wird, wie sie es nennen. Wo scharf geschossen wird und die Führer der internationalen Terrornetzwerke gejagt werden.

Bei diesen Black SOF war J3 auf ein Gebiet spezialisiert, über das er nie spricht. Knauff gegenüber hat er aber einmal angemerkt, dass ein von ihm geführtes Team den Plan für den Angriff erarbeitet hatte, dem der damals meistgesuchte Mensch der Welt zum Opfer gefallen ist. Manches andere hatte Knauff aus Papieren der U.S.-Armee und der NATO entnehmen können.

Die Jagd auf Osama bin Laden erzielte einen Durchbruch, als Terrorverdächtige den Namen eines Kuriers preisgaben: Abu Achmed al-Kuwaiti. Die CIA entdeckte diesen Mann in Pakistan und verfolgte sein Auto bis zu einem Grundstück in einer Stadt namens Abbottabad. Danach verging keine Sekunde, in der dies Anwesen und seine Bewohner nicht beobachtet wurden. Satelliten überflogen den Bereich, Aufklärungsdrohnen kreisten hoch über der Stadt, Männer mit pakistanischem Aussehen und pakistanisch aussehenden Pässen mieteten in der Nähe eine Wohnung. Der schmutzigweiße Gebäudekomplex, der von der größten Macht der Erde Tag und Nacht beobachtet wurde, wirkte abweisend, düster, ungewöhnlich. Die Bewohner verhielten sich extrem unauffällig, aber sehr auffällig war die Sache mit den Bällen.

Abbottabad ist etwas kinderreicher als Aachen oder Altentreptow, und trotz der stacheldrahtbewehrten Mauer blieb nicht aus, dass von Zeit zu Zeit ein Ball auf das Grundstück flog. Satelliten, Drohnen und die Männer in der Mietwohnung beobachteten dann, was geschah. Die Kinder hämmerten ans Tor und forderten ihren Ball zurück. Bewohner öffneten und wimmelten die Kleinen mit Hilfe einiger Geldscheine ab. Dann zerschnitten und untersuchten sie den Ball, und schließlich verbrannten sie ihn. Sehr seltsam. Nun sind Kinder auf der ganzen Welt aber klüger, als Erwachsene glauben, und nach einiger Zeit fiel den Auswertern der CIA in Langley auf, dass Bälle häufiger auf dem verdächtigen Grundstück landeten als auf anderen. Ob das vielleicht mit den Geldscheinen zusammenhing?

In dem Anwesen wohnten 20 Personen, darunter fünf erwachsene Männer. Von diesen fünf Männern konnten vier fotografiert und identifiziert werden: Osama bin Laden, der meistgesuchte Mensch der Welt. Khalid bin Laden, ein 23jähriger Sohn des Osama. Abu Achmed al Kuwaiti, der Kurier. Und Abrar, dessen Bruder. Der fünfte Mann blieb ein Schemen. Täglich tauchte er in den Lagevorträgen der CIA in Langley auf, aber niemals auf einem der Fotos, die durch Satelliten, Aufklärungsdrohnen und die Männer in der konspirativen Wohnung gemacht wurden. Die CIA sah ihn nicht, aber sie witterte ihn: Das Anwesen in Abbottabad war das Hauptquartier der gefährlichsten Terrororganisation der Erde, und selbstverständlich steckte dort der Chefplaner, der intellektuelle Kopf der Organisation, der Architekt der weltweiten Anschläge, das Gehirn des Terrors. Osama bin Laden war das Gesicht, aber nicht das Gehirn. Die geistigen Fähigkeiten von Khalid, Abu Achmed und Abrar waren hinlänglich bekannt: Man durfte sie nicht unterschätzen, aber keiner von denen hatte das Zeug, Kopf einer global agierenden Großorganisation zu sein. Also gab es in Abbottabad einen fünften Mann. Diese Ableitung war von solch einleuchtender Logik, dass niemand widersprach. Und dieser fünfte Mann war der gefährlichste von allen. Kein Sensor hatte ihn je erfasst, aber bei einem Zugriff auf Osama bin Laden musste unbedingt auch er neutralisiert werden.

Schließlich informierte die CIA den Präsidenten der Vereinigten Staaten über ihre Erkenntnisse. Der entschied, das 'Joint Special Operations Command' einzuschalten, das Oberkommando der Streitkräfte für Sondereinsätze. Der Befehlshaber dieses Kommandos beauftragte seinen besten taktischen Kopf mit der Erarbeitung eines Angriffsplans, und so wurde J3 mit der Sache befasst. Dabei war ein Element des Plans von vornherein selbstverständlich: Ein Bomben- oder Raketenangriff schied aus, denn danach würde man keinen Beweis haben, dass einer der Toten Osama bin Laden war. Man brauchte einen DNS-Nachweis, und deswegen war dies keine Aufgabe für Kampfdrohnen, sondern für 'boots on the ground', Soldaten am Boden. Ein lebensgefährliches Unterfangen und deswegen ein Auftrag für die Besten, die man hatte: SEALS. Dies englische Wort kann Siegel heißen, aber auch Seehund. Wenn es mit Großbuchstaben geschrieben wird, handelt es sich um eine Abkürzung, nämlich die von 'United States Navy <u>SE</u>a, <u>A</u>ir, and <u>L</u>and Team<u>S</u>'. Die SEALS sind die Spezialeinsatzkräfte der Marine der Vereinigten Staaten.

Zu Jahresbeginn 2011 billigte der Präsident die Eckpunkte der Planung, und im Frühjahr waren alle Vorbereitungen abgeschlossen. Anfang Mai würden die Umstände besonders günstig sein; Neumond würde für Al Qaida und das pakistanische Militär die Nächte verfinstern, ohne jedoch den Einsatz westlicher Streitkräfte zu behindern. Deren Restlichtverstärker machen die Nacht zum Tag, und ihre Wärmebildgeräte 'sehen' um so besser, je dunkler es ist.

Am letzten Freitag im April gab es zwei interessante Ereignisse: In der Westminster Abtei heiratete ein sympathischer Bursche in roter Operettenuniform seine Kate, während 700 Millionen Menschen per Fernsehen auf den wohlgeformten Po von Kates Schwester schauten. Und im Weißen Haus gab der Präsident den Befehl zum Zugriff.

Am darauf folgenden Sonntag starteten im afghanischen Dschalalabad um 23:00 Uhr Ortszeit, also 14:30 Uhr Washingtoner Zeit, zwei speziell ausgerüstete, lärmgedämpfte und gegen Radarerfassung geschützte Blackhawk-Hubschrauber einer in Nachteinsätzen besonders erfahrenen Staffel, der 'Night Stalkers'. An Bord befanden sich außer den Besatzungen 24 SEALS, ein aus Pakistan stammender CIA-Dolmetscher und Cairo. Minuten später hoben zwei große Chinook-Transporthubschrauber ab. Sie transportierten weitere SEALs als Reserve für Notfälle und außerdem Treibstoff zum Umtanken in die Blackhawks vor dem Rückflug.

Eine vierstrahlige Boeing E8 ohne Kennzeichen flog Kurse entlang der afghanisch-pakistanischen Grenze und beobachtete mit ihrem JSTARS, Joint Surveillance and Target Attack Radar System, einem Überwachungs- und Zielzuweisungsradar, was die pakistanische Flugabwehr so tat. Viel tun konnte die gerade nicht, denn JSTARS vermag Radar- und Funkausstrahlungen nicht nur zu beobachten, sondern auch zu stören. Für den Fall, dass dennoch pakistanische Militärjets sich für die vier dunklen Hubschrauber interessieren sollten, kreisten am nächtlichen Himmel Afghanistans flugkörperbestückte Jagdflugzeuge mit abgeschalteten Positionsleuchten. Die Bilder einer Aufklärungsdrohne über Abbottabad wurden nun in den 'Situation Room' weitergeleitet, den Lageraum des Präsidenten unter dem Weißen Haus.

Der Plan war einfach, wie jeder gute Plan. Blackhawk Eins würde seine SEALS im Hof des Anwesens absetzen, die sollten ins Erdgeschoss eindringen und dort 'dichtmachen'. Blackhawk Zwei würde über dem Haus schweben, dessen SEALS sollten sich aufs Dach abseilen und von oben das Gebäude durchkämmen. Die Bewohner würden nach unten und damit der Gruppe Eins in die Arme laufen, genauer gesagt: Vor die Mündungen ihrer Sturmgewehre *Made in*

Germany. Für den Fall, dass doch jemand davonkommen sollte, würde Blackhawk Zwei noch vor seiner Dachaktion zwei SEALS sowie den Dolmetscher und Cairo außerhalb des Hofs absetzen. Der Dolmetscher könnte bei Bedarf aufgeregte Nachbarn beruhigen, und dem belgischen Schäferhund Cairo, der mit Würde einige vernarbte Schusswunden aus früheren Einsätzen trug, war noch nie jemand entkommen. So weit der Plan.

Wie viele Pläne erlitt auch dieser einen Zusammenprall mit einer anderen Wirklichkeit. Blackhawk Eins geriet während der Landung in einen Warmluftwirbel, krachte mit dem Heckrotor gegen die Hofmauer, wurde von seinem Piloten als letzte Rettung brutal zu Boden gedrückt und hing schließlich schräg zwischen Mauerkrone und Erdboden im Hof. Die Piloten von Blackhawk Zwei, die gerade Cairo samt Außen-Team abgesetzt hatten und jetzt hochzogen, sahen das. Sie wussten nicht, ob die Soldaten in Nummer Eins den Crash lebend überstanden hatten, ob der Hubschrauber gleich in Flammen aufgehen oder was sonst geschehen werde. Aber eines war gewiss: Planmäßig konnte das hier nicht mehr ablaufen.

Wie viele auf Messers Schneide stehende Aktionen wurde auch diese durch einen schnellen Entschluss gerettet. Wenn die SEALS sich gleich aufs Dach abseilten, würde im Erdgeschoss niemand die Ausgänge sperren. Also: Abweichen vom Plan, Blackhawk Zwei landete erneut! Wegen des Wracks im Hof war das nur draußen möglich. Die SEALS waren in Sekundenschnelle aus dem Hubschrauber und sprengten das nächste Tor in der Hofmauer auf, doch das Eindringen misslang: Nach der Sprengung stand zwar das Tor offen, der Zugang dahinter aber war durch eine zweite Mauer verrammelt.

In Blackhawk Eins hatten alle überlebt. Die Männer sprangen aus dem festhängenden Wrack zwei Meter hinunter auf den Boden und liefen los. Sie öffneten dem draußen gelandeten Team ein anderes Hoftor. Beide Gruppen näherten sich dem abweisenden Gebäude.

Schüsse! Aus einem Anbau hämmerte eine Kalaschnikow. Mit dumpfem Ploppen antworteten die schallgedämpften Sturmgewehre der SEALS. Hinter der Holztür des Anbaus starb Abu Achmed al-Kuwaiti, der Kurier. Die Tür wurde von innen aufgerissen, eine Frau mit einem Kleinkind im Arm lief schreiend über den Hof.

Die SEALS sprengten die stählerne Eingangstür des Haupthauses auf. Drinnen: Dunkelheit. Zur Vergrößerung des Blickwinkels haben die Nachtsichtgeräte moderner Spezialkräfte je vier Objektive, die wie riesige Augen aussehen. Hat man unerwartet ein solches Wesen vor sich, kann einen der Herzschlag treffen. Wieder das Ploppen. Im dunklen Flur starben Abrar und seine Frau, die ihn schützen wollte. Von den fünf Männern waren jetzt zwei tot. Kinder wimmerten. Dann Stille. Schemen tauchten auf. Verschwanden wieder. Alles war ruhig. Lautlos durchsuchten die SEALS das Erdgeschoss.

Plötzlich ein Lichtblitz! Krachen! Eine Stahltür wurde aufgesprengt. Dahinter – die Treppe. Rauf! SEALS stiegen nach oben. Halt! Wispern. War da jemand? Ploppen, auf dem Treppenabsatz im ersten Stock starb Khalid bin Laden. Von den fünf Männern waren jetzt drei tot. Einige SEALS bogen ab und durchsuchten lautlos das erste Stockwerk.

Zwei stiegen langsam höher. Vorsichtig. Ganz langsam. Im zweiten Stock war es völlig dunkel. Die beiden SEALS sahen durch ihre Nachtsichtgeräte, alle anderen Menschen im Obergeschoss sahen nichts. Seit Angriffsbeginn waren 15 Minuten vergangen, das Weitere dauerte 15 Sekunden. Rechts öffnete sich eine Tür. Ein Männerkopf erschien. Der vordere SEAL schoss. Der Kopf verschwand. Die Tür blieb offen. Plötzlich standen zwei Frauen im Flur. Sie fuchtelten mit den Armen. Sprengstoffgürtel? Der SEAL ließ die Waffe fallen, stürzte sich auf die beiden und riss sie zu Boden.

Der andere bog ab ins Zimmer. Im Nachtsichtgerät erkannte er zwei stehende, vollständig bekleidete Menschen: Eine junge Frau, die reglos in Richtung des für sie unsichtbaren Soldaten starrte, und einen alten Mann im Kaftan, hochgewachsen, hager, mit grauem Vollbart. Der SEAL richtete sein deutsches Sturmgewehr auf den Kopf des Mannes. Es war Montag, 00:49 Uhr pakistanischer Zeit. Die zehnjährige Jagd war beendet.

Der fünfte Mann, der Chefplaner von Al Qaida, wurde nicht gefunden. Das gesamte Anwesen wurde auf den Kopf gestellt, aber er blieb, was er immer gewesen war – ein Schemen.

Nach der Aktion wurde J3 befördert und Kommandeur in Oberammergau. Jetzt aber benötigt man in Washington seine besonderen

Kenntnisse, und Knauff berichtet, J3 habe vorhin im Gespräch eine merkwürdige Formulierung benutzt: Der in Abbottabad Entkommene müsse sich jahrelang auf dem Schoß von Osama bin Laden 'gekringelt' haben. Und dann habe J3 in ungewöhnlicher Offenheit aus der Einsatzmeldung des SEALS zitiert, der als erster in das Schlafzimmer trat: „Den fünften Mann haben wir nicht gefunden. Oben hatte ich aber das Gefühl, er stehe direkt vor mir. Und das war verdammt unheimlich, in dem stockdunklen Zimmer mit dem toten Häuptling am Boden und der reglosen Tussi mit ihrer Brille auf der Nase."

Lohhöfe

Niemand solle behaupten, Lohhöfe sei ein verschlafenes Nest ohne Weiterentwicklung. Schon als er in die Gaststube kommt, bemerkt Bleckwedel die erste Neuerung: Am Tisch sitzt außer der üblichen Runde auch Anni, die sonst doch immer in der Küche stand. Jedenfalls, bis der Notarzt ihr nach dem Kreislaufkollaps das Wort abschnitt, sich ihren Widerspruch verbat und sie ins Krankenhaus abtransportieren ließ. Änderung Nummer zwei: Auch an den anderen Tischen sind mehr Stühle besetzt als früher. Die dritte wird zunächst von Gerti bemerkt, und prompt marschiert der kleine Dackel vorwärts, Mirjas lange Oberschenkel verschmähend. Willem erläutert: „Damit dein Hund endlich unter dem Tisch liegt, wie sich das gehört." Dort ist eine zweite Wildschweinschwarte ausgebreitet, etwas kleiner als Struppis. „Bache, da verstehst du nix von, als Nichtjäger. Ölst du wenigstens regelmäßig deine Büchse ein?" „Willem", mahnt Mirja, „benimm dich!"

Die vierte Änderung bemerken Hund und Herrchen gleichzeitig. Als Frieda mit dem gefüllten Tablett kommt, macht sich ein ortsfremder Geruch breit. O.W. merkt an: „Unser guter Geert behauptet ja immer, er sei ein weitgereister Mann. Gleich werden wir wissen, ob das stimmt. Also los, Geert, was ist das, was Frieda uns neuerdings auftischt, mitten in der Lüneburger Heide?" So schwer ist es nun auch wieder nicht, das herauszufinden. Bleckwedel klopft auf den Tisch, nimmt sein Glas hoch und sagt: „Das ist ja ein dolles Ding. Ouzo!"

Frieda geht zurück in Richtung ihres Kommandostandes, um

Bleckwedels Pils zu zapfen, und Anni ruft hinter ihr her: „Hol ihn einfach mal ran, Frieda. Geert muss ihn sowieso kennenlernen." Sekunden später schütteln Bleckwedel und Demetrios Stratakos sich die Hände. „Von Ihnen habe ich schon viel gehört. Schön, dass Sie kommen konnten", sagt Demetrios in einem Deutsch, das keineswegs fehlerfrei, aber um 100 Prozent besser ist als Bleckwedels Griechisch. Bleckwedel ist ernsthaft verblüfft: Änderung Nummer fünf, alle binnen zweieinhalb Minuten, also eine pro 30 Sekunden. Auch in Lohhöfe wird das Leben hektischer.

Demetrios Stratakos sieht aus wie Anthony Quinn in dem Film 'Alexis Sorbas', ist anders als dieser aber ein echter Grieche und trotz seines sagenhaften Äußeren ein Opfer, nämlich der Wirtschaftskrise in seiner Heimat. Sein Restaurant in Palaiologio musste er dichtmachen, als den Palaiologionern das Geld für Restaurantbesuche ausging und der Betrieb anfing, mehr zu kosten als er einbrachte. Seitdem bringt Demetrios seine Frau, seine Tochter und sich selbst von dem Ersparten durch. Das aber wird nicht lange reichen, und deswegen ist es gut, dass er als junger Mann in Brenner's Parkhotel in Baden-Baden gekocht hat. Seine damals erworbenen Sprachkenntnisse befähigten ihn nun, in der deutschen Jobbörse zu surfen, und so fand er das Stellenangebot, das die Arbeitsagentur der Kreisstadt veröffentlicht hat: Spörrles Gasthaus in Lohhöfe sucht einen neuen Chefkoch. Demetrios telefonierte sofort, und sieben Tage später traf er ein. Natürlich ist Lohhöfe nicht Baden-Baden, und Spörrles ist nicht Brenner's, aber Demetrios findet, dass es hier besser sei als dort – wenn man bedenkt, welches Angebot die beiden Spörrles ihm gemacht haben. Langfristig, nämlich für die Zeit, wenn sie mal alt sein werden.

Auch Bleckwedel, nachdem alles berichtet ist, also eine halbe Stunde, zwei Pils und zwei Ouzos später, findet das Angebot interessant und hat keine Zweifel, dass Demetrios das Beste daraus machen wird. Ein Teil des Berichts bestand nämlich aus der Information, dass Palaiologio, wo Demetrios nicht nur ein jetzt geschlossenes Restaurant besitzt, sondern auch geboren wurde, gar keine Stadt ist, sondern ein Ortsteil von Sparta, und vor Spartanern hat Bleckwedel höchste Achtung.

Die haben sich zusammen mit den Athenern schon vor zweieinhalb Jahrtausenden gegen die Angriffe des persischen Großkönigs

Xerxes behauptet und damit Europa vor dem Untergang gerettet, Hut ab! Bleckwedel macht eine entsprechende Bemerkung, und Demetrios schmunzelt: „Wenn wir damals auf eine Kultur der Zurückhaltung gesetzt hätten statt auf das Schwert, hätte Xerxes uns alle umgelegt." Anni erkundigt sich: „Wer hätte euch umgelegt?" O.W. klärt auf: „Xerxes, so'n alter Perser." Daraufhin bekundet Anni ihren Unmut: „Immer dieselben!"

Wenn sie nicht gerade gemeinsam Europa retten mussten, sind Demetrios' spartanische Vorfahren und die Athener sich regelmäßig an die Kehle gegangen. „In Athen liegen viele erschlagene Spartaner", prahlte damals ein Athener. „In Sparta liegt kein einziger erschlagener Athener", erwiderte lakonisch ein Spartaner; bis nach Sparta hatten die Athener es einfach nie geschafft. Was Bleckwedel erst jetzt mitgeteilt wird: Zwar ist Demetrios Spartaner, seine Frau jedoch ist Athenerin. Das Leben in Lohhöfe kann also noch interessant werden, langfristig.

Berlin, Bahnhof Spandau

Bleckwedel ärgert sich. Der ICE kommt an wie immer. Wenn die Bahn sich darauf konzentrieren würde, Menschen, Tiere und Güter sicher, preiswert und pünktlich von einem Ort zum anderen zu transportieren, müsste planmäßiger Zugverkehr doch möglich sein. Klappte früher ja auch, sogar im Winter: „Alle reden vom Wetter – wir nicht!" Jetzt werden Zugausfälle und Verspätungen schon damit begründet, dass es zu *warm* sei. Im Zeitalter der Klimaerwärmung kann das ja noch heiter werden.

Als der ICE endlich im Bahnhof und Giscard Bénoit, elegant wie immer, auf dem Bahnsteig steht, freut Bleckwedel sich riesig. „Giscard! Das wurde aber auch Zeit, dich wiederzusehen. Scheinst ja eine Menge Arbeit zu haben in Paris. Los, ab ins Auto. Wir essen wieder im Fliegenden Holländer, einverstanden?" Die beiden unterhalten sich in einem auf Außenstehende komisch wirkenden Gemisch aus etwas Deutsch, etwas Französisch und viel Englisch. Gerti freut sich auch und wirkt, wenn Giscard ihre Leine hält, gleich viel eleganter.

Vor Jahren hat es zwischen Bleckwedels Tochter Carola und einem ihrer Kommilitonen an der Berliner Humboldt-Universität heftig gefunkt, und der Glückliche namens Jaques entpuppte sich als Austauschstudent von der Pariser Sorbonne. Nun sind die beiden schon seit geraumer Zeit verheiratet, und die Psychologin Dr. Carola Bénoit arbeitet in Paris in derselben geheimnisvollen Behörde wie ihr Schwiegervater.

Bis zum Ende der Autofahrt hat Giscard zwar alle Neuigkeiten über seine Frau Colette sowie über Carola und Jaques berichtet, aber nicht verlauten lassen, was ihn eigentlich hergeführt habe. Da sein schmaler Lederkoffer leider nicht so aussieht, als enthalte er eine nennenswerte Zahl von Flaschen, beschleicht Bleckwedel das Gefühl, der Besuch habe nichts mit Colettes Weingut an der Rhône zu tun, sondern womöglich mit Giscards Tätigkeit in Paris. Der hochgewachsene Mann in dem maßgeschneiderten Sommermantel leitet die Antiterrorabteilung der DCRI, des französischen Inlandsgeheimdienstes.

Der bei jedem Besuch in Potsdam wiederholte Versuch, diesen Landsmann von Paul Bocuse für ein Sülzkotelett mit brandenburgischen Bratkartoffeln zu erwärmen, scheitert auch diesmal. Das aber tut der Stimmung keinen Abbruch, und ein Abendessen, mehrere Rex-Pils und einige Stunden später finden sich alle drei vor dem Kamin in Bleckwedels Wohnung wieder. Die beiden Männer schwenken die Gläser mit dem irischen Whisky und Gerti schnarcht auf der Schwarte, die Bleckwedel nach den Erfahrungen in Lohhöfe für sie beschafft hat. Als er nach dem Preis fragte, wünschte er sich zum ersten Mal, er wäre Jäger. Dies Wildschwein hat seine Haut wahrlich teuer verkauft.

„Also jetzt los, nachdem du in dem Lokal nicht mit der Sprache heraus wolltest: Warum bist du mit der Bahn gekommen, warum bist du erst in Spandau ausgestiegen, wo übernachtest du, wie lange bleibst du und warum bist du überhaupt hier?“ „Und warum bin ich so froh, nicht der griechische Premier zu sein und von der deutschen Kanzlerin verhört zu werden?“ Bleckwedel lacht: „Santé, mon ami.“

„Prost, mein Freund. Nun zu deiner Fragerei. Mit der Bahn bin ich angereist, weil ich nicht aus Paris komme, sondern aus Köln, wo ich mit meinem Kollegen vom Bundesamt für Verfassungsschutz konferiert habe. Bei der kurzen Entfernung Köln–Potsdam könnte selbst euer ICE schneller sein als eine Flugreise. Unser TGV schafft das locker, warum kauft ihr nicht einfach den? Mein Kollege in Köln müsste sich übrigens mal einen Maßanzug kaufen, in Paris könnte er mit seinen Klamotten jedenfalls nicht herumlaufen. In Spandau bin ich ausgestiegen, weil der ICE hier in Potsdam nicht hält, so dass man von Spandau aus zurückrattern muss, wenn man nicht vom Vater der eigenen Schwiegertochter abgeholt wird. Übernachten werde ich in deinem Gästezimmer, obwohl du dir wirklich mal eine größere Wohnung kaufen solltest. Nimm dir einfach ein Beispiel an meiner Dienstwohnung in Paris, die kennst du ja, so muss eine Wohnung aussehen: 500 Quadratmeter, und auch der Ausblick auf den Eiffelturm ist besser als der auf die schwach beleuchtete Hütte da hinter eurem Tümpel. Was war nochmal die nächste Frage? Ach ja, ich bleibe bis zum Abflug, 07:15 Uhr, Air France, morgen früh. Du wirst mich doch wohl zum Flughafen bringen. Vielleicht kannst du noch herausfinden, zu welchem. Ihr habt ja immerhin zwei. Nun, nicht jede Stadt kann vier Flughäfen haben wie Paris. Ich werde mein eigenes Handy nämlich nicht einschalten, denn wenn die NSA sieht, dass ich in diesem Ostnest hocke, wird sie mich womöglich der Konspiration mit den Russen verdächtigen."

Nach diesen in anglodeutschfranzösischem Eurosperanto vorgetragenen Kurzinformationen müssen der Sprecher und sein Zuhörer zunächst einen Irischen zu sich nehmen. Dann spricht Giscard gestärkt weiter. „Und ich bin hier, weil ich dich warnen möchte. Dein Name steht auf der Liste der bei der Konferenz akkreditierten Journalisten, die meiner Abteilung natürlich vorliegt. Bleibe bloß weg da!" „Konferenz? Wegbleiben? Von wo?" „Mach mal dein Radio an oder irgendwas anderes, das ein Geräusch macht." Bleckwedel schaltet seinen Lieblingssender ein: „Gut?" „Mon cher, wer solche Musik spielen lässt, kann tatsächlich nicht abgehört werden, der Mann am Kopfhörer würde ja sofort Selbstmord begehen. Hast du nichts von Debussy?" Dann wird es ernst.

„Chris hat mich kontaktiert." „Dein kanadischer Freund aus Quebec?" „Es heißt nicht Quebec, sondern Québec." „Pardon. Und?" „Es wird ein Anschlag auf die Bonner Ukraine-Konferenz geplant." Bleckwedel ist wie vom Donner gerührt. Woher wissen die Kanadier das? Und er ist hin- und hergerissen: Darf er aufdecken, dass diese Information den deutschen Behörden bereits bekannt ist?

Giscard fährt aber bereits fort: „Ich habe mich übrigens gefreut zu hören, dass meinem Kollegen in Köln diese Information bereits bekannt war. Das Wichtigste wusste er aber noch nicht, deswegen ist es doch gut, dass ich die Reise gemacht habe, obwohl Colette für heute Abend einen Tisch im 'Roi Blanc' reserviert hatte, unterhalb von Sacré Coeur. Etwas romantischer als dein Fliegender Holländer! Also, Al Qaida hat auf die Bonner Konferenz einen Selbstmordattentäter angesetzt."

Bleckwedel ringt jetzt mit sich. Giscard opfert nicht nur zwei halbe Arbeitstage, sondern verstößt gewiss gegen ein Dutzend Geheimhaltungsvorschriften, um den Schwiegervater seines Sohnes vor dem Besuch einer Veranstaltung zu warnen, auf die ein Anschlag geplant wird. Der Franzose hat deswegen ein Recht, zu erfahren, dass die Information nicht nur den deutschen Behörden bereits bekannt war, sondern auch Bleckwedel. Andererseits wird das zu der Frage führen, woher er diese Nachricht hatte, und die Aufdeckung wird womöglich Ringstorf in juristische Schwierigkeiten bringen und den Khan im fernen Afghanistan in Lebensgefahr. Inzwischen schiebt Giscard aber nach: „Was euer Verfassungsschutz nämlich nicht wusste, war der Name des Attentäters."

Jetzt ist Bleckwedel ernsthaft verwirrt. Diesen Namen hat die deutsche Botschaft in Kabul doch gewiss in ihren Geheimbericht an das Auswärtige Amt aufgenommen, er muss sogar das Kernstück der ganzen Meldung gewesen sein: Abdul Nuri, der Mann, der unter allen Umständen abgefangen werden muss. „Die hatten einen aus Algerien stammenden Franzosen im Sucher, einen gewissen Abdul Nuri", fährt Giscard fort. „Den hat aber vor Kurzem eine Kampfdrohne erwischt, und das haben die Amerikaner zwar den Kanadiern und noch einigen anderen mitgeteilt, aber weder euch noch uns." „Wie ist das denn möglich?" „Schon mal etwas von 'Five Eyes Only' gehört?" „Nein. Was soll das sein?"

Nachdem Giscard ihn eingeweiht hat, hütet Bleckwedel sich, weitere Fragen zu stellen. Giscard hat bereits mehr als das Zulässige getan, um vor dem Besuch der bedrohten Konferenz zu warnen. Warum sollte er zusätzlich noch mit dem Namen des Mannes herausrücken, den die Franzosen – oder die Kanadier - für den neuen Attentäter halten? Da spricht Giscard aber schon weiter. „Der neue Attentäter ist ein verdammt bedrohlicher Bursche. Unser Dossier über seine Vergangenheit besteht nur aus einem einzigen Blatt, von seiner Herkunft wissen wir absolut nichts. Sein Name scheint Isa zu sein, aber in der Terrorszene wird er Brillenkobra genannt. Er ist irgendwann in einem Trainingscamp von Al Qaida aufgetaucht und hat sich schnell als eiskalt erwiesen. Im Lauf der Zeit wurde er so etwas wie ein Terror-Stratege, und inzwischen scheint er der Planungschef der Organisation zu sein. In der Szene hat er jedenfalls einen Ruf als akribischer Vorbereiter. Wenn es irgendwo kracht, ist er niemals selbst dabei, aber die schlimmsten Anschläge tragen immer seine Handschrift. Da Al Qaida jetzt diesen Obermohr in den Tod schickt, muss es ihr mit der Absicht, die besonders geschützte Konferenz hochzujagen, sehr ernst sein. Mit Sicherheit hat sie ihn dazu mit allem ausgestattet, was irgendwie von Nutzen sein könnte. Allerdings scheint er zur Zeit auch für Al Qaida unauffindbar zu sein. Und genau das findet Carola sehr verdächtig." „Carola? Was, um Gottes Willen, hat meine Tochter damit zu tun?"

„Nun – sie meint, ein Täter, der jahrelang aus dem sicheren Hintergrund agiert habe, trete nicht ohne handfesten Grund plötzlich selbst nach vorn. Womöglich sehe er eine lang erwartete Gelegenheit. Was hat sie noch mal genau gesagt? Ach ja, Folgendes: Fürchte den Zorn des geduldigen Mannes!"

„Und wohin führt dieser Gedanke?" „Zu dem Verdacht, dass der Terrorist eine private Agenda verfolge." „Das sagt meine Tochter?" „Das sagt sie als die Wissenschaftlerin, die meine Behörde in psychologischen Fragen berät." „Klingt ja auch logisch." „Keine Wortspielchen, bitte. Ihre Vermutung ist, dass dieser Mann sich in Vorbereitung des Anschlags große Summen von Dollars und Euros sowie sämtliche Hilfsmittel, die Al Qaida zur Verfügung stellen kann, in die Taschen gestopft hat. Gefälschte Pässe, Personalausweise, Identitätskarten, Führerscheine, Versicherungsausweise, Zeugnisse. Kreditkarten, Kontonummern, Kennworte, Schlüssel von Bankschließfächern. Satellitenbilder, Luftaufnahmen, Flugtickets. Kontaktadressen, Telefonnummern, Schlüssel zu konspirativen Wohnungen. Alltägliche Gebrauchsgüter wie Kugelschreiberpistolen, schwer nachweisbare Gifte und was man sonst gern mit sich führt. Mit dieser nützlichen Grundausstattung ist er untergetaucht. Carola hat aber Zweifel, dass der Ort des Auftauchens Bonn heißen wird." „Sondern?"

„Sie vermutet, dass dieser Isa die Vorbereitungen für einen Angriff auf die Konferenz nur benutzt hat, um sich in den Besitz solcher Hilfsmittel bringen und wiederholt nach Europa reisen zu können – dass er aber einen Plan verfolgt, der mit Bonn gar nichts zu tun hat. Zwar steht sie damit allein gegen die Meinung aller Dienste, die mit diesem Fall befasst sind, aber in früheren Fällen hat sie eigentlich immer recht behalten." „Carola meint, es gehe um etwas anderes? Etwas Persönliches?" „Exactement! Eine Rache."

„Hast du den Kölnern von dieser Vermutung berichtet?" „Deswegen war ich doch dort." „Und was halten die davon?" „Nichts. Sie sagen, sie hätten einen klaren Hinweis auf den Täter und das Ziel. Der Täter heiße Abdul Nuri, sein Ziel sei die Konferenz, und deren Schutz hätten sie im Griff. Sie bestreiten energisch, dass die Amerikaner einen auf Deutschland angesetzten Attentäter neutralisieren und diesen Erfolg vor den deutschen Behörden geheim halten würden." „Darauf santé, mon ami." „Prost, mein Freund."

„Was sagtest du vorhin, wie der Mann genannt wird?" „Isa." „Nein – der Kampfname." „Brillenkobra." Bleckwedel schwenkt das Glas und schaut ins Feuer. Brillenkobra? Bilder steigen hoch: Kabul. Dunkelheit. Ein aufragendes Gebäude. Eine Halle. Reglose Menschen. Treppen. Düstere Flure. Deutsche Fallschirmjäger. Niederländische Infanteristen. Amerikanische Special Forces. Ein Festgenommener, der unter brutalsten Begleitumständen entkommt. Hinter dünnen Brillengläsern seltsame Augen.

Diese ins Nichts führenden Gedanken schüttelt er jedoch ab.

Er trinkt aus, und dann berichtet er Giscard von dem Amerikaner 'J3' in Oberammergau, erzählt von dessen kurzfristiger Abkommandierung nach Washington und seiner Formulierung, der in Abbottabad verfehlte Terrorplaner habe sich auf Osama bin Ladens Schoß 'gekringelt'. Giscard nickt: „Na also! Das passt doch gut zusammen. Aber jetzt mal etwas Konkretes: Fährst du nach Bonn? Die Konferenz wird wohl wichtig für dein neues Buch sein, Gefahr hin oder her."

„Die ist für mich sogar sehr wichtig. Ich kann aber nicht dabei sein und habe schon vor einiger Zeit meine Akkreditierung zurückgegeben. Während der Konferenz werde ich nämlich etwas tun, das noch viel wichtiger ist." „Wichtiger als die Ukraine-Konferenz? Mit eurer Kanzlerin? Das kann ja wohl kaum sein!" „Für mich schon. Ich kann nicht nach Bonn fahren, weil ich in Berlin jemanden vom Flughafen abholen will."

„Mon Dieu, endlich! Ich bin entzückt!" Giscard versteht sofort. Logisch, als Franzose. Ein Mann lässt die Teilnahme an der wichtigsten internationalen Konferenz des Jahres sausen, um jemanden vom Flughafen abzuholen. „Wirst du sie heiraten?"

Termez, Usbekistan

Als römische Legionen die Stadt schufen, die heute Köln heißt, hatte Termez bereits ein halbes Jahrtausend auf dem Buckel. So wie Köln durch die Bomber der Royal Airforce wurde auch Termez völlig zerstört, aber durch die Mongolen des Dschinghis Khan. Und wie Köln, so liegt auch Termez an einem Fluss.

Der Amur Darja ist die Grenze zwischen Usbekistan und Afghanistan. Hier führt eine Brücke über den Strom, die den einzigen Schienenzugang in das Land Afghanistan bietet. Anfang der achtziger Jahre haben die Sowjets diese kombinierte Straßen- und Eisenbahnüberführung namens „Brücke der Freundschaft" gebaut, um ihre in Afghanistan kämpfenden Besatzungstruppen auf dem Landweg versorgen zu können, was im Vergleich zum Lufttransport deutlich preiswerter ist. Damals hatten sie keine Ahnung, wie diese Sache ausgehen würde.

Jahre später zogen die letzten Sowjets aus Afghanistan ab, über diese Brücke, geschlagen und wie geprügelte Hunde. Zurück blieb ein Land in Aufruhr, das in die Hände der Taliban fiel. Wenig später lag das uralte Termez nicht mehr in der Sowjetunion, sondern in einem wieder erstandenen Staat namens Usbekistan. Und nach Nine/Eleven wurde aus dem kleinen Provinzflugplatz von Termez ein Stützpunkt der deutschen Luftwaffe, ein strategischer Umschlagplatz zwischen Europa und Asien, dem Flughafen Köln-Bonn in Deutschland und dem Einsatzgebiet der Bundeswehr in Nord-Afghanistan. In Termez landen seitdem die großen Airbusse mit dem Eisernen Kreuz auf den Tragflächen, dort werden ihre aus Europa kommenden Passagiere und Transportgüter für den Weiterflug in das Kriegsgebiet umgeladen in die gegen Raketenbeschuss geschützten Transalls.

Und schließlich trafen in Nordafghanistan chinesische Arbeiterkolonnen ein und bauten auf Veranlassung der NATO und auf Kosten der Asiatischen Entwicklungsbank die aus Usbekistan kommende Eisenbahnlinie weiter bis zum Hauptstationierungsort der Bundeswehr, Mazar-i-Sharif. Seitdem mussten Versorgungsgüter für die Truppen der NATO nicht mehr per Luftfracht aus Europa herangeschafft werden, sondern konnten mittels Eisenbahn durch die Ukraine, durch Russland und Usbekistan kommen, über die von den Sowjets erbaute 'Brücke der Freundschaft'. Das freute besonders den Bundesminister der Finanzen, denn die Transportkosten sanken dadurch drastisch: Von 10.000 Euro pro Tonne auf 200. Endlich war erreicht, was die Sowjetunion mit dem Bau dieser Brücke angestrebt hatte: Die Reduzierung der Kosten für die Versorgung von Truppen in Afghanistan. Allerdings waren es keine sowjetischen Truppen mehr, und die Sowjetunion gab es auch nicht mehr.

Usbekistan und Afghanistan könnten unterschiedlicher kaum sein. In Usbekistan gibt es eine nicht nur funktionierende, sondern geradezu übermächtige Staatsgewalt. Den Namen ihres Präsidenten auszusprechen, verbietet den Usbeken die Ehrfurcht. Er wird daher 'Er' genannt. Das öffentliche Leben funktioniert, Strom fließt, Züge fahren planmäßig, Verkehrsampeln leuchten, Obstbäume sind mit weißer Farbe bestrichen, Fensterläden in frischem Grün gehalten, sogar Bürgersteigkanten weiß angemalt. Der Basar von Termez liegt in mehrstöckigen Markthallen, das archäologische Museum ist ein klimatisierter Glaspalast, Grünanlagen laden zum Verweilen ein, gepflegte Gemüsefelder umziehen die Stadt, und die leuchtend blauen Kacheln an der weitläufigen Mausoleumsanlage 'Sultan Saodat' wirken wie italienische Fayencen aus dem 15. Jahrhundert, sind aber usbekische aus dem neunten. Wenn man sehen will, wie geschmack- und respektvoll Alt und Neu miteinander verbunden werden können, braucht man jedoch nicht bis Termez zu reisen, denn das kann man auch in Berlin sehen. Zum Beispiel in der neuen Botschaft, die die Usbeken in ein altes Preußengebäude hineingebaut haben.

Abgesehen von den großen Passagier- und Transportmaschinen der deutschen Luftwaffe landen in Termez hauptsächlich Flugzeuge aus den drei Hauptstädten Usbekistans: Aus der antiken Hauptstadt, Samarkand; aus der zeitweise aufgezwungenen, Moskau; und aus der jetzigen, Taschkent.

Dennoch fällt der kleine LearJet aus Aschgabad, der Hauptstadt des benachbarten Turkmenistans, nicht weiter auf, der am Tag von Bleckwedels Potsdamer Gespräch mit Giscard in Termez landet. Er parkt so dicht wie möglich am einzigen Passagierterminal, die Tür öffnet sich, eine Treppe klappt herunter, und ein einzelner Passagier steigt aus: Ein junger Mensch in hellem Anzug, Oberhemd mit offenem Kragen und spiegelblank geputzten Schuhen, mit kurz geschnittenem Oberlippenbart, zurückgegeltem Haar, wie man es auch an jungen deutschen Ex-Ministern sieht, und randloser Brille. Während ein Tankwagen sich dem kleinen Jet nähert, marschiert der junge Mensch ins Gebäude und schlenkert dabei sein Aktenköfferchen.

Im Gebäude wird er von zwei Herren erwartet, die schwarze Anzüge, weit offene Hemdbrüste, schwere goldene Halsketten und eine Menge Gel tragen. Sie begrüßen den Ankömmling, und beim Händeschütteln glitzern unter ihren Ärmeln goldene Manschettenknöpfe, Bling-Bling-Uhren und brillantbesetzte Armkettchen. Man nimmt Platz, Kaffee steht schon bereit. Außerdem steht in der Nähe ein Herr, der einen um die Mundwinkel gezogenen Oberlippenbart trägt, aber kein Gel. Er benötigt auch keins, weil sein Schädel rasiert ist.

Das Gespräch verläuft offenbar in großem Einvernehmen. Eine prachtvoll aussehende junge Usbekin schenkt mehrfach Kaffee nach, die Porzellantassen sind nämlich recht klein, wie es hier üblich ist. Die Herren in den schwarzen Anzügen bieten ihrem Gesprächspartner wiederholt Zigaretten aus großen goldenen Etuis an. Der junge Mensch schüttelt dann immer höflich den Kopf. Wenn er spricht, beugen die beiden anderen sich aufmerksam vor, seine Stimme scheint also sehr leise zu sein. Schließlich nicken alle drei gleichzeitig, der Nachbar des jungen Menschen nimmt dessen Aktenköfferchen vom Boden auf die Knie, öffnet es, schaut hinein, nickt wieder, schließt es und stellt es auf den Boden zurück, aber auf der anderen Seite seines Sessels. Das Köfferchen steht jetzt zwischen ihm und seinem Kollegen. In der Nähe des Köfferchens steht der Herr ohne Gel. Der Kollege greift nun in die Brusttasche seines Jacketts, zieht einen Briefumschlag hervor und reicht ihn dem jungen Menschen. Dieser lässt das Papier unbesehen in die Jacketttasche gleiten. Es folgt ein weiteres Nachschenken von Kaffee, Anbieten von Zigaretten, höfliches Kopfschütteln. Nach wenigen Minuten trennt man sich, und die drei Herren in den schwarzen Anzügen verlassen die Halle durch einen Schalter mit der Leuchtschrift 'Moskwa'. Der ohne Gel trägt das Köfferchen.

Der junge Mensch kommt zum LearJet zurück, als die rollende Tankstelle soeben wegfährt. Er und ein Uniformierter, vielleicht der Pilot, steigen die kleine Treppe hinauf. Und während der Uniformierte durch die Tür in das Flugzeug schlüpft, dreht der junge Mensch sich auf der obersten Stufe noch einmal um, wie man das vor einem Abflug so macht. Er rückt seine Brille zurecht und schaut in die Runde. Dabei fällt ihm auf, dass in einiger Entfernung, wo ein Zaun den deutschen Luftwaffenstützpunkt von dem übrigen Gelände des Flughafens abtrennt, jemand steht und in Richtung des LearJets fotografiert. Und zwar mit einem ziemlich großen Teleobjektiv. Abrupt dreht der junge Mensch sich um und verschwindet durch die Flugzeugtür. Die Treppe wird hineingezogen, die Tür schließt sich, und die Triebwerke werden angelassen.

Später betrachten die drei Herren, während ihr Linienflugzeug nach Moskau startet, den Inhalt des Köfferchens und streichen zufrieden lächelnd über ihre Bärte. Auf jeder der dick gebündelten Dollarnoten in dem Köfferchen prangt die Zahl 100.

Gleichzeitig schaut der junge Mensch in dem Charterflugzeug, das bereits über Aschgabad zur Landung ansetzt, in den Briefumschlag. Über seinen Oberlippenbart streichen kann er sich nicht, denn während des Fluges scheint er sich rasiert zu haben. Auf dem einzelnen Blatt in dem Umschlag steht in arabischen Ziffern und kyrillischen Buchstaben: „09-04, 03:00, Bladiboctok b Poctok“, also: „04. September um 3 Uhr morgens, Wladiwostok in Rostock.“

Potsdam

Zwei Tage nach seinem Gespräch mit Giscard und dem Treffen der vier Herren in Termez schaltet Bleckwedel das Fernsehgerät aus und wundert sich. Weder in den Heute-Nachrichten noch in der Tagesschau ist der Vorfall erwähnt worden, obwohl seine Beilegung immerhin einer Intervention der Bundeskanzlerin bedurft hat, wie Knauff von der NATO School Oberammergau vorhin am Telefon berichtet hat. Anscheinend will man die Sache unter den Teppich kehren, damit das gute deutsch-usbekische Verhältnis keinen Schaden nehme.

Dies Verhältnis ist für beide Seiten sehr vorteilhaft. Die Deutschen, solange sie Soldaten in Afghanistan haben, brauchen die Abstützung auf den Flugplatz Termez, weil der Kreml im Zuge seines Krim-Abenteuers die NATO-Nachschublinie durch Russland gesperrt hat, und die Usbeken brauchen die ins Land fließenden Devisen. Es war deutsches Geld, mit dem in den vergangenen Jahren der Flugplatz mehrfach aufgemöbelt worden ist. Die Deutschen haben zusätzliche Abstellflächen betoniert und die bröselnde Start- und Landebahn saniert, sie beschäftigen in ihrem Stützpunkt usbekische Arbeitskräfte und belegen in der Innenstadt Hotelzimmer. Sie zahlen Überflug-, Lande-, Start- und Nutzungsgebühren, betanken ihre Flugzeuge mit usbekischem Kraftstoff und verpflegen ihre Soldaten und Soldatinnen aus usbekischen Geschäften. All das bringt die dringend benötigten Euros ins Land. In den Lobbys der Hotels mit deutschen Übernachtungsgästen sitzen von der Abend- bis zur Morgendämmerung Grüppchen junger usbekischer Männer ohne erkennbare Tätigkeit, und niemals ist nachts in einem dieser Hotels irgend etwas passiert. Für beide Seiten ist das Ganze auf gut deutsch eine win-win-situation. Und nun das!

Knauff hat berichtet, was auf seinen internen Kanälen bekannt geworden ist, ohne in den Medien beachtet zu werden. Unter Missachtung des Stationierungsabkommens, das die deutschen Soldaten der Zuständigkeit usbekischer Behörden entzieht, haben Polizisten auf dem Flugplatz Termez vorgestern einen Hauptgefreiten der Luftwaffe verhaftet. Die sofortige Vorsprache des deutschen Stützpunktkommandanten zunächst bei der Flughafenleitung und dann beim Polizeichef der Stadt Termez blieb erfolglos. Der Oberstleutnant wurde beschieden, sein Hauptgefreiter habe spioniert. Das war offensichtlicher Unsinn, denn auf dem zivilen Provinzflugplatz Termez gibt es nichts zu spionieren – außer vielleicht im deutschen Stützpunkt. Der Verhaftete verschwand jedenfalls im usbekischen Justizsystem, und die Sache eskalierte sehr schnell. Eine Kontaktaufnahme des Generalinspekteurs der Bundeswehr mit dem Generalstabschef Usbekistans führte jedoch ebenso wenig zum Erfolg wie eine Intervention des Bundesministers der Verteidigung bei seinem usbekischen Kollegen.

Heute rief schließlich die Kanzlerin 'Ihn' an. 28 Minuten später wurde der Hauptgefreite, seine Kamera in der einen Hand und eine Plastiktüte voller Geschenke in der anderen, durch mehrere sehr höfliche Polizeibeamte im deutschen Luftwaffenstützpunkt abgeliefert. Dann erschien im Dienstzimmer des Stützpunktkommandanten ein Beamter mit viel Gold an der Uniform, meldete sich als der neue Polizeichef von Termez und entschuldigte sich für das unkooperative Verhalten seines soeben abgelösten Vorgängers. Und schließlich machten auch noch einige Herren in Zivil ihre Aufwartung, stellten sich als das neue Leitungsgremium des Flughafens vor und versicherten, die Zusammenarbeit mit ihnen werde viel besser sein als mit den bisherigen Chefs, die eben ganz unerwartet wegversetzt worden seien.

Als endlich Ruhe einkehrte und der Hauptgefreite seinem Vorgesetzten Rede und Antwort stand, stellte sich heraus, was zu dem Vorwurf der Spionage geführt hatte. Der junge Mann ist ein Planespotter, ein Flugzeugbeobachter. Planespotter stehen auf oder am Rande von Flugplätzen, fotografieren oder filmen landende und startende, rollende und stehende Maschinen und stellen mit einer kurzen Erläuterung des Wo und Wann ihre Beute zur Betrachtung durch andere Planespotter ins Internet. Knauff hat am Telefon auch erklärt, wo die Fotos des Hauptgefreiten zu finden seien, und nach der Tagesschau setzt Bleckwedel sich an seinen Laptop und ruft die Seite auf.

Die von dem jungen Mann ins Netz gestellten Flugzeugbildchen stammen überwiegend vom Franz Joseph Strauß-Flughafen bei München. Andere vom militärischen Teil des Flughafens Köln-Bonn. Dass man dort fotografieren darf, wundert Bleckwedel. Falls man das überhaupt darf. Wieder andere von Plätzen, auf denen man als Soldat der Luftwaffe so herumkommt: Fürstenfeldbruck. Laage. Tegel. Sarajevo. Pristina. Skopje. Dschibouti. Washington. Toronto. Bagram. Mazar-i-Sharif. Kabul. Kunduz. Und: Termez.

Aus Termez hat er vier Bilder hochgeladen. Das jüngste trägt die Erläuterung *'LearJet, TMJ/UZB, 18 Aug, 11:58 local'*. Man sieht das kleine Flugzeug mit offener Kabinentür und Treppe. Treppe und Tür füllen fast das gesamte Bild aus, das offenbar mit Zoom geschossen worden ist. Daher scheinen die beiden Menschen oben auf dem Treppenabsatz ganz nah am Betrachter zu stehen. Sichtbar sind die Rückenpartie eines Uniformierten, der sich in die Maschine bückt, sowie eine Person in hellem Anzug, die durch eine randlose Brille genau in die Kamera schaut. Irgend etwas an dieser Person kommt Bleckwedel merkwürdig bekannt vor, aber er achtet nicht weiter darauf. Wozu auch.

Potsdam

Am nächsten Abend regnet es in Potsdam. Und morgen wird es wieder regnen, hat vorhin die Wetterfröschin im Fernsehen gesagt. Aus dem CD-Player klingt leise ein Franzose, Debussy. Das Kaminfeuer knistert, und vor dem Kamin machen die beiden Frauen aus der Wetterlage das Bestmögliche. Gerti hat sich zwischen der Schwarte von der Wildsau und dem Schoß von Eva so entschieden, wie auch Bleckwedel sich entscheiden würde, wenn Eva ihn ließe. Sie, Gerti, lässt sich den Rücken kraulen, hält die Augen geschlossen und seufzt nur, wenn im Kamin ein Holzscheit knackt. Sonst vermeidet sie jede Anstrengung, denn man muss seine Kräfte zusammenhalten: Eventuell droht nachher ein Spaziergang. Auch Eva hält die Augen geschlossen und beschränkt sich darauf, dem Knistern der Flammen oder dem Klavier Debussys zu lauschen und sich mit hochgezogenen Beinen, leider in Hosenbeinen, in Bleckwedels Lieblingssessel zu kuscheln.

Bleckwedel ist der einzige, der hier trotz Regenwetters arbeitet. Zur Zeit ist er damit beschäftigt, eine weitere von Colettes Flaschen zu öffnen, die den weiten Weg von der Rhône bis zum Heiligen See zurückgelegt haben. Außerdem feilt er gedanklich an einer geschliffenen Formulierung, mit der er Eva zu informieren gedenkt, dass er wegen seiner heutigen Kontakte zum Anbaugebiet Rhône sie nicht mehr zurück nach Berlin fahren könne, weswegen sie leider, natürlich in allen Ehren und im Gästezimmer, außer sie möchte vielleicht doch bei ihm im Schlafzimmer, oder? Das wird schwierig, an der Formulierung muss noch Feinarbeit geleistet werden, und deswegen schürt er nach dem Einschenken zunächst das Kaminfeuer.

„Die haben keine Ahnung, was das Wetter angeht“, sagt Eva mit geschlossenen Augen. Bleckwedel sinkt in seinen Schaukelstuhl und schwankt. Nämlich zwischen der Vermutung, sie spreche über Meteorologen, und dem Verdacht, es gehe womöglich um Dackel. „Können Sie sich das vorstellen? Die haben tatsächlich gesagt, der Regen fiele ihnen auf den Wecker." Aha! Um Dackel geht es also nicht. „Wer denn, bitte?" „Meine Nachbarn." Um Fernsehmeteorologen also auch nicht. „Die schwimmen total im Geld" – oder doch? – „und sind trotzdem, wie es scheint, noch nie aus Berlin herausgekommen. Ich kann denen ja einen Posten bei der UNO verschaffen, damit sie mal etwas von der Welt sehen."

„Aber Eva, meine Liebe." Jetzt klappen die Augen auf: „Sie wissen genau, dass ich nicht weggehen kann, weil es so regnet. Nutzen Sie das gefälligst nicht aus!" Bei ihrer Augenfarbe kommt ihm immer dies Kribbeln, nicht nur unter der Kopfhaut. Die Lage wird bedrohlicher, aber er reißt sich zusammen: „Die UNO versetzt Leute nach Berlin *herein*, wie man ja an Ihnen sieht, und das ist auch gut so, wie ich finde, in Ihrem Fall." Sie lässt ihn ein wenig zappeln und fragt dann: „Hören Sie sich eigentlich manchmal selbst zu? Sollten Sie aber! Ich werde Ihnen ein Smartphone schenken, dann können Sie Ihre geschliffenen Satzgebilde aufzeichnen und immer wieder abhören. Schließlich versuchen Sie seit geraumer Zeit, ein neues Buch zu schreiben. Ist da nicht Formulierungskunst gefragt?" Vor einigen Monaten hat sie in einer ähnlichen Lage angemerkt: „Sie gehören doch zum Volk der Dichter und Denker. Warum sind Sie bloß Schriftsteller geworden?" Eine Sekunde danach hat er ihr den ersten Heiratsantrag gemacht, der aber aus unbekannten Gründen nicht zum Ziel geführt hat.

Mit Weißwein und Willenskraft kämpft er das Kribbeln nieder, ein Mann muss stets Herr der Lage sein. „Was ist denn nun mit Ihren Nachbarn?" Eva schwenkt ihr Glas und rutscht tiefer in den Sessel: „Die sollten dem Schöpfer lieber für das deutsche Wetter danken; wie es ohne Regen aussieht, kann man nämlich in Spanien studieren, das ist doch ganz nah. Desertifikation droht!" „Wer droht?" „Wüstenbildung. Lesen Sie doch mal ein paar andere Bücher als Ihre eigenen. Das Ergebnis von Desertifikation kann in der Sahara besichtigt werden, viel weiter ist es bis dorthin auch nicht. Eine kleine Schiffsreise, und schon ist man da, falls der Kahn nicht eine Insel rammt und der

Capitano ins Rettungsboot stürzt."

Sein altes Handy brummt, eine SMS kommt an. Er weiß, was sich gehört, und lässt das Gerät auf dem Tisch liegen. Die Kribbel-Augen klappen zu, das Kaminfeuer brennt flackernd, Debussy spielt leise, und sein Lieblingsmund sagt lächelnd: „Nun gucken Sie schon! Bestimmt ist es Ihr dankbarer Verleger." Er guckt.

„Und? Ist er es?" „Hmhm." „Der Verleger also nicht?" „Nein." Reine Nervensache. „Sondern?" „Eine Frau." Die Augen klappen auf. „Nämlich?" „Eine wirklich wunderbare." „Ich höre." „Eine Iranerin." „Her das Ding!" Sie setzt sich auf. Gerti knurrt. Er liefert das Handy aus. Sie liest. Die Nummer beginnt mit 0039, der Text ist kurz: *'Donnerstag. Kunduz. Buzkashi. Er ist auch da. Wichtig!'*

„Aha! Sie behaupten also, dies komme von einer Iranerin. Nun, da die offensichtlich die deutsche Sprache beherrscht, Kurzmitteilungen aus Afghanistan verschickt und ausreichend Einfluss zu haben scheint, einen Mann wie Sie innerhalb von vier Tagen nach Kunduz zu beordern, ist schon klar, um wen es sich handelt. Ich habe sie in Herat kennengelernt und schätze sie außerordentlich. Ihr Buch muss man wirklich gelesen haben, und keinen ihrer Fernsehberichte habe ich versäumt. Unbedingt fliegen Sie dort hin, ich bringe Sie zum Flugplatz. Und damit Sie nicht wieder die Hälfte vergessen, helfe ich Ihnen beim Packen. Aber wer ist 'er', und was kann da so wichtig sein?" „Das berichte ich gleich. Darf ich vorher nach Flugverbindungen surfen? Vielleicht könnten Sie inzwischen Holz nachlegen."

„Na toll! Eine SMS von einer Frauenrechtlerin führt hier ja zu größeren emanzipatorischen Durchbrüchen. An den Kamin durfte ich bisher noch nie." „Der *Mann* sei Beherrscher des Feuers, mit dem er vertreibe die Wölfe, die wilden, vom Honig der Höhle, wo bergende Bräute säugen die Söhne, hoffnungsvoll harrend der Rückkehr des Recken." „Rückkehr des Recken? Es rauscht wohl die Rhône im Kopfe desselben. Sofort Alkoholverbot! Bergende Bräute, ich fasse es nicht."

Beim Essen braucht er eine halbe Stunde, um zu schildern, wer 'er' ist. Der Mann ohne Gesicht. „Wäre er bei dem Raketeneinschlag nicht in Kunduz gewesen, wäre ich nicht mehr am Leben." Und nur zwei Worte, um zu erklären, was dort so wichtig sein könne: „Keine

Ahnung."

Viel später, als die Lichter am Marmorpalais erloschen sind, das knisternde Holz heruntergebrannt ist, Debussy ausgespielt hat, Gerti auf der Schwarte schläft und nur das Rauschen des Regens zu hören ist, beginnt er mit der ausgefeilten Formulierung, über die er so lange nachgedacht hat. Dabei wird er jedoch durch Eva unterbrochen, die mit geschlossenen Augen eine achtstellige Zahl aufsagt. „Wie bitte?" Sie sagt erneut die achtstellige Zahl auf. „Was soll denn *das* sein?" „Ein Potsdamer Taxiunternehmen. Bitte dort anrufen, mein Recke."

Kunduz

So unvermeidlich wie der Toyota PickUp ist in den Krisengebieten dieser Welt auch die Antonov 26. Die zwei Propeller dieses robusten, ehemals sowjetischen Flugzeugtyps hieven von Babynahrung bis Petroleum alles in die Luft, was auch in abgelegenen Gebieten von Ländern benötigt wird, deren Straßen-, Schienen- und Pipelinenetze noch Ausbaubedarf haben. Passagiere transportiert die AN 26 ebenfalls, und zwar auf ungepolsterten Segeltuchbänken an den Längsseiten des Laderaumes, beiderseits des mannshohen Berges von Transportgut, der notdürftig mit Netzen am Boden fixiert ist. Da Laderäume nicht schallisoliert sind und der Abstand zu den jeweils 2.800 PS starken Turboproptriebwerken weniger als vier Meter beträgt, tun Passagiere gut daran, Mickeymäuse, Ohrstöpsel oder anderes Schallschutzgerät mitzuführen. Handelt es sich bei dem Transportgut um Fässer mit Petroleum, müssen die Reisenden neben Schallschutzgerät und starken Nerven auch abgehärtete Nasen mitbringen oder für die Dauer des Fluges die Luft anhalten. Rauchen an Bord ist sowieso verboten, außer natürlich für die Besatzung. Als Passagier einer AN 26 kann man jetzt also von Kabul aus Kunduz erreichen, ohne in einem Militärflugzeug zwischen Schwerbewaffneten zu sitzen, und Bleckwedel empfindet das als gute Entwicklung.

Auch nach der Landung sind die positiven Veränderungen mit Händen zu greifen. 'Kunduz International Airport' ist aufgeräumt, der sowjetische Hubschrauberschrott ist weggeschafft, und Bleckwedel wird nicht durch Soldaten mit Maschinenwaffen und Geländewagen abgeholt, sondern durch die Iranerin mit einem Taxi. Dessen schwarzbärtiger und glutäugiger Fahrer begrüßt Bleckwedel und verstaut das einzige Gepäckstück im Kofferraum. Ähnlich geht es am Taxistand von Hamburg Airport ja auch zu, nur wird man dort nicht begrüßt und verstaut sein Gepäck selbst.

Unterwegs bekommt Bleckwedel eine kurze Einweisung. Die abweisende Festung auf dem Hochplateau rechts der Straße, die es bei seinem letzten Besuch noch nicht gab, ist gar keine Festung, sondern war bis zum Abzug der ISAF-Truppen das endgültige deutsche PRT. Das provisorische, in dem der Raketeneinschlag den Feldwebel und ihn um ein Haar getötet hätte, ist schon seit langer Zeit wieder, was es immer gewesen war: Eine Obstplantage. Die große Kleiderfabrik des Ortes ist wieder aufgebaut und fabriziert Bekleidung, eine neue Brotfabrik backt Brot für die ganze Gegend, die Zahl der Toyota-Taxis in den Straßen ist höher als die der Eselkarren, statt uralter sowjetischer Militärdreiachser des Typs URAL fahren zahlreiche neuere, aber bereits ausrangierte LKW der Typen Mercedes, MAN und Volvo mit den noch lesbaren Firmennamen deutscher Speditionsunternehmen auf den Seitenflächen durch die Stadt, und mit Achsbrüchen auf innerstädtischen Hauptstraßen ist nicht mehr zu rechnen. Gute Entwicklung, findet Bleckwedel.

Als sie am Buzkashi-Platz ankommen, ist der Mann ohne Gesicht, der Bleckwedels Leben gerettet hat, bereits da. Die Begrüßung ist außerordentlich herzlich. Eine weitere Kurzeinweisung folgt. In den umliegenden Dörfern sind zahlreiche Brunnen gebohrt worden, die Schuhmanufaktur ist erweitert, mehr Arbeitsplätze sind geschaffen worden. In den Schulen wird unterrichtet, auch Mädchen gehen zum Unterricht, Tausende. Durch die Basare patrouillieren keine deutschen Soldaten mehr, sondern afghanische Polizisten. Vieles habe sich gut gemacht, findet Bleckwedel erneut. Mozart wird allerdings noch nicht ausgestrahlt, denn manche Entwicklungen brauchen einfach sehr viel Zeit.

Der Mann ohne Gesicht genießt hier große Achtung. Schon beim Eintreffen ist Bleckwedel der Kreis aufgefallen, der um den ehemaligen Mudjaheddin-Führer freigehalten und von den anderen Zuschauern gemieden wird. Nur Bleckwedel und die Iranerin stehen in diesem Kreis. Von Zeit zu Zeit nähert sich langsam ein Neuankömmling, legt die Rechte aufs Herz, und der Mann ohne Gesicht wechselt mit ihm einige Worte, bevor der andere sich verbeugt und respektvoll entfernt. Irgendwann fällt Bleckwedel auf, dass trotz der zahllosen schwarzbärtigen Männer um sie herum nur solche, die graue Bärte tragen, sich dem Mann ohne Gesicht nähern.

Wie üblich, findet das Buzkashi-Spiel auch heute am südlichen Ortsrand statt, neben dem Anstieg zur Hochfläche, auf der die PRT-Festung liegt. Die Zuschauer bevölkern zu Hunderten den Hang, stehen, hocken, sitzen und liegen also erhöht auf einer Naturtribüne. Das ist sehr vernünftig, denn Buzkashi ist ein Kampfsport, bei dem man leicht unter die Hufe geraten kann, wenn man nicht erhöht sitzt. Die Spieler sitzen nämlich auch erhöht, und zwar zu Pferde. Das Spielfeld und der Siegeswille von Reitern und Pferden sind unbegrenzt, was die Gefahr vergrößert, unter die Hufe zu geraten. Auch die Zahl der Mitspieler und die Dauer des Spiels sind unbegrenzt, grundsätzlich gilt: 'Je mehr, desto länger'. Bleckwedel muss allerdings für den Rückflug die morgige Antonov erreichen, weil er ab Kabul einen Anschlussflug nach Warschau gebucht hat. Von dort wird ihn die polnische Fluglinie LOT nach Breslau-Wroclaw bringen. Auf den Abend mit seinem alten Freund Andrzej und dessen immer fröhlicher Frau Kazimiera freut er sich unbändig.

Beim Buzkashi spielen zwei Mannschaften gegeneinander. Die eine besteht nur aus einem Spieler, nämlich dem, der den Ball hat; die andere besteht aus allen anderen. Wer am Ball ist, braucht also hohes Durchsetzungsvermögen, das kennt man ja auch in Europa. Wer den Ball verliert, gehört im selben Augenblick zu den Vielen und kämpft gegen seinen Nachfolger, beim Buzkashi wechseln die Koalitionen also im Galopp. Auch das ist anderswo nicht unbekannt. Der Ball ist allerdings nicht rund, sondern eine Ziege. Die liegt auf dem Spielfeld und ist ausgestopft. Sie soll aufgenommen werden, was vom Sattel eines Pferdes schon schwierig genug ist. Da aber alle gleichzeitig die Ziege aufnehmen wollen, muss das in gestrecktem Galopp und wildem Gedränge geschehen und erfordert den ganzen Mann. Für den, der es schafft, fangen die Probleme damit jedoch erst an. Ziel ist nämlich, die Ziege einem Punktrichter vor die Füße zu werfen; zwischen dem eigenen Pferd und dem Punktrichter bewegen sich aber 10 oder 20 oder 60 andere Pferde und Reiter. In diesem mörderischen Gedränge kämpft jeder darum, die Ziege an sich zu reißen, um dann selbst einen Punkt machen zu können. Dass man beim Reiten eine Peitsche führt, ist auch in Europa üblich, nur nennt man sie dort Gerte. Was hier beim Buzkashi die Reiter mit ihren Peitschen machen, ist zwar im Gewimmel nicht zu sehen, aber unbedingt zulässig: Rücksichtnahme ist schon deswegen nicht angebracht, weil die Siegpreise beachtlich sind; manchmal wird sogar ein besonders wertvolles Pferd ausgelobt.

Böswillige behaupten, Buzkashi habe Ähnlichkeit mit Politik. Jedenfalls hat es keine Ähnlichkeit mit dem niedlichen 'Buzkashi', das in friedlichen Gegenden Asiens filmenden Touristen gegen gutes Geld gern vorgetrabt wird. Buzkashi ist das härteste Reiterspiel der Welt.

Als die Dunkelheit hereinbricht, das Spiel endet und alle nach Haus gehen, nähert ein Mann sich der Dreiergruppe. Er verbeugt sich vor dem Mann ohne Gesicht und weist auf ein in der Nähe parkendes Auto. Das Auto ist ein Toyota und der Mann ein Taxifahrer. Bleckwedel nimmt seinen Rucksack hoch, und eine halbe Stunde später sitzen alle drei in dem kleinen Haus, das der Mann ohne Gesicht bewohnt. Mehrere Frauen und Kinder tragen Lammbraten auf, gekochten Reis, gezuckerten Tee und ungezuckerte Früchte; Kandiertes kann der Mann ohne Mund nicht essen.

Für Bleckwedel ist es sehr schön, endlich wieder mit diesen guten Freunden zusammen zu sein, trotzdem fragt er sich langsam, was hinter dem Wort 'Wichtig!' in der SMS verborgen sein mag. Er hütet sich aber, diese Frage zu stellen und den Eindruck zu erwecken, er sei ein zappeliger Westler, der nicht die Zeit abwarten könne. Lange und ausführlich sprechen die drei über Familien und gemeinsame Freunde und berichten sich, was sie in den Jahren der Trennung erlebt haben. Dann aber geht es los.

Der Mann ohne Gesicht, dessen Gegner die Sowjets und nicht die Taliban waren und der deswegen Informationen bekommt, die kein Geheimdienst dieser Welt gewinnt, schenkt Bleckwedel aus der kleinen Silberkanne Tee nach und sagt in seinem fast perfekten, aber nuschelnden Deutsch: „Mein Freund, ich muss dir etwas Wichtiges mitteilen.“ Dann berichtet er.

„Die Führung der afghanischen Taliban ist sehr beunruhigt. Die Spannungen mit der arabisch geführten Al Qaida nehmen Formen an, die zu bewaffneten Auseinandersetzungen führen können. Al Qaida ist durch den IS aufgeschreckt worden und seitdem erst recht unfähig, die Zeichen der Zeit zu erkennen. Politische Ziele mit politischen Mitteln zu verfolgen, liegt jenseits ihrer Vorstellungskraft. Sie ist Opfer ihres eigenen Größenwahns und glaubt, sie könne den Widerstandswillen Amerikas und Europas brechen und gleichzeitig Teile Asiens unterwerfen. Welche Hybris! Die überschäumende Gewalt des IS will sie mit einem Verzweiflungsakt noch übertrumpfen. Dazu plant sie einen Angriff auf die Ukraine-Konferenz in Deutschland, um dem IS die Schau zu stehlen. Der ausgewählte Märtyrer wurde jedoch verraten und von einer amerikanischen Drohne getötet. Dann lief die Zeit davon, und Al Quaida entsandte ihren besten Mann. Sie hat ihn aber verloren, weil er untergetaucht ist und jeden Kontakt abgebrochen hat. Das letzte, was man verfolgen konnte, war vor einer Woche ein Treffen im usbekischen Termez. Seitdem ist er verschwunden, und von seinen Gesprächspartnern in Termez ist nur bekannt, dass sie Kriegswaffen verschieben, Maschinengewehre, Panzerfäuste und ähnliches. Was die Sowjets in ihren riesigen Arsenalen eben hatten. Niemand weiß, was der Verschwundene vorhat. Sein Name ist Isa, aber man nennt ihn 'Brillenkobra'.“

So drückt der Mann ohne Gesicht das aus, in seinem fast perfekten, aber nuschelnden und daher schwer verständlichen Deutsch. Danach ist es für einige Zeit völlig still. Bleckwedel ist nicht mehr im Zimmer.

„Geert! Hallo! Ist dir nicht gut?“ Aus großer Entfernung dringt die Stimme der Iranerin zu ihm. Er sieht auf. „Wie bitte?“ Die Iranerin und der Mann ohne Gesicht mustern ihn besorgt. Bleckwedel muss erst seine Gedanken sammeln, sie über weite Räume zurück holen in dies kleine Zimmer. Der Mann ohne Gesicht fragt: „Ist alles in Ordnung, mein Freund?“ Bleckwedel fragt zurück: „Wo hat der sich mit den Waffenschiebern getroffen? Und wann, bitte?“ „In Termez, mein Freund, wie ich bereits sagte. Vor einer Woche, wie ich ebenfalls schon sagte.“ Vor einer Woche, das war der 18. August. Bleckwedel brütet vor sich hin. Die Iranerin und der Mann ohne Gesicht trinken schweigend Tee und überlassen Bleckwedel seinen Gedanken. Der dreht sein Glas hin und her. 18. August. Flugplatz Termez, Usbekistan. Auf Luftverkehrs-Englisch: TMJ/UZB.

Dann kommt die Erinnerung. Er knallt das Glas auf den Tisch. Unter dem Planespotter-Foto im Internet hat gestanden: *'LearJet, TMJ/UZB, 18 Aug, 11:58 local'*. Auf einer Flugzeugtreppe blickte eine Person direkt in die Kamera, und irgend etwas war Bleckwedel bekannt vorgekommen.

Jetzt, nach dem Bericht des Mannes ohne Gesicht, schließt sich der Kreis: Von dem geschniegelten Anzugträger auf der sonnenbestrahlten Gangway des LearJets in Termez zu einem festgenommenen Kaftanträger in einem düsteren Hotelflur in Kabul. Die dazwischen liegenden Jahre haben nämlich eines nicht ändern können: Den Blick aus zwei seltsamen Augen, die hinter dünnen Gläsern irgendwie unterschiedlich aussehen.

Wroclaw / Breslau, Polen

„Na sdrovie, mój przyjaciel!" Zum Wohl, mein Freund! Bleckwedel hebt sein Glas und strahlt, denn er hat schon mehrere Gläser gehoben, und die sind hier erheblich größer als die Ouzogläser in Lohhöfe. Sie enthalten auch keinen Ouzo, sondern Zubrówka. Wodka, 100 Gramm pro Glas, so ist das seit 70 Jahren hier üblich.

„Prost, mein Freund." Andrzej strahlt ebenfalls. Beide freuen sich unbändig über das Wiedersehen. Kazimiera freut sich auch, trinkt aber nicht mit, denn irgendwer muss den Überblick behalten. Bleckwedel versteht nicht, wie sie es ohne Zubrówka aushält – nach diesem Essen, das man hier in der Heimat aller drei schon seit 700 Jahren isst. Schlesisches Himmelreich, also Schweinebauch mit Backobst, anschließend Mohnstriezel. Wenn Kazimiera gleich mal nicht guckt, muss er unter dem Esstisch seinen Gürtel um mindestens zwei Löcher lockern. Die Zeit bis dahin kann er mit einem weiteren Wodka vielleicht überbrücken. Andrzej sieht das auch so und schenkt nach, 100 Gramm für jeden. Deswegen ist es gut, dass Bleckwedel seine staatsbürgerlichen Aufgaben bereits erledigt hat.

Bei der Zwischenlandung in Warschau hat er in Paris angerufen, ist aber nicht durchgestellt worden. Derart mit der mangelhaften Wirkung niedersächsischen Charmes auf Pariser Chefsekretärinnen konfrontiert, hat er eine WhatsApp an Colette geschickt, und drei Minuten später hat Giscard zurückgerufen. Bleckwedel hat sich ohne Namensnennung gemeldet und sich kurz gefasst: „Bin auf der Rückreise vom Buzkashi." Eine Sekunde Pause, dann war Giscard im Bild: „Verstehe." „Habe den Gründer der Schuhmanufaktur besucht, von der ich dir mal erzählt habe. Du erinnerst dich an ihn?" „An alles, was du von ihm berichtet hast. Absolut toller Bursche!" „Stimmt. Er hat den Mann erwähnt, über den du vor gut einer Woche während deines Besuchs in Potsdam gesprochen hast." Jetzt war sogar der alerte Franzose verblüfft, es dauerte mehr als eine Sekunde, bevor seine Reaktion kam: „Und?" „Der soll geschäftliche Beziehungen zu der ehemaligen Firma von Schaposchnikow aufgenommen haben." Luftmarschall Schaposchnikow war der letzte Verteidigungsminister der untergegangenen Sowjetunion. „Das ist ja interessant!" „Allerdings. Wirst du den Kölner Mann ohne Maßanzug informieren?" „Darauf kannst du dich verlassen, mon ami. Und nicht nur den. Au revoir!" „Halt, nicht auflegen! Es wird noch besser: Ich vermute, dass es von besagtem Mann ein Foto gibt!" Darauf hatte sich in Paris eine Art von Explosion ereignet: „COMMENT!?" Wie bitte?

„Sagt dir das Wort Planespotter etwas?" „Logisch!" Bleckwedel hatte danach etwas umständlich erläutert, wo das Foto *'LearJet, TMJ/UZB, 18 Aug, 11:58 local'* im Netz zu finden sei, und schließlich hatten beide aufgelegt.

Andrzej ist Historiker, Hochschullehrer an der Universität Wroclaw und Gastdozent der Europa-Universität Viadrina in Frankfurt an der Oder. Bleckwedel hat ihn und seine wundervolle Frau Kazimiera auf einem sehr einfachen Weg kennengelernt: Er ist bei ihnen eingedrungen.

Unmittelbar nach dem Mauerfall, während seines ersten Besuchs in Breslau, hat er zu seiner Freude festgestellt, dass das Haus seiner Mutter nicht nur den jahrelangen Bombenhagel, sondern auch die fürchterlichen letzten Wochen der eingeschlossenen 'Festung Breslau' überstanden hatte. Drei Sekunden später hat er einfach an der Haustür geklingelt. Daraus ist eine enge Freundschaft zwischen Menschen entstanden, denen Sprüche von Glatzköppen links der Oder so wurscht sind wie Wahlkampfreden eines Wutpolitikers rechts davon. Während nach dem Weltkrieg aus dem damaligen Ostdeutschland die Deutschen vertrieben wurden, widerfuhr dieselbe Katastrophe den Polen jenseits der heutigen polnischen Ostgrenze, und zu denen gehörten Kazimieras Eltern. Der Erfinder dieser Aktion, die mehrere Millionen Unschuldige das Leben kostete, war weder Pole noch Deutscher und auch kein Russe. Seinen völkermörderischen Vorschlag hatte er mit dem zynischen Spruch garniert, Polen solle nach links wegtreten wie eine Gruppe Soldaten. Vielleicht wird ein gütiger Gott sogar ihm vergeben.

Im Lauf des Abends bemerkt Bleckwedel, dass seine Gastgeber unter eine gewisse Spannung geraten. Eine Art von Vorfreude wird spürbar, offensichtlich haben sie noch etwas mit ihm vor. Schließlich sagt Kazimiera etwas auf Polnisch, ihr Mann steht auf, steigt die Treppe hinauf und kommt mit einem kleinen Schächtelchen in der Hand wieder herunter. Kazimiera strahlt und sagt: „Meine Idee!" Andrzej lobt: „Das hast Du wirklich gut gemacht."

Dann halten beide kleine Reden über Polen und Deutschland, Slaska und Schlesien, Wroclaw und Breslau, Krieg und Frieden, Feindschaft und Freundschaft, Verlust und Versöhnung. Obwohl beide gleichzeitig reden, Andrzej deutsch und seine Frau englisch, ist der Inhalt eindeutig. Schließlich verstummt Kazimiera und lacht Bleckwedel an, während Andrzej immer weiterredet: „Du weißt, dass ich nicht nur Historiker bin, sondern auch Aktivist der deutsch-polnischen Aussöhnung, die ich als Vorbild für die Zukunft anderer Völker sehe. Und weil wir uns freuen, in dir einen so guten Freund zu haben, bekommst du jetzt ein kleines Geschenk. Ein Symbol für die Nachbarschaft unserer Völker, die durch Hass und Zerstörung, aber auch durch Zusammenwirken und Aufbau geprägt ist. Das Symbol stammt aus einer Zeit, in der Deutsche und Polen aufs Äußerste bedroht waren, aber gemeinsam die Gefahr überstanden haben." Danach öffnet Andrzej das Schächtelchen. Es enthält ein Halskettchen mit goldenem Anhänger. Kazimiera nimmt beides heraus und öffnet das Medaillon. Bleckwedel erkennt darin eine Miniatur des reichverzierten Giebels am Rathaus ihrer gemeinsamen Heimatstadt Breslau-Wroclaw.

Andrzej fragt: „Weißt du eigentlich, wann dies Rathaus erbaut worden ist?" „Klar doch, Andrzej! Im Mittelalter!" „Nicht schlecht, Geert! Was die gesamte Welt an euch Deutschen so bewundert, ist ja diese Präzision, die auch jetzt wieder erkennbar geworden ist: Im Mittelalter! Nun, wenigstens ist das nicht falsch. Ich als Historiker habe es aber gern etwas genauer. Die Grundmauern wurden Mitte des 13.

Jahrhunderts gelegt, und zur selben Zeit spielte sich in dieser Gegend eine für euch und uns extrem dramatische Geschichte ab." Bleckwedel fragt: „Nämlich?" Andrzej stärkt sich mit 100 Gramm, dann stürzt er sich in seinen Beruf.

„Dschinghis Khan hatte den größten Herrschaftsraum aller Zeiten erobert. Asien war unterworfen worden, uralte Städte wie Termez waren untergegangen, Peking hatte nach der Eroberung einen Monat lang gebrannt. Unter seinem Sohn machten die Mongolen sich daran, auch Europa ihrem Reich der Steppe einzuverleiben. Sie unterjochten sämtliche Völker auf den Gebieten des heutigen Russland und der Ukraine. Alle Männer, die sich zur Wehr setzten, wurden umgebracht, die anderen verschwanden in den mongolischen Bergwerken. Frauen und Kindern widerfuhr Unaussprechliches. Die Reiterhorden vernichteten Kiew mit seinen vielen Kirchen und ebneten alle anderen Städte, Dörfer und Siedlungen ein. Dann eroberten sie Polen, unsere Königsstadt Krakau wurde gebrandschatzt. Wie du hoffentlich weißt, bläst dort vom Turm der Marienkirche ein Trompeter stündlich ein Signal und bricht mittendrin ab: Damit erinnern wir an den Tag, an dem die Mongolen so schnell in der Stadt waren, dass sie mit einem Pfeilschuss den Ausguck töteten, als der noch Alarm auslöste." „Nein, wusste ich nicht."

„Macht nichts. Auch in Frankfurt werden meine Vorlesungen als lehrreich geschätzt. Der Staufer Friedrich II., Kaiser des Heiligen Römischen Reiches Deutscher Nation, bis heute gelobt als größter Kreuzzugs-Stratege aller Zeiten, brachte sich vorsichtshalber auf Sizilien in Sicherheit, einem Erbteil seiner Mutter. Als die Mongolen 1241 Schlesien erreichten, erwartete sie deswegen nicht der gewaltige Kaiser an der Spitze eines gepanzerten Reichsheeres, sondern nur der Herzog von Liegnitz und Breslau. Der führte eine eiligst zusammengeraffte Truppe in die Schlacht, bestehend aus hiesigen Rittern, mangelhaft bewaffneten Bauern und Stadtbürgern, zu Hilfe geeilten Ordensmännern und den Resten des polnischen Heeres. Das Gemetzel wurde grauenvoll. Bei Einbruch der Dunkelheit waren alle Deutschen und Polen auf dem Schlachtfeld tot. Anschließend gab es zahlreiche schlesische Familien, in denen kein männliches Familienmitglied dem Kindesalter entwachsen war. Den abgeschnittenen Kopf des Herzogs pflanzten die Mongolen unter den Mauern seiner Stadt Liegnitz auf.

Dann aber drehten die schwer getroffenen Angreifer nach Süden ab und verschwanden, als ihr Großkhan starb, in Richtung Heimat. Bei der Neuregelung der Herrschaftsverhältnisse wünschten die mongolischen Generale anwesend zu sein und nicht im fernen Europa durch die Gegend zu reiten. Der gemeinsame polnisch-deutsche Einsatz war zwar für Polen und Ostdeutsche extrem verlustreich, für alle anderen Europäer aber die Rettung gewesen." „Interessant! Könnte man eigentlich mal ein Buch drüber schreiben."

„Lass mich ausreden. Unser Rathaus, dessen Grundmauern zur selben Zeit gelegt wurden, erlitt im Zweiten Weltkrieg schwere Beschädigungen. Aber nach der Vertreibung der Breslauer, die an den Verbrechen der Nazis auch nicht mehr Schuld trugen als die Bamberger oder Bielefelder, wurde es von polnischen Restauratoren mit größtem Respekt vor den Baumeistern der Vergangenheit wieder hergestellt. Jetzt, fast 800 Jahre nach der Mongolenschlacht, hat sich endlich der Kreis geschlossen. Polen und Deutsche sind wieder Verbündete, diesmal in der NATO, wir alle sind Bürger der Europäischen Union, und in diesem Jahr, 2016, ist das nun polnische Breslau-Wroclaw auch wegen seines deutschen Rathauses Kulturhauptstadt Europas. Und wenn Du mal ein originales Wandgemälde sehen willst, das euren Alten Fritz zeigt und zu seinen Lebzeiten gemalt wurde, werden wir Dich morgen in den Prunksaal unserer Universität führen. Die Berliner Unis haben so etwas ja nicht."

„Das reicht für heute", bremst Kazimiera den Redefluss ihres Geschichtsprofessors, aber der fügt noch an: „Geert, wir wollen doch hoffen, dass andere Völker einen ähnlichen Weg finden können wie wir Polen und Deutsche: Pakistani und Inder. Nord- und Südkoreaner. Chinesen und Tibeter. Türken und Kurden. Russen und Ukrainer. Israelis und Palästinenser. Serben und Bosniaken."

Schließlich befiehlt Kazimiera energisch: „Schluss jetzt!" Sie setzt ein feierliches Gesicht auf, tritt hinter Bleckwedel und hängt ihm das Medaillon um. Bleckwedel greift danach. Das Symbol der polnisch-deutschen Aussöhnung fühlt sich solide an, kühl und klar, haltbar und wertvoll. Er schnieft und ist froh, dass Andrzej höchst unfeierlich die nächsten 100 Gramm hebt und sich kurz fasst: „Prost!" Bleckwedel küsst Kazimiera ausgiebig und greift ebenfalls zum Glas: „Na sdrovie!" Der Teufel wird ihn holen, falls dies Medaillon ihm jemals abhanden kommen sollte.

Mittelmeer vor Portopalo di Capo Passero, Sizilien, Italien

„Gehen Sie zurück an Bord, verdammte Scheiße!“ Die Guardia Costiera, die italienische Küstenwache, ist vor Jahren durch ein im Fernsehen übertragenes Telefongespräch europaweit bekannt geworden. In dem wollte der wutschnaubende Hafenkommandant von Livorno, oben zwischen Rom und Genua, einen feigen Kapitän zur Raison bringen, der sein mit 4.000 Menschen besetztes Kreuzfahrtschiff halb versenkt hatte und im nächtlichen Chaos in ein Rettungsboot 'gefallen' war, wodurch er, selbstverständlich ganz gegen seinen Willen, auf eine sichere Insel entkam, während an Bord seines kenternden Schiffes ihm anvertraute Passagiere jämmerlich ertranken.

Die jetzt von der tief stehenden Sonne angestrahlte Piaggio P.160 der Guardia Costiera kommt jedoch nicht aus Livorno, sondern vom Flugplatz Catania-Fontanarossa auf Sizilien, einst sichere Insel eines furchtsamen Kaisers. Die Maschine kreist 1.000 Meter über dem Meer. Tief unter ihr schäumt weißes Kielwasser. Das ist für Flugzeuge und Hubschrauber europäischer Küstenwachen häufig der erste Hinweis auf Flüchtlinge, die das gelobte Land über See erreichen wollen. Bei schlechtem Wetter sind diese Fahrten für die Verzweifelten lebensgefährlich. Wie gefährlich sie auch bei gutem Wetter werden können, wissen die Menschen in dem Schiffchen da unten noch nicht, als sie die langsam tiefer gehende Piaggio entdecken. Im Lauf der kommenden Nacht werden sie es erfahren, nach der Landung auf Sizilien aber nicht darüber sprechen.

An Bord des Flugzeugs wird englisch gesprochen, weil in der italienischen Besatzung auch ein niederländischer Beamter sitzt. Der gehört zur Frontex, 'Frontières extérieures', Außengrenzen, der Grenzschutzagentur der Europäischen Union. Täglich berichtet er an die Zentrale in Warschau, was sich zwischen Libyen und Sizilien so tut.

Plötzlich verschwindet die weiße Hecksee, das Boot beschreibt mit letzter Fahrt einen Viertelkreis nach Backbord und liegt dann still. „Motor verreckt“, sagt 800 Meter über dem Boot jemand auf englisch. Rot verschwindet die Sonne hinter dem Horizont, und hier im

Süden wird es dann schnell dunkel. Sizilien ist 30 Seemeilen entfernt, 55 Kilometer.

„Dann wollen wir mal." Das Flugzeug schraubt sich tiefer. 400 Meter. Sie fangen an, die Menschen an Bord des Bootes zu zählen. Das ist schwierig, denn alles bewegt sich. Sie einigen sich darauf, dass da unten 46 Menschen stehen, sitzen und liegen. Einige winken, andere nicht. Höhe 200 Meter. Man kann Einzelheiten unterscheiden. Die Menschen sind Farbige, aber ist nicht auch ein weißes Gesicht dabei? Viele tragen Kapuze, wollen nicht aus dem Flugzeug fotografiert werden. Das kennt man schon. 100 Meter. Am Steuer steht niemand, deswegen fuhr die Kiste eben im Kreis. Der am Steuer ist immer der Schleuser; erwischen ihn die Behörden, landet er hinter Gittern. Nähern sich Patrouillenboote, Flugzeuge oder Hubschrauber, verlassen die Schleuser das Rad und mischen sich unter die Flüchtlinge. Auch das kennt man schon. 80 Meter.

Als jemand die Seitentür aufschiebt, wird es zugig im Flugzeug und fast so laut wie in einer Antonov 26. Eine kleine Boje mit Peilsender, Radarreflektor und Blinklicht wird hinaus geworfen. Dadurch kann ein Schiff der Guardia Costiera die antriebs- und hilflose Nussschale mit den Flüchtlingen finden, wenn es nachher dies Seegebiet erreicht, über dem dann schon Dunkelheit liegen wird. Tür zu, Maschine hochziehen, Funkspruch absetzen. Vom nahen, für das defekte Flüchtlingsboot aber zu fernen Sizilien wird in Kürze ein starkes und schnelles Patrouillenboot der Guardia Costiera auslaufen und denen dort unten zu Hilfe kommen. Der Schleuser wird vor Angst schwitzen und das ist nicht schlecht, denn daran erkennt man ihn vielleicht. „Mission accomplished", sagt der italienische Pilot auf englisch, Auftrag erledigt. „Well done", merkt der niederländische Beobachter an, gut gemacht. Das Ganze war ein Routineeinsatz, wie sie ihn jeden Tag fliegen.

„Da vorn sind sie!" „Maschinen stopp! Steuermann, wir gehen längsseits, Fender raus an Backbord. Dottore, fertigmachen, gleich gibt's Arbeit. Vorher aber zählst du erst mal die Leutchen. Fran, bring Wasserflaschen hoch. Wir holen die Verletzten an Bord, versorgen die anderen mit Trinkwasser und nehmen die Schaukelkiste auf den Haken. Los jetzt, Bewegung!" Der Kommandant des Patrouillenbootes, ein junger Leutnant zur See, macht das hier offenbar nicht zum ersten

Mal. Im grellen Licht der Suchscheinwerfer von CP 302 dümpelt auf der schwarz glitzernden Wasserfläche ein Holzboot, in dem sich fast 50 Menschen drängen. Sie winken und schreien, als fürchteten sie, das große rotweiße Stück Europa, das da aus der Dunkelheit aufgetaucht ist, könne wieder ablaufen und sie hilflos zurücklassen.

Die vier Mann der Besatzung von CP 302 sind zu Recht stolz auf ihr Boot. Es gehört zu einer Typreihe, die 'built to purpose' wurde, entwickelt für einen bestimmten Zweck. Das Boot hat eine Reichweite von 500 Seemeilen, die zwei MAN-Dieselmotoren mit 1.000 PS treiben es auf 35 Knoten, der Aluminiumrumpf ist jedem Seegang gewachsen. Über all diese technischen Umstände freut sich die Besatzung, und die sonstigen Umstände erfreuen den italienischen Steuerzahler, denn CP 302 und die drei weiteren Boote desselben Typs wurden von der Frontex finanziert. Der Zweck dieser Boote ist das Überwachen der illegalen Einwanderungsströme zwischen Nordafrika und Sizilien, was sich häufig zur Rettung aus Seenot entwickelt. Aufgabe ihres Bootes ist also, genau das zu tun, was sie hier gerade machen. Reine Routine.

Eine nur vier Mann starke Besatzung kann natürlich keinen echten Dottore haben, aber auf allen Booten ist ein Besatzungsmitglied neben seiner nautischen oder technischen Hauptaufgabe auch ausgebildeter Sanitäter, denn mit Verletzungen und anderen gesundheitlichen Problemen der Flüchtlinge werden sie jeden Tag konfrontiert; auch Geburtshilfe muss häufig geleistet werden. Schwerverletzte werden dann auf CP 302 geholt, alle anderen müssen auf dem durch Erbrochenes und Exkremente glitschigen Boden ihrer Nussschale hocken bleiben, während die in den nächsten Hafen eskortiert wird. Heute Nacht wird nicht eskortiert, sondern wegen des defekten Motors geschleppt, und zwar in den kleinen Yachthafen von Portopalo di Capo Passero, der ist am dichtesten dran. Dort wird die Polizia die Menschen in Empfang nehmen, und dann können der junge Leutnant zur See und seine drei Mann, von denen einer, nämlich Francesca, die Technikerin, eine Signorina ist, nun ja, genau genommen schon eine Signora, endlich nach Haus gehen. Ein Routineeinsatz. Wann genau die Routine dieser Nacht zu Ende geht, wird sich in den späteren Untersuchungen von Küstenwache, Polizei und Frontex nicht mehr ermitteln lassen.

Syrakus ist Hauptstadt einer sizilianischen Provinz. An der Südspitze dieser Provinz, 60 Kilometer von der Stadt entfernt, liegt neben anderen kleinen Fischerei- und Yachthäfen auch der von Portopalo di Capo Passero. Die Hafenkommandantur von Syrakus unterhält dort unten eine Außenstelle, die Capitaneria di Porto Siracuso, Delegazione Spiaggia, in der Via del Porto der Samtgemeinde Pachino. In Pachino ist es nachts recht ruhig, genau gesagt ist hier der Hund begraben. Auch die Außenstelle der Hafenkommandantur ist jetzt nur besetzt, weil draußen auf dem Meer eine Bergungsaktion im Gange ist: CP 302 hat ein Flüchtlingsboot auf dem Haken. Die beiden Männer in der Außenstelle konnten deswegen bei Dienstschluss nicht nach Haus gehen. Sie mussten am Funkgerät bleiben, die Verbindung zu CP 302 halten, die Polizia del Immigrazione informieren und tun, was bei Einsätzen eben so anfällt. Der kleine Schleppzug wird gegen 03:00 Uhr in Portopalo erwartet, am Kai wird die Polizei die Flüchtlinge übernehmen, und dann wird endlich Schluss sein. Wenn alle Menschen einfach blieben, wo sie sind, käme man wenigstens rechtzeitig ins Bett. Dort ist Matteo, stellvertretender Wachhabender in der Via del Porto, regelmäßig mit Francesca, der Technikerin von CP 302. Die beiden kuscheln nicht nur, und in fünf Monaten wird es so weit sein. Beide schweben im siebten Himmel! Vorher kommt noch die Hochzeit, halb Pachino ist eingeladen, von dieser Feier soll Sizilien noch lange sprechen. Matteo kann es gar nicht erwarten, weder die Geburt seiner Tochter noch die Hochzeit mit Francesca noch die Rückkehr von CP 302. Er will endlich unter die Decke.

02:20 Uhr. Im Wachgebäude ist es dunkel, nur in dem Büro mit den beiden Männern brennt noch Licht. Und selbst dort ist alles ruhig, kein Telefon klingelt, kein Funkgerät knistert, keine Mails kommen herein. Draußen ist sowieso alles still. Als der Wachhabende, Matteos Freund und Vorgesetzter, vorhin an der Tür eine Zigarette rauchte, sah er allerdings im Südosten Lichter flackern: Am Kai von Portopalo trafen wohl schon Fahrzeuge der Polizei ein. Auch die Polizisten dort drüben werden die Nase voll haben. 48 Flüchtlinge hat CP 302 gemeldet. 46 hatte die Flugpatrouille gezählt, verdammt genau, so aus dem Flugzeug. 48 Personenbefragungen, Datenerhebungen, ärztliche Untersuchungen, vermutlich ein paar Festnahmen. Nachts um Drei, große Freude macht das jedenfalls nicht.

Mittlerweile sitzt der Wachhabende wieder auf seinem Bürostuhl, mustert die Tischplatte mit den wenigen Papieren und wartet. Er kämpft mit seinem Gefühl. Da draußen auf dem Meer ist etwas nicht so, wie es sein müsste. Er fragt sich, ob er mit Matteo darüber sprechen soll. Lieber nicht! Schließlich ist dessen schwangere Verlobte da draußen. Der Wachhabende wartet, aber nichts geschieht.

Kein Funkspruch kommt von CP 302. Schon seit einer Stunde kommt kein Funkspruch mehr. Natürlich muss das nichts bedeuten. Der junge Herr Leutnant will womöglich vorexerzieren, was Funkdisziplin heißt, schließlich stammt der aus Livorno, und dort oben im Norden wird nicht viel gequasselt. Wenn der Wachhabende seinerseits das Patrouillenboot ruft, kommt ja auch sofort Antwort, also gibt es keinen Grund zur Sorge. Aber trotzdem, irgendwie ist das merkwürdig: Jedes Mal, wenn er CP 302 ruft, meldet sich Francesca.

Die gehört gar nicht in den Steuerstand mit dem Funkgerät. Natürlich kann und darf die Technikerin das Boot fahren, das ist ja klar, aber normalerweise tut sie das nicht. Der Steuermann fährt das Boot, und wenn der pinkeln muss, fährt der Kommandant. Diese beiden aber sind seit einer Stunde, immer wenn der Wachhabende CP 302 anfunkt, nicht am Funkgerät. Jedes Mal antwortet Francesca. Vorhin hat der Wachhabende schließlich gesagt: „Hol mal den Leutnant ran!" Da war der Herr Leutnant gerade am Heck und sprach mit den Menschen in dem geschleppten Boot; sagte jedenfalls Francesca. „Und der Steuermann?" „Muss mal." Etwas später waren der Leutnant und der Steuermann am Schlepphaken beschäftigt, irgend etwas mit der Leine war unklar, sagte Francesca. „Und der Dottore?" „Ist bei einem Verletzten." Merkwürdig: Sich um verunklarte Schleppleinen zu kümmern, wäre doch eine technische Aufgabe und keine nautische, also eine für Francesca. Oder etwa nicht?

Auch von Matteo geht Unruhe aus. Der sitzt auf seinem Stuhl, stiert die Wände an und trommelt mit einem Lineal auf den Tisch. Nun steht er auf, geht durchs Büro, dreht um, geht zurück, setzt sich und trommelt weiter. Auch er scheint bemerkt zu haben, dass da draußen irgend etwas mächtig schief läuft. Plötzlich springt er auf, kommt um den Schreibtisch und packt das Mikrofon des Funkgeräts. Er ruft hinein: „Fran!", was sämtlichen Regeln des formalisierten Funksprechverkehrs der militärisch organisierten Guardia Costiera

Hohn spricht. Sie antwortet, und ihre Stimme im Funk klingt gepresst: „Matteo?“ „Alles okay bei euch, Fran?“ Pause. „Fran, ist alles okay bei euch?“ Nichts ist zu hören. „Fran!?“ Keine Antwort. Schließlich wieder ihre Stimme, verzerrt durch atmosphärische Störungen: „Matteo, ich liebe dich! Ihr sollt jetzt nicht mehr rufen.“ Danach kommt nichts mehr von CP 302. Es ist 02:49 Uhr.

Matteo wartet ein paar Sekunden, dann reißt er den Zündschlüssel des vor dem Gebäude parkenden Dienstwagens vom Haken und ist weg. Im Flur hört man seine Schritte, er rennt. Der Wachhabende greift zum Telefon und wählt die Nummer der Hafenkommandantur im 60 Kilometer entfernten Syrakus. Dabei schickt er ein Stoßgebet zum Himmel, dass bei der Fliegerstaffel der Guardia Costiera auf dem Flugplatz Fontanarossa eine Hubschrauberbesatzung in Rufbereitschaft und ein Hubschrauber einsatzklar sein mögen: Der 'Dottore' auf CP 302 ist sein Bruder.

Mit aufgeblendeten Scheinwerfern und quietschenden Reifen kommt Matteo am Kai von Portopalo an. Vollbremsung, der Fiat schlingert und hält. Matteo nimmt den Gang raus und zieht die Handbremse an, lässt den Motor laufen und das Fernlicht brennen. Er stößt die Tür auf. Draußen riecht es schwach nach Reifengummi. Er steigt aus und guckt. Alles ist normal. Das Dorf im ungewissen Schein weniger Straßenlampen liegt im Tiefschlaf. Niemand steht hier auf, nur weil wieder ein Boot ankommt. In der Ferne bellt ein Hund.

Die schwarze, jetzt im Strahl der Autoscheinwerfer glänzende Wasserfläche der Bucht wirkt glatt wie Öl. So soll es hinter den beiden Molen auch sein, die von den Seiten aufeinander zu laufen und in der Mitte zwar eine Durchfahrt offen lassen, aber doch die Bucht gegen den Seegang abschirmen. Die paar Fischerboote und Yachten an ihren Ankerbojen in dem winzigen Hafen bewegen sich kaum. Matteo dreht sich um. Die kurzen Wellen draußen flirren, und ein schimmernder Streifen von Licht zieht über das Meer zum Mond hin. Schwach weht der Wind von See, es riecht jetzt nicht mehr nach Gummi, sondern nach Salzluft. An der Mole macht das Wasser glucksende Geräusche. Die Temperatur dürfte bei 20 Grad liegen.

Beiderseits des Fiat parken Autos, auf manchen rotieren noch die Blaulichter. Auch das ist normal: Das Empfangskomitee steht bereit, und ein paar Blaulichter zeigen den ankommenden Gästen sofort, wer hier das Sagen hat. Polizeifahrzeuge, ein Notarztwagen, zwei Rettungswagen, ein paar Zivilautos, wohl von den Zeitungsleuten, ein großer Bus. Für die Fuhrunternehmer in den Küstenorten ist solch eine Ankunft immer ein gutes Geschäft, schließlich müssen die Ankommenden ja von der Landestelle ins Auffangcamp geschafft werden. Einige Unternehmer pfeifen allerdings auf das Geschäft und sagen, die Kosten für die anschließende Innenreinigung seien zu hoch. Das ist natürlich sehr unchristlich, und sie murmeln es daher nur hinter vorgehaltener Hand.

Außerdem steht da mit ausgefahrener Satellitenantenne und brummendem Stromerzeuger ein Übertragungswagen der RAI. Die RAI sitzt in Palermo, runde 300 Straßenkilometer entfernt, und ein Übertragungswagen des Fernsehens ist kein Lamborghini. Also muss irgendwer den großen Sender schon vor Stunden informiert haben. Vermutlich kam diese Information von der Frontex, die wohl den von ihr finanzierten Patrouillenkreuzer und damit auch sich ins rechte Licht rücken will. Gegönnt sei es ihr, denn kaum jemand nimmt Notiz von ihr, und wenn doch, dann sind die Berichte meistens negativ. Was die Frontex gar nicht verdient hat.

Direkt an der Anlegestelle warten die zu den Fahrzeugen gehörenden Männer und Frauen. Einige Polizisten, dabei zwei Hundeführer, denn man kann nie wissen. Eine Ärztin und drei Sanitäter. Der Fahrer und der Beifahrer des Busses. Zwei Verwaltungsbeamte, irgendwer muss ja den Papierkrieg machen. Ein Rettungsschwimmer im Gummianzug und mit Flossen an den Füßen: Vorsicht ist die Mutter der Porzellankiste. Mehrere Zeitungsleute. Das Fernsehteam. Einige rauchen Zigaretten, einige nicht. Die Ärztin raucht auch, alles ist normal. Aber da draußen auf dem Meer ist irgend etwas verdammt unnormal, und da draußen ist Francesca.

Der Ispettore Superiore, der Polizeihauptmeister, der das Empfangskomitee leitet, kommt auf Matteo zu. Er schlägt ihm auf die Schulter und sagt: „Na, ist die Küstenwache auch schon wach? Wenn du früher aufstehen würdest, bräuchtest du nicht zu rasen wie ein Verrückter. Oder hat Francesca dich nicht aus dem Bett gelassen?“ Im selben Augenblick klingelt am Koppel des Ispettore das Handy, er schaut aufs Display und sagt zu Matteo: „Eure Kommandantur in Syrakus. Was wollen die denn mitten in der Nacht?" Dann meldet er sich, hört ein paar Sekunden zu und sagt schließlich: „Das ist Unsinn! Wir brauchen hier keinen Hubschrauber. Wir sehen die ja schon. Alles ist okay, in ein paar Minuten sind sie drin." Er weist für Matteo hinaus auf das Meer, und jetzt sieht der es auch.

Weit draußen sind Lichter zu erkennen, dicht beieinander und ganz schwach. Ein Scheinwerfer, der von ihnen weg aufs Meer strahlt. Darüber zwei weiße Lichter, etwas schaukelnd. Links darunter ein grünes Licht, rechts ein rotes. Matteo kann die seemännische Festbeleuchtung natürlich lesen. Das obere der beiden weißen Lichter ist das Topplicht, das wird nur von Motorfahrzeugen geführt. Von den beiden farbigen Positionslampen steht die grüne links, das Fahrzeug kommt also auf sie zu. Das zweite Weißlicht zeigt an, dass ein anderes Boot im Schlepp ist, und damit ist auch der nach achtern gerichtete Scheinwerfer erklärt. Der junge Leutnant will vermutlich sehen, was die Männer in der Nussschale hinter ihm so treiben. Vielleicht stehen er und sein Steuermann sogar im Heck von CP 302 und halten Randalierer in Schach, die unbedingt an Bord klettern wollen, während der Dottore sich um herübergeholte Verletzte kümmert, und deswegen sitzt Francesca am Steuer und damit auch am Funkgerät. Matteo fallen tonnenweise Steine vom Herzen, er hört es förmlich poltern.

Der kleine Schleppzug kommt langsam heran. Seine Lichter wachsen aus dem nächtlichen Horizont heraus, an dem weit draußen Himmel und Meer verschmelzen. Schiffe bei Nacht sind selbst für Matteo ein faszinierender Anblick, obwohl er seit Jahren bei der Küstenwache dient und häufig genug nachts an Bord eines Patrouillenboots draußen ist. Der Schleppzug hält schnurgerade auf die Einfahrt der Bucht zu, auf die Öffnung zwischen den Molenköpfen. Jetzt fährt er durch die Silberspur des Mondes. An Bord ist auf diese Entfernung niemand zu erkennen.

Nach Passieren der Mole wird Francesca, die wegen der angehängten Nussschale sehr langsam fährt, das kleine Rad nach Steuerbord drehen, CP 302 wird einen Bogen fahren, das Flüchtlingsboot hinter sich her in Richtung des winzigen Hafens ziehen und dann vorsichtig anlegen. „Macht euch schon schon mal fertig", sagt eine Frau, die die Leiterin des Fernsehteams zu sein scheint. „Wenn der Kahn anlegt, schaltet ihr die Scheinwerfer ein, und ich interviewe den Capitano.“ Gleich wird CP 302 die Einfahrt erreichen. An Bord ist unverändert niemand zu sehen, aber das beunruhigt Matteo noch nicht. Ihm fällt jedoch auf, dass die beiden muskulösen Corso-Rüden der Hundeführer den beleuchteten, jetzt ganz nahen Schleppzug überhaupt nicht beachten, sondern mit hochgezogenen Lefzen und gesträubtem Fell irgend etwas Unsichtbares auf dem dunklen Meer anknurren.

Inzwischen sind die Schiffsdiesel zu hören, sogar bei dieser langsamen Fahrt klingen die kernig, wie man es von MAN erwarten kann. Das Patrouillenboot fährt durch die Mole und ist nun auf gleicher Höhe mit dem Empfangskomitee. Im Steuerstand ist niemand zu sehen. Mittlerweile findet Matteo das ziemlich seltsam. Wo ist die Besatzung? Vor allem: Wo ist Francesca?

Im Lichtkegel des Heckscheinwerfers schaukelt das Flüchtlingsboot, vielleicht acht Meter lang, das ist verflucht wenig Platz für 48 Menschen. So viele sind das auch nicht, das erkennt man auf den ersten Blick. Offenbar ist eine große Zahl Verletzter auf das Patrouillenboot geholt worden. Die Zurückgebliebenen liegen reglos durch- und übereinander. „Interessant“, sagt die Fernsehfrau. „Denen geht's ja richtig dreckig! Ruf' mal einer in Palermo an: Gleich kommt was Geschmackvolles für's Frühstücksfernsehen.“ Im Steuerstand, in dem niemand zu sehen ist, drosselt niemand die Motoren und dreht niemand das Rad nach Steuerbord. Der kleine Schleppzug fährt ohne Kursänderung in die dunkle Bucht hinein. Für wenige Sekunden wird er von Matteos Autoscheinwerfern fahl beleuchtet. Mit gleichbleibender Geschwindigkeit hält er auf die Villen am Nordufer zu.

Matteo kann trotz seiner hochschlagenden Panik noch klar genug denken, um zwei Tatsachen zu erkennen. Erstens steht die Tür des Fiat offen und der Motor läuft, er wird also vor allen anderen ankommen. Und zweitens wird das, was ihn dort erwartet, die Anwesenheit eines Arztes erfordern. Er packt die Ärztin am Handgelenk und reißt sie mit sich. Die ist fix genug von Begriff, nicht zu zetern, sondern so schnell zu rennen, wie man das als 30jährige Raucherin noch kann, also ziemlich schnell. Hinter den beiden laufen jetzt auch alle anderen auf die Fahrzeuge zu. Der Ispettore beauftragt schnaufend einen seiner Männer: „Funkspruch an die Wache! Wir brauchen Verstärkung, Scheinwerfer, Stromkabel, die Spurensicherung, mehr

Ärzte und den beschissenen Hubschrauber!"

Mit quietschenden Reifen kurvt Matteo durch die Siedlung. Neben ihm klammert die Ärztin sich fest. Hinter dem Fiat folgt die gesamte Fahrzeugflotte. Blaulicht. Sirenen. Jetzt schläft hier niemand mehr. Da links - das Wasser! Mit Karacho bricht der Fiat durch den Zaun eines Vorgartens und rast zwischen zwei Villen hindurch, haarscharf vorbei an einem Swimmingpool. Ein Rumpler von der Terrasse auf den Strand, noch ein paar Meter, dann rammt der Wagen sich fest. Türen auf, raus! Matteo rennt los. Hinter ihm keucht die Ärztin. Hoch ragt der Bug von CP 302. Kernig laufen die Diesel. Neben dem Schiff dümpelt das Boot. „Francesca! Francesca!!"

Bis zum Hals schlägt ihm das Herz. „Fran!" Gar nicht so leicht, da hoch und an Bord zu kommen. „Fran!" Schließlich schafft er es. „Fran!" Die sich abmühende Ärztin vergisst er. „Fran!" Da ist sie! Sie bewegt sich. Sie lebt. Drei Sekunden nach ihm erreicht die Ärztin den Steuerstand, zerrt ihn mit Gewalt heraus und kniet sich hin. Eine Minute später ist den eintreffenden Helfern klar, dass außer Francesca alle Menschen an Bord beider Fahrzeuge tot sind. Nur sie lebt noch. Jemand hat ihr die Kehle durchgeschnitten und sie im Steuerstand liegen lassen.

Eine weitere Minute später steht die mit Blut verschmierte Ärztin auf und muss sich am Funkgerät festhalten. Matteo bricht in die Knie. Behutsam legt er beide Hände auf den Bauch seiner toten Frau. Er spürt, wie sich die Füßchen seiner ungeborenen, sterbenden Tochter bewegen. Er schreit ihren Namen, immer wieder. Schließlich zieht er die Pistole. Lädt fertig. Spannt den Hahn. Entsichert. Hebt den Arm. Dreht die Mündung gegen seinen Kopf. Kneift die Augen zu. Entsetzt packt die Ärztin sein Handgelenk.

Portopalo di Capo Passero

Als es hell und die Menge von Helfern und Fahndern, von Journalisten und Gaffern unübersehbar geworden ist, ein eilig abgesteckter Hubschrauberlandeplatz voller Helikopter steht, der Alarm in den Krankenhäusern der Umgebung wieder abgesagt ist, zwischen den Häusern sich Leichenwagen stauen und der Übertragungswagen der RAI ganz Europa mit Sondersendungen versorgt, da sitzen in einer

Villa, die von ihrem Eigentümer als Kommandostand zur Verfügung gestellt und von den Carabinieri fernmeldetechnisch entsprechend eingerüstet worden ist, einige Damen und Herren in tiefen Ledersesseln vor der Glasfront, die den Blick auf die Bucht freigibt: Der Minister für Internationale Zusammenarbeit und Integration, die Erste Generalstaatsanwältin, der Befehlshaber der Küstenwache und der Vizegeneraldirektor der Staatspolizei, alle aus Rom. Der Präsident der autonomen Region Sizilien und die Vizepräsidentin des sizilianischen Roten Kreuzes, beide aus Palermo. Aus Syrakus der Präfekt der Provinz Syrakus und aus Neapel der schwedische Leiter aller in Italien gelegenen Dienststellen der Frontex.

Der Minister fragt: „Kann bitte jemand zusammenfassen, was wir bisher haben?" „Nun, wir haben folgendes", antwortet der Befehlshaber der Küstenwache. „47 Menschen lassen sich vermutlich gegen schweres Geld von einem Verbrecher mit einem nicht seetüchtigen Boot über 300 Seemeilen, also 550 Kilometer, aus Libyen nach Sizilien schmuggeln." „Warum nach Sizilien statt Lampedusa oder Malta? Die liegen doch viel näher." „Erstens: Weil man Inseln nur schwer wieder verlassen kann." „Sizilien ist doch ebenfalls eine Insel, also...", setzt der Minister an, aber der Präsident der autonomen Region Sizilien schneidet ihm das Wort ab: „Sizilien ist eine autonome Region, sogar eine sehr große, und über Eisenbahn-, Fähr- und Flugverbindungen mit der gesamten Welt verbunden, auch mit dem Rest von Italien. Mit Letzterem verbinden uns täglich ungezählte Handelsschiffe, Sportboote, Segelboote, Fischerboote, Privatflugzeuge und Hubschrauber, besonders aber regelmäßig verkehrende Personen-, Auto- und Eisenbahnfähren. Wer Sizilien verlassen will, kann das jederzeit tun. Wir sind hier weder auf Lampedusa noch auf der Gefängnisinsel Alcatraz." „Gewiss", sagt der Minister freundlich, „bitte weiter."

„Zweitens ist Lampedusa sowieso kein Lieblingsziel für Flüchtlinge mehr, seitdem da mal kräftig aufgeräumt wurde." „Herr Admiral! Dort wurde doch nicht aufgeräumt!" Die Vizepräsidentin des sizilianischen Roten Kreuzes schüttelt ihre löwenbraune Mähne und funkelt den Offizier an. „Vielmehr hat Ihre Küstenwache, arglistig einen Weitertransport auf das italienische Festland vortäuschend, Flüchtlinge von Lampedusa nach Libyen abgeschoben. Empörend! Der Europäische Gerichtshof für Menschenrechte hat das ja auch deutlich genug verurteilt. Nicht gerade schmeichelhaft für die italienische Regierung." „Nun ja", wirft der Integrationsminister der Regierung Renzi freundlich ein, „Entscheidungen der Regierung Berlusconi stehen hier glücklicherweise nicht zur Debatte. Also bitte, drittens?"

„Drittens hat der Präsident der Region natürlich recht: Sizilien ist leichter zu verlassen als Malta, das viel weiter südlich liegt, oder als Lampedusa, noch weiter im Süden. Wer also unerkannt nach Europa einreisen will, zwingt womöglich mit vorgehaltener Waffe einen Schlepper, der eigentlich nur bis Lampedusa wollte, zur Weiterfahrt." „Dazu reicht doch der Kraftstoff nicht." „Da das Boot Sprit für die Fahrt nach Lampedusa *und zurück* an Bord haben muss, schafft er es auch bis Sizilien. Allerdings ohne Rückfahrt. Das ist schlecht für den Schlepper, der danach festsitzt und uns in die Hände fällt, aber gut für jemanden, der unbedingt in Europa untertauchen will." „Sehr interessant, bitte weiter."

„30 Seemeilen vor Sizilien erleidet der Motor einen Defekt. Ende des autonomen Teils der Reise." Der Präsident der autonomen Region Sizilien schaut auf, sagt aber nichts. „Eines meiner Patrouillenflugzeuge findet das Boot, und später nimmt CP 302 es auf den Haken. Die Besatzung holt Verletzte aus dem Flüchtlingsboot und versorgt die anderen mit Trinkwasser. Sie meldet die Zahl der geretteten Menschen, 48. Also vermutlich 47 Flüchtlinge plus ein Schlepper. Alles sieht normal aus, wie immer. Nur eines ist diesmal nicht normal: Unter den 48 ist ein Massenmörder." „Natürlich der Schlepper", sagt die Vizepräsidentin des Roten Kreuzes.

„Natürlich nicht", widerspricht der Vizegeneraldirektor der Staatspolizei. „Nein? Ach! Woher wollen ausgerechnet Sie das wissen? Sie saßen doch in Ihrem prachtvollen römischen Büro, wie immer, wenn hier bei uns im Süden Flüchtlinge sterben." „Welches Motiv hätte der Schlepper denn haben sollen, Signora? Im Übrigen kann er die Menschen schon deswegen nicht ermordet haben, weil er selbst tot in seinem Holzboot liegt." „Sie wollen wissen, wer der Schlepper war?" „Nein." „Also doch nicht? Was denn nun?" „Ich *will* das nicht wissen, ich *weiß* es." „Wer der Schlepper war?" „Sonst würde ich es ja nicht sagen. Nummer 17 von unserer Liste libyscher Schlepper ist unter den Toten. Wir kennen nicht seinen Namen, außer dass er bei uns Nummer 17 heißt, aber wir kennen sein Gesicht. Bei der Kontrolle am Kai hätte man ihn verhaftet." „Und der hat sich trotzdem hierher getraut! Daran kann man doch wieder sehen, wie verzweifelt diese Menschen sind. Aber die Polizei schleift sie in Lager, hält sie fest und verhört sie, statt sie menschenwürdig zu behandeln und ihnen zu helfen." „Die Schlepper, Signora, sind nicht verzweifelt, sondern Verbrecher. Und ihre Hintermänner sind Millionäre. Sind Sie eigentlich sicher, dass Sie nicht gerade in der Villa eines solchen Hintermannes sitzen?" „Derartiges zu wissen, ist ja wohl nicht die Aufgabe des Roten Kreuzes, sondern Ihrer Polizei. Also? Wissen *Sie* es?" Jetzt reicht es dem Polizisten, dieser Löwin muss man offensichtlich mit gröberen Kalibern kommen. „Sie sollten einfach mal zuhören! Wie der Herr Admiral deutlich genug angemerkt hat, war der eigentliche Boss an Bord wohl jemand, der eine Waffe hatte und ohne Rücksicht auf Verluste so weit wie möglich nach Norden wollte. Verluste hat es dann ja auch genügend gegeben. Also sollten wir uns darauf konzentrieren, den Mörder zu finden, und genau das wird die Staatspolizei tun. Wie Sie selbst soeben anmerkten, hat dabei Ihr Rotes Kreuz keine Aufgaben. Deswegen haben Sie hier auch keine Kompetenzen, Signora!" Nach diesem Frontalangriff lehnt er sich befriedigt zurück, bleibt jedoch auf der Hut: Die Löwin schweigt zwar, sieht aber nicht aus wie eine Veganerin.

„Bitte fahren Sie fort", sagt der Minister in freundlichem Tonfall zum Befehlshaber der Küstenwache, doch jetzt spricht die Generalstaatsanwältin. „Wir haben die ersten Ergebnisse der Untersuchung. Es gibt mehrere tausend Fingerabdrücke von zahllosen Personen, aber keine Übereinstimmung mit einem in den Dateien gespeicherten Abdruck. Sonstige Spuren werden zur Zeit aufgenommen, Ergebnisse erwarte ich heute Nachmittag. Die Abläufe waren wohl folgendermaßen: Ein Mann, nämlich der Sanitäter, wurde an Deck des Patrouillenboots erstochen, von vorn direkt ins Herz, mit einer langen und sehr schmalen Klinge, also wohl mit einem Stilett. Er muss auf der Stelle tot gewesen sein. Der Täter hat vermutlich eine Verletzung simuliert, wurde an Bord geholt, hat den Sanitäter erstochen und sich dadurch lautlos die erste Bewegungsfreiheit auf dem Schiff verschafft. Der Steuermann wurde durch Genickschuss mit aufgesetzter Waffe getötet. Der Kommandant wurde am Heck durch einen Schuss ins Gesicht niedergemacht und dann durch einen weiteren Kopfschuss getötet. Als man seine Leiche barg, hatte er noch die Pistole in der Hand, aber mit vollem Magazin – zum Schießen ist er nicht mehr gekommen. Also hat er wohl mit den Flüchtlingen gesprochen, den Schuss im Steuerstand gehört und im Umdrehen die Waffe gezogen. Vier liegende Männer mit Knochenbrüchen, die sie vermutlich während der Überfahrt in dem Schaukelding erlitten hatten, wurden an Deck des Patrouillenbootes durch Schüsse zwischen die Augen sozusagen hingerichtet. 19 Männer, fünf Frauen und zwei Kinder liegen tot im Flüchtlingsboot, buchstäblich durch- und übereinander. Im Lichtstrahl des Heckscheinwerfers stehend und Garben aus einer Maschinenpistole hörend, aber außer Mündungsblitzen nichts erkennend, wurden sie abgeschlachtet wie in einem Mafia-Film." Der Generalstaatsanwältin versagt die Stimme. Sie wünscht, sie hätte ein Glas Wasser.

Der Minister kommt ihr zu Hilfe: „48 Flüchtlinge. Ohne den Mörder 47. Vier davon tot an Deck, 26 im Boot. Die anderen 17 sind ins Wasser gesprungen, als es losging?" Der Admiral antwortet: „Einige werden gesprungen, andere durch die Körpertreffer hinaus gerissen worden sein. Keiner von denen hatte eine nennenswerte Chance – ohne Schwimmweste, weit vor der Küste und in stockdunkler Nacht. Das Mittelmeer ist ja nicht frei von Haifischen. Wir haben vier Hubschrauber und drei Patrouillenboote der Küstenwache draußen sowie eine Korvette der Marine und eine Unzahl von zivilen Booten, die sich der Suche angeschlossen haben. Wir wissen aber nur ungefähr, wo das passiert sein mag, und die Wahrscheinlichkeit, dass wir jemanden lebend finden, ist entsprechend gering." „Wäre das vermieden worden, wenn unsere Küstenschutzschiffe unbewaffnet wären? Dann hätte der Mörder ja keine Waffen an sich bringen können." „Er hat keine Dienstwaffe an sich gebracht, Herr Minister. Sämtliche Waffen der Besatzung sind unbenutzt. Vielmehr muss er selbst eine stilettartige Stichwaffe und eine Maschinenpistole gehabt haben, vermutlich in der Kleidung verborgen. Beide hat er nach dem Massenmord entweder über Bord geworfen oder mitgenommen, jedenfalls sind sie unauffindbar. Die Maschinenpistole ist vom Kaliber neun Millimeter, Genaueres werden wir heute Nachmittag wissen. Als er auf die Menschen in dem geschleppten Boot schoss, muss er mindestens ein Mal das Magazin gewechselt haben. So ein verdammter Drecksack!" Der

Befehlshaber bricht ab, trinkt seinen Espresso aus, knallt die Tasse auf den Tisch und fragt: „Oder, Mauro?“ Der Vizegeneraldirektor der Staatspolizei nickt.

„Und die Technikerin? Die soll ja schwanger gewesen sein. Besonders tragisch.“ „Die wurde wohl zunächst ausgespart, weil er sie noch brauchte“, sagt die Generalstaatsanwältin, die das Gefühl hat, dass der oberste Vorgesetzte der jungen Frau deren letzte Minuten nicht selbst schildern möchte. Sie vermutet, dass den Befehlshaber die Frage der Verantwortung umtreibt: Ist es überhaupt verantwortbar, einem mit fast 50 Unbekannten besetzten Fahrzeug ein einzelnes Boot entgegenzuschicken, das lediglich vier Besatzungsmitglieder hat? Mitten in der Nacht und im Zeitalter globaler Piraterie? Ist es nur noch eine Frage der Zeit, bis ein europäisches Küstenwachboot samt Besatzung in Richtung Afrika entführt wird? Und was dann tun? Die Generalstaatsanwältin ist froh, dass diese Verantwortung auf den Schultern des Offiziers und des Politikers in den Sesseln ihr gegenüber lastet und nicht auf ihren.

Sie räuspert sich und sagt: „Wir wissen nicht, wo die junge Technikerin während des Massenmords war, eventuell lag sie an Deck, denn sie hat eine schwere Schlagverletzung am Hinterkopf. Bei der Weiterfahrt zwang der Täter sie, das Funkgerät zu bedienen, damit wir möglichst spät bemerken, was da los ist. Als er kurz vor Portopalo von Bord ging, waren sie auf Hörweite heran, so dass er nicht mehr zu schießen wagte. Also hat er ihr die Kehle durchgeschnitten.“ Sie schweigt. „Weshalb hat er sie nicht erstochen wie den Sanitäter?“ „Solch einen Fall hatten wir mal in Schweden“, wirft der Frontex-Leiter ein. „Im Lauf von 12 Monaten hat ein Mörder drei Menschen erstochen und einem vierten die Kehle durchgeschnitten. Nach der Festnahme sagte er aus, dies Opfer habe sich derart heftig gewehrt, dass er froh und glücklich gewesen sei, es überhaupt mit dem Messer erreicht zu haben.“ „Froh und glücklich?“ fragt die Vizepräsidentin. Wortlos nickt der Schwede. Eine kurze Pause tritt ein. Dann sagt der Polizeibeamte: „Ich fürchte, dass es noch viel schlimmer ist.“ „Nämlich?“, fragt der Minister. „Er hat ihr die Kehle durchgeschnitten, weil sie so noch einige Minuten leben würde. Jemand sollte Zeuge sein, wie sie stirbt. Und wie ihr ungeborenes Kind stirbt.“ Für mehrere Sekunden herrscht Ruhe. Schließlich putzt die Löwin sich die Nase, schaut den Vizegeneraldirektor der Staatspolizei an und sagt: „Ich wünsche Ihnen von Herzen Erfolg, Signor Ghiacci." „Ich danke Ihnen, Contessa."

Der Befehlshaber ergänzt: „Vor der Mole hat er die automatische Steuerung eingeschaltet, das kleine Schlauchboot runtergelassen, und weg war er." „Wie viel Leute passen in dies Schlauchboot?" „Es handelt sich um das Rettungsmittel für die vier Mitglieder der Besatzung, tragen kann es also wohl sechs oder acht Leute." „Na also, da haben wir es doch! Diese Riesenaktion kann unmöglich ein einzelner Mann bewältigt haben. Das waren drei oder vier Täter. Oder ein halbes Dutzend." „Mit Verlaub, Herr Minister, aber das war ein Einzeltäter." „Was macht Sie so sicher, Herr Admiral?" „Über ganz CP 302 sind an mehreren Stellen 30 Schwimmwesten verteilt. Davon sind 29 noch da, nur eine fehlt. Und zwar eine von den vier, die unmittelbar neben dem Schlauchboot hängen. Das Boot ist aber so klein, dass jeder, der einigermaßen bei Verstand ist, eine Weste anlegt, bevor er dort hinein steigt. Wenn auch noch die Untersuchung der aufgefundenen Geschosse ergeben sollte, dass alle aus *einer* Waffe abgefeuert worden sind, werden wir über diese Frage Gewissheit haben."

„Und wozu das Ganze? Wieso kommt der Kerl nicht einfach an Land, behauptet, keine Papiere zu haben, lässt ein hübsches Foto von sich machen, gibt irgendwelche Personalien an und verschwindet danach wie tausende anderer auch?" „Dafür gibt es eine simple Erklärung", antwortet der Vizegeneraldirektor der Staatspolizei: „Er hat eine kriminelle, eventuell terroristische Vergangenheit und geht deswegen davon aus, dass wir hinter ihm her sind. Und er scheint einen Grund zu der Annahme zu haben, dass wir biometrische Daten von ihm oder wenigstens ein Foto seines Gesichts besitzen. Deswegen landet er nicht einfach mit einem Linienflug in Rom-Fiumicino und zeigt dort bequem einen gefälschten Pass vor. Deswegen umgeht er die Kontrolle der Polizei auf dem Kai von Portopalo. Deswegen tötet er alle Zeugen, die sein Aussehen beschreiben könnten. Und deswegen waren alle Menschen in dem Flüchtlingsboot, die ihn hätten beschreiben können, bereits bei der Abfahrt in Libyen zum Tod verurteilt. Sie wären auch umgebracht worden, wenn die unbemerkte Landung fern jeder Ortschaft gelungen wäre, die der Täter gewiss beabsichtigt hat. Dieser Massenmord war eine sorgfältig und kalt geplante

Aktion. Das einzig Ungeplante war der Motordefekt mit Abschlepphilfe, aber auch dies Problem hat der Kerl professionell gemeistert, wenn man das so sagen darf. Dieser Meisterschaft ist die erfahrene und bewaffnete Mannschaft von CP 302 zum Opfer gefallen." Der Vizegeneraldirektor verstummt. Die Generalstaatsanwältin greift nach ihrem Espresso, sieht, dass die Tasse leer ist, und stellt sie zurück. Es klappert.

Nach einer Weile fragt der Minister: „Was von all dem ist bewiesen?" Die Generalstaatsanwältin antwortet: „Nichts." Der Befehlshaber widerspricht: „Bewiesen ist, dass vier meiner Leute ermordet worden sind und ein fünfter sich erschossen hat. Und dass die Hinterbliebenenrente beschämend niedrig ist." „Das ist schlimm und traurig, aber ermordet wurden auch viele andere Menschen, deren Hinterbliebene überhaupt keine Rente bekommen", merkt in sachlichem Tonfall die Contessa an. Der Präsident der autonomen Region Sizilien ätzt: „Bewiesen wurde wieder einmal, dass Rom nichts für den Schutz der autonomen Region Sizilien vor illegaler Immigration tut." „Nicht so hitzig mit Schuldzuweisungen an Rom", pariert der Vizegeneraldirektor, „dies hier ist eine Außengrenze der EU." „Ich darf doch wohl bitten", kontert der Frontex-Leiter, „wir haben hier lediglich eine Beobachtungsfunktion." Jetzt lässt sich erstmalig der Präfekt der Provinz Syrakus vernehmen: „Die einzige Leidtragende dieses Vorfalls ist die Provinz Syrakus. Sie alle fliegen gleich nach Haus und machen weiter wie gewohnt, uns aber brechen durch Zustände, die nicht wir, sondern Sie zu verantworten haben, die Touristenzahlen weg. Ich erwarte daher von Palermo, von Rom und von Brüssel finanzielle Kompensation, und zwar nachhaltig und umfassend. Das ist ja wohl das Mindeste!"

„Meine Damen und Herren", sagt der Minister freundlich, „ich danke Ihnen."

Rom, Italien

Nach der zweiten Sondersendung über die Tragödie vor Sizilien prüft Bleckwedel die Flugverbindungen nach Rom. Dann blättert er durch sein Telefonverzeichnis: A-B-C-D-E-F-G. Nanu, wo sind der Name und die Nummer? Schließlich fällt ihm ein, dass er die Telefonnummer seines Freundes unter dessen Vornamen gespeichert hat: H-I-J-K-L-M, Mauro. Mauro Ghiacci.

Olivia freut sich unbändig über den unerwarteten Anruf. Über ihr perfektes Englisch wundert Bleckwedel sich nicht mehr, seitdem sie ihm vor Jahren erzählt hat, wie Mauro sie am Ende eines Polizeilehrgangs aus Texas weggeheiratet hat. „Von all den Mädchen, die ihn dort umschwärmt haben, hatte nur ich einen Vornamen, den er auch italienisch aussprechen konnte. Sonst hätte er bestimmt eine andere genommen!“ Das glaubt Bleckwedel nicht, denn Mauro hat noch immer leuchtende Augen, wenn seine Frau in der Nähe ist. Derzeit ist allerdings Mauro nicht in der Nähe, sondern auf dem Rückflug von Sizilien, berichtet Olivia. Dann schildert sie die Familienneuigkeiten aus Italien und Texas und fragt schließlich Bleckwedel nach dem Grund seines Anrufs.

„Ich habe in den Nachrichten gesehen, was da unten vor Sizilien passiert ist. Und ich weiß von Vorgängen, die dazu passen könnten. Darüber würde ich gern mit Mauro sprechen.“ „Am Telefon?“ „Olivia, natürlich nicht am Telefon! Ich komme morgen an. Rom-Fiumicino, 15:30 Uhr, aus Berlin-Tegel. Könnt ihr mich abholen?“ „Wunderbar! Bring endlich mal deine Freundin mit! Dann kann ich mit ihr zum Shopping gehen, während ihr Boys die bad Guys jagt. Glaube mir, Shopping ist in Rom noch besser als in Houston, Texas. Potsdam mag ja ganz okay sein, wie du immer behauptest, aber Rom ist Rom, und sie wird den Unterschied merken. Wie heißt sie?“ „Sie heißt Eva, und wenn sie zum Shopping geht, dann nicht in Potsdam, sondern in Berlin oder Madrid.“ „Oh, schöner Name, Eva! Wunderbar! Bringe sie unbedingt mit, sie muss mir von Madrid erzählen.“ „Ich fürchte, dass ich sie nicht mitbringen kann.“ „Aber warum denn nicht, Geert? Unsere Wohnung ist für zwei Gäste wirklich groß genug, das weißt du doch.“ „Weil sie es noch nicht weiß.“ „Weil Eva nicht weiß, wie groß unsere Wohnung ist?“ „Weil sie noch nicht weiß, dass sie meine Freundin ist.“

Als er am Aeroporto Leonardo da Vinci in das Terminal kommt, ist der vielbeschäftigte Mauro natürlich nicht da. Olivia beschenkt Bleckwedel mit Küsschen und hakt sich bei ihm ein. Sein Koffer wird von einem jungen Adonis in maßgeschneiderter Uniform entführt, und mit Olivia am Arm wandert er durch die Halle. Dabei hält er sich wegen der feindseligen Blicke seiner Geschlechtsgenossen sehr gerade. Am Ausgang wartet ein großer Maserati, der Adonis öffnet für Olivia die hintere rechte Tür, der Koffer ist nicht mehr sichtbar, sondern hoffentlich im Kofferraum, Bleckwedel geht um den Wagen herum, nimmt neben Olivia Platz und fährt erstmals nicht nur mit einer schönen Frau an seiner Seite, sondern auch in einem Maserati und mit Polizia-Chauffeur durch jene Stadt, die ein halbes Jahrtausend lang die Hauptstadt der Welt war. Er hat schon Schlimmeres erlebt.

Eine Stunde und fünf Verkehrsstaus später hält der Maserati auf dem Monte Viminale, dessen klingender Name über seine geringe Höhe hinwegtäuscht. Er ist der kleinste der sieben Hügel, auf denen die einstige Hauptstadt der Welt errichtet worden ist. Über ihn läuft die Via Viminale, an jener liegt der Palazzo Viminale, in diesem wiederum 'das Viminale', das Innenministerium. Und darin liegt Mauros Büro.

Ohne Olivia würde es Bleckwedel schwerfallen, die Sicherheitsschleusen des Ministeriums zu überwinden, aber mit ihr benötigt er nur Sekunden. Bevor sie Mauros Büro erreichen, müssen sie allerdings durch eine ganze Flucht von Vorzimmern, und die texanische Ehefrau des Bosses kennt jede der römischen Mitarbeiterinnen ihres Mannes mit Vornamen. Sie wird von jeder begrüßt und tauscht mit jeder Neuigkeiten aus. Kein Wunder, dass es etwas dauert, aber endlich erreichen sie das Büro des Vizegeneraldirektors der Staatspolizei. Die beiden Männer klopfen sich auf die Schultern, dann küssen sie Olivia, Mauros Augen leuchten, und Olivia sagt: „Keinesfalls später als sechs! Zur Feier des Tages gehen wir texanisch essen, große Steaks, roh, wunderbar!“ Somit sind die Rahmenbedingungen gesetzt, Olivia entschwindet in Richtung Maserati, und die Männer nehmen Platz. Jemand serviert Espresso.

Bleckwedel fragt sich, wie Mauro es trotz seines Büroberufs schafft, die drahtige Figur zu halten. Abgesehen von den tieferen Falten und den Silberfäden in der schwarzen Haarpracht sieht der Mann eigentlich noch so aus wie vor zwei Jahrzehnten, als die beiden sich zum ersten Mal trafen. Der Kalte Krieg hatte sich durch die Implosion der Diktaturen erledigt und Bleckwedel hatte begonnen, über ein Thema zu schreiben, das die Lebensbedingungen von einer halben Milliarde Menschen beeinflussen würde: Die Vereinigten Staaten von

Europa, oder wie immer dieser kolossale Zusammenschluss eines Kontinents einmal heißen wird. Der erste Großraum in der Geschichte der Menschheit, der nicht mit Erpressung, Gewalt, Krieg, Besetzung, Unterjochung, Massenmord, Vertreibung und Ausrottung zusammengerafft wird, sondern durch den freien Willen freier Menschen langsam zusammenwächst, weil er zusammen gehört. 500 Millionen Bürger auf einem Kontinent, deren Schicksale so oder so verknüpft sind, raufen sich nach 3.000 Jahren voller Bruderkriege am Verhandlungstisch zusammen. Die größte Revolution aller Zeiten; und die friedlichste.

Bleckwedel schrieb damals über die Kooperation europäischer Sicherheitsdienste, er bereiste dazu zahlreiche Hauptstädte, und in Rom koppelte die Presseabteilung des Polizeipräsidiums ihn mit einem Commissario namens Mauro Ghiacci. So fing das an, und Männerfreundschaften haben etwas Dauerhaftes.

Bleckwedel trinkt seinen Espresso und berichtet, was er von Botschafter a.D. Ringstorf, von Giscard aus Paris und von dem Mann ohne Gesicht in Erfahrung gebracht hat. Man müsse sich offenbar gefasst machen auf das Eintreffen eines Al Qaida-Terroristen, der besondere Planungsfähigkeit mit völliger Rücksichtslosigkeit und höchster Kaltblütigkeit verbinde. Ob diese Eigenschaften wohl auf den Mann zutreffen könnten, der in Sizilien an Land gegangen sei?

Mauro kennt seinen Freund gut genug, um zu wissen, dass dieser genau unterscheiden kann zwischen Informationen, die er verwenden darf, und anderen. Der Vizegeneraldirektor hat deshalb keine Scheu, über die Vorgänge vor Portopalo di Capo Passero und die Auswertung mit dem Minister zu sprechen. Danach sind die beiden Männer sich einig, dass die Eigenschaften des Terroristen, über den Giscard und der Mann ohne Gesicht berichtet haben, durchaus auf den Mörder zutreffen könnten, dessen bluttriefende 'Einreise' Mauro beschäftigt. Bleckwedel teilt seinem Freund deswegen einen Namen mit: Isa, ein Mann unbekannter Herkunft, genannt Brillenkobra. Er schildert auch seine Vermutung, dass es im Internet ein Foto des Mannes gebe, und erklärt den Fundort.

Dann sprechen sie über das, was der Mann ohne Gesicht über Isas Treffen in Termez berichtet hat. Es könne natürlich sein, sagt

Mauro, dass der Mörder sämtliche Zeugen zum Schweigen gebracht habe, weil er verschleiern wollte, dass er eine Kriegswaffe mit sich führt. Solch ein Ding, was auch immer das gewesen sein mag, könne man ja kaum in der Kleidung verbergen. Aber wie konnte er auf Sizilien mit einem derart großen olivgrünen Trumm weiterkommen, ohne aufzufallen? Andererseits – wenn er ein Auto stiehlt, mietet oder kauft, kommt er auch mit einem großen Trumm weiter. Und dann per Autofähre aufs Festland. Doch hätten die Schlepper in Libyen ihn mit etwas so Großen in das überfüllte kleine Schaukeldings gelassen? Hm, man weiß es nicht.

Dann müssen sie los. Sich zu verspäten, wagen sie nicht: Olivia wurde an einem ersten August geboren, ist also eine echte Löwin.

Hamburg

Zwei Tage nach dem Gespräch im Viminale sitzt in Hamburg 'KW', wie sie früher ihre Artikel unterzeichnet hat und noch heute in ihrem Sender genannt wird, im Schneidersitz und Hausanzug auf dem Wildledersofa. Von dem Geplärr des Flachbildschirms lässt sie sich nicht stören und nippt an dem perfekt temperierten Schampus. Entschieden hat sie sich noch nicht, deshalb beugt sie sich vor und legt das Handy zurück auf den Kristalltisch.

Anrufen oder nicht, das ist hier die Frage. Sie greift zur Fernbedienung und schaltet den Ton aus, damit ihr kleiner Sohn im ersten Stock nicht etwa aufwacht. Im Haus ist es ruhig, endlich! So sehr sie ihr Herzchen auch liebt – aber wenn es nachmittags aus der Schule zurück ist, sind sein ständiges Gerede, Gespiele und sonstiges Geräuschemachen doch ziemlich ätzend. Jetzt herrscht Stille, auch der Lärm der Stadt dringt nicht durch die Aluminiumjalousien vor den großen Fensterflächen. Die Metallstehlampen des weiß gestylten Wohnzimmers sind heruntergedimmt, die Lichtkegel schummrig. Sehr anregend.

Für ihre deutlich mehr als 40 Jährchen geht Schneidersitz noch sehr gut, findet sie, Mondfahrten erhalten eben die Beweglichkeit. Wenn sie ihn nicht anruft, wird er bis zum Schluss auf der gähnend langweiligen Hauptversammlung seiner Apothekerkammer hocken und dann friedlich nach Haus fahren. Zur Frau Gemahlin, der alten

Schnepfe. Falls sie ihn aber anruft, wird er in wenigen Minuten hier sein. Wenn sie ihm nämlich was ins Ohr flüstert, kommt er immer sofort. Sie nimmt noch ein Schlückchen von dem gut Gekühlten. Es verstärkt sich ihr Eindruck, dass der Champagner in die Beine fährt. Oder in deren Nähe. Sie nimmt das Handy vom Tisch und wählt.

Er meldet sich. Im Hintergrund hält jemand eine Rede, sie spricht deswegen etwas lauter: „Einmal Peterchens Mondfahrt, und zwar ein bisschen plötzlich!“ Er lacht. „KW! Hallo! Wie geht's? Bestimmt ist dir ganz heiß. Soll ich Fieber messen?“ „Mondfahrt, verstanden?“ „In 10 Minuten. Mein Fieberthermometer habe ich bei mir.“ Er lacht wieder. Beide drücken die Aus-Tasten. Sie legt das Handy zurück auf die Kristallplatte. Es liegt jetzt in der Mitte zwischen der Tischkante und der Vase mit dem Strauß gelber Rosen.

Den Strauß hat er – oder eine seiner Angestellten – nach der letzten Mondfahrt per Fleurop geschickt. Gelbe Rosen mit blauen Schleifchen. Erfolgsmenschen wie er und sie müssten natürlich die dazugehörige Partei wählen, sagt er immer. Hat der einen Knall? Sie überlegt. Noch irgend etwas vorzubereiten? Sie steht auf, geht an den Schrank, holt ein zweites Glas und stellt es auf den Tisch. Das Handy liegt jetzt zwischen Tischkante, Rosenstrauß und leerem Champagnerglas.

Sonstiger Vorbereitungen bedarf es nicht. Unter dem seidenen Hausanzug ist sie bereits zweckmäßig angezogen, nämlich mit einem Hauch dieses neuen Parfums, für das ein Betrag von ihrer Kreditkarte abgebucht worden ist, der bei anderen Leuten einen Monat lang zum Leben reichen muss. Kerzen anzuzünden lohnt nicht, denn Peterchens Mondfahrt findet niemals im Wohnzimmer statt: Gefahren für das weiße Leder duldet sie nicht. Mondfahrt nennt sie ihre gemeinsamen Ausflüge, weil er Peter heißt und ein Zentimeterchen kleiner ist als sie. Was liegt da näher, als ihn Peterchen zu rufen? Er hasst das und nennt die Ausflüge lieber Fiebermessen, sehr lustig für jemanden mit seinem Beruf. Über den Scherz mit seinem Fieberthermometer, das er immer bei sich trage, kann er sich jedes Mal kaputt lachen. Demnächst wird sie sich nach einem Ersatz umsehen – aber solange der nicht gefunden ist, hat Peterchen hier anzutanzen und Dienst zu leisten. Er wird ja auch bezahlt dafür. Und zwar mit Erlebnissen, von denen er noch nie etwas gehört, geschweige denn gefühlt hatte, als sie ihn aufgabelte.

Wie unbefriedigend das Leben ohne Mondfahrten sein kann, hat sie gemerkt, nachdem sie ihren Ehemann, Herzchens Vater, in einer längeren Kraftanstrengung endlich aus seinem eigenen Haus geworfen und bevor sie Peterchens Vor-Vorgänger gefunden hatte. Oder Vor-Vor-Vorgänger? Sie erinnert sich nicht mehr genau, die herbe Renate kam ja auch noch dazwischen. Ihr Mann war anfangs ganz okay gewesen, besonders natürlich seine Kontovollmachten. Dann aber war sie nach Sarajevo gegangen, um ihre große Serie zu schreiben, und auf dem Balkan gibt es zahllose gut aussehende junge Männer und Frauen. Als sie zurück kam, brachte sie jedenfalls Erfahrungen mit, die viel zu interessant waren, um nur mit einem 20 Jahre älteren Ehemann geteilt zu werden. So kam eines zum anderen. Noch bevor ihr Mann dahinter kam, kam zum Glück Herzchen. Das sicherte ihr auch über die Scheidung hinaus die Beteiligung an den Konten. Sie hat ein völlig reines Gewissen und jetzt ja auch ein schönes Haus nur für sich und Herzchen. Und für die Stunden mit Peterchen, bis sich ein Besserer findet oder seine hanseatische Ehefrau ihm auf die Schliche kommt. Wenn Ersatz gefunden ist, darf sie nicht vergessen, den Haustürschlüssel zurück zu fordern, den er neben seinem Fieberthermometer, haha, immer bei sich trägt.

Auf nackten Füßen geht sie in die Küche. So eine Fußbodenheizung unter Fliesen ist wirklich etwas Feines, auch in lauen Sommernächten. Sie holt die halbleere Champagnerflasche, schenkt nach und stellt die Flasche auf den Tisch. Das Handy liegt damit in einem Rechteck, dessen Ecken von den beiden Gläsern, der Vase und der Flasche gebildet werden.

Im Schneidersitz hockt sie sich auf die Couch, nimmt ihr Glas in die Hand, lehnt sich zurück und senkt die Nase übers Gesöff. Wundervolles Prickeln. Sehr anregend. Sie wird ihn noch einmal anrufen, damit der Herr sich etwas spute. Was glaubt der eigentlich, wer er ist? Sie will das Glas zurück stellen und zum Handy greifen. Das liegt unverändert zwischen der Blumenvase, der Champagnerflasche, dem leerem Glas und der Tischkante.

Aber da klappt schon leise die Haustür. Gleich kommt er herein, und dann geht sie los, ihre Mondfahrt. Bei der achtet sie stets darauf, dass nicht etwa Peterchen vor ihr ankommt. Sonst führt die Reise nämlich nicht zum Ziel, jedenfalls nicht zu ihrem. Sie ruft: „Peterchen! Hierher! Ein Gläschen, und dann eine kleine Mondfahrt oder zwei!“ Keine Antwort. Sie horcht. Im Flur ist ein Geräusch zu hören. „Peterchen?“ Wieder keine Antwort. „Hallo?“ Nichts. Langsam wird sie zornig. So ein dämlicher Affe! „He! Peter!“ Plötzlich fällt der Strom aus.

Stehlampen und Fernseher werden dunkel. Im Zimmer wird es pechschwarz, denn die Jalousien halten nicht nur Geräusche draußen, sondern auch das Straßenlicht. Hochfahren lassen sie sich ebenfalls nicht, wenn der Strom weg ist. Man müsste schon ein Fenster öffnen und die Aluminiumlamellen nach oben drücken, was sehr schwierig ist. „Peter! Soll das einer von deinen blöden Witzen sein? Klapp den Sicherungsschalter hoch und komm rein! Verflucht noch mal!“ Keine Reaktion.

Sie horcht. „Peter?“ Keine Antwort. Sie sitzt im Schneidersitz auf dem Sofa, hält das volle Glas in der Hand, starrt ins Schwarze und lauscht. „Peter! Verdammt noch mal!“ Sie beugt sich vor, um das Glas auf den Tisch zu stellen. In der Dunkelheit stellt sie es auf die Tischkante, es stürzt hinunter und zersplittert auf den Fliesen. „Verdammte Scheiße!“ Jetzt kann sie mit ihren nackten Füßen nicht mal mehr aufstehen.

Horchen! An einem kaum spürbaren Hauch meint sie zu bemerken, dass die Zimmertür sich öffnet. Zu hören ist nichts. Sie atmet flach. Ihre Stimme ist heiser: „Peter?“ Sie wagt keine Bewegung. Die gekreuzten Beine beginnen zu schmerzen. Mit den verfluchten Splittern da unten kann sie noch nicht mal die Füße vom Sofa nehmen. Ihr ganzer Körper ist schweißnass. Zwischen den Schulterblättern läuft Kaltes nach unten. Jetzt riecht sie irgend etwas. Das ist nicht ihr Liebhaber, dessen Geruch kennt sie. Bloß nicht rühren! Dies kann nur ein Alptraum sein. Sie friert.

Oder macht die Angst ihr etwas vor? Das Knacken eben war jedenfalls ihr eigener Kiefer. Und Geruch ist bei einem Schweißausbruch kein Wunder. Eine erwachsene Frau, mit mehr Erfahrungen als die meisten anderen, und dann so etwas. Im Sicherungskasten des Flurs springt die Hauptsicherung heraus, vermutlich wegen des blöden neuen Fernsehers, und vor lauter Panik fürchtet sie sich in ihrem eigenen Haus. Dann fällt ihr eine ganz einfache Lösung ein.

Kollegen in Österreich haben mehrere Tage lang eine Riesenstory daraus gemacht. Eine Familie mit Kindern hatte sich bei einer Bergwanderung verirrt. Niemand wusste, wo die Wanderer waren. Die hatten zwar ein Handy, dessen Nummer auch vorbildlich beim Hüttenwirt hinterlegt war, aber entweder war der Akku des Handys leer oder dort, wo die Vermissten steckten, gab es kein Netz. Die Nacht brach herein, die Temperaturen am Berg stürzten in den Keller, die Lage wurde bedrohlich. Schließlich ortete eine Hubschrauberbesatzung die Familie: Der Akku war nicht leer, der Vater schwenkte das erleuchtete Display. Auf diese Lösung hätte sie auch schon vor zwei Minuten kommen können. Wenn man im Dunkel festsitzt, bietet ein Handy eine schiere Fülle von Licht. Ein Smartphone mit integrierter Kamera sogar Flutlicht. Und ihr Smartphone liegt unmittelbar vor ihr: Auf dem Tisch, zwischen der Tischkante, dem leerem Glas, der Champagnerflasche und der Blumenvase.

Sie streckt die linke Hand aus und beugt sich langsam vor. Zentimeterweise. Bloß nicht vom Sofa fallen! Endlich fühlt sie die Tischkante. Sie stützt sich ab. Jetzt mit der Rechten nach dem Handy greifen. Vorsicht, nicht noch mehr umwerfen! Dort ertastet sie das leere Glas des Mannes, dem sie noch heute den Laufpass geben wird. Wo bleibt der Penner überhaupt? Da steht die Champagnerflasche, die sie gleich leeren wird - wenn sie die Splitter weggeräumt und den Wichser gefeuert haben wird. Dort fühlt sie die Vase. Seine idiotischen Blumen wird sie auch entsorgen. Diese Gegenstände begrenzen die Fläche, in deren Mitte das Handy liegt. Sie tastet.

Die Fläche ist leer. Das Handy ist weg.

Eiskalter Schreck. Wie eine Sturmflut kommt die Panik. Zittern im Körper. Schmerzen in den Beinen. Krämpfe in den Muskeln. Ein Ziehen in Schultern und Rücken. Nicht atmen! Lauschen. Der Mund steht offen. Die Schultern kriechen hoch. Der Kopf drückt nach unten, sucht Schutz. Das Genick verkrampft. Rasender Herzschlag. Kribbeln auf den Unterarmen. In den Schläfen ein Pochen. Um sie herum Schwärze. Und dann – da! Da ist er!

Der knarrende Ton, den sie so hasst. Seitdem sie ihren Mann aus dem Haus hat, will sie diesen romantischen Stuss raus reißen und durch weiße Bodenfliesen ersetzen lassen. Als sie vor Herzchens Geburt das Haus komplett umbauen ließ, hat ihr Mann sie gezwungen, ein paar der alten Dielen liegen zu lassen, „damit die kleinen Füßchen merken, wie sich ein echter Holzboden anfühlt." Was für ein Schwachsinn! Seit Jahren wird sie, sobald sie darauf tritt, vom Knarren der armseligen Bretter genervt, die wie ein dunkler Streifen den weißen Fliesenboden begrenzen. Im oberen Flur, vor Herzchens Zimmertür. Irgendjemand ist gerade über diesen Streifen gegangen. „Hallo?" Nichts.

Jetzt ist alles scheißegal. Sie muss da hoch! Sofort! Vorsichtig stellt sie die Füße auf den Boden. Glasspitzen stechen in die Fußsohlen. Sie versucht, mit dem großen Zeh die Splitter zur Seite zu schieben. Aber da unten schwabbelt ein schmieriges Splitter-Champagner-Gemisch, gleichzeitig rutschig und klebrig. Egal. Sie steht auf, Glas schneidet tief in beide Fußsohlen, sie schreit, bricht zusammen, kriecht auf Händen und Knien. Splitter dringen in Handflächen und Beine. Mit blutigen Händen stemmt sie sich am Sofa hoch. Höllisch. Schmerzen in Füßen, Händen, Knien. Ihr Blut muss überall verschmiert sein. Wenn nachher das Licht wieder funktioniert, wird das Wohnzimmer grauenvoll aussehen. Wie nach einem Mord.

Die Treppe hoch! An der Stellung des Sofas versucht sie sich zu orientieren. Da ist endlich das Geländer. Jeder Schritt brennt wie Feuer. Von oben kommt ein merkwürdiges Poltern, ein Rumpeln. „Herzchen?" Nichts. „Herzchen!?" Kein Laut. Dann eine Veränderung: Es wird kälter. Luft sickert die Treppe herab. Außenluft. Was um Gottes Willen ist da oben los? Gleich hat sie es geschafft. Ist es hier heller? Ein Schimmer wird sichtbar, als fiele von außen Licht ins obere Stockwerk. Kann gar nicht sein, alle Jalousien sind geschlossen. Noch drei Stufen, endlich ist sie oben.

Im Flur kann man tatsächlich ein wenig sehen. Das Dunkel ist hier nicht schwarz, sondern grau. Die Luft ist kühl. Höllische Schmerzen unter den Füßen. Sie wimmert. Herzchens Zimmertür steht offen, dorther kommt der graue Schimmer. Unter ihr knarren die Dielenbretter. Warum ist ihr Scheißmann nicht bei seinem Kind geblieben? Dann wäre dies alles nicht passiert. Sie hält sich am Türrahmen fest. Im Zimmer ist es noch heller als im Flur, Straßenlicht und Nachtluft strömen herein. Das Fenster steht offen, die Jalousie ist halb hochgeschoben und mit Herzchens Stuhl festgeklemmt. Das Bett ist leer, der Kleiderschrank nach vorn gekippt. Was sie in den nächsten Minuten macht, weiß sie später nicht mehr. Vielleicht wird sie bewusstlos.

Vermutlich wurde sie das nicht, sagen später die beiden Beamten, die kurz nach Eingang des 110–Notrufs einer aufgeschreckten Nachbarin vor dem Haus aus dem Streifenwagen springen und den Mann auf dem Gartenweg erst einmal liegen lassen. Mit diesem riesigen Blutfleck auf seinem weißen Oberhemd, exakt in der Herzgegend, kann ihm sowieso nicht mehr geholfen werden. Aber dort oben müssen sie helfen, und zwar sofort. Innerhalb von vier Sekunden brechen sie die Haustür auf und stürmen mit gezogenen Waffen und strahlenden Magnumlampen nach oben in das Kinderzimmer, wo eine fast nackte, blutverschmierte und kreischende Frau sich unter der halb hochgeschobenen Jalousie weit aus dem offenen Fenster beugt. Vermutlich war sie auch vorher nicht bewusstlos, sagen die Beamten, denn ihr Blut sei ja bereits überall im Zimmer verschmiert gewesen, an den Wänden, dem umgekippten Kleiderschrank, den sonstigen Möbeln und der Bettwäsche. Hauptsächlich aber auf dem Kind, das bäuchlings auf dem Boden lag und dessen Beine unter dem Schrank eingeklemmt waren.

Die Pressesprecherin der Polizei erläutert am nächsten Morgen sinngemäß, dass KWs 'Bekannter' wohl nur zufällig dem Angreifer in die Quere geraten sei. Dies unerwartete Zusammentreffen auf dem Gartenweg habe der Täter jedoch kaltblütig gemeistert und sehr sinnvoll genutzt, denn das Eindringen ins Haus sei ihm durch den Türschlüssel des Erstochenen gewiss erleichtert worden. Im Haus habe der Täter übrigens nichts durchwühlt oder gestohlen. Einziger Zweck des Überfalls sei demnach der Mord an KWs Kind gewesen. Auf Nachfrage erklärt sie, ein Motiv für das unfassbare Verbrechen sei nicht erkennbar.

Potsdam

Am nächsten Tag schaltet Bleckwedel nach „NDR – aktuell“ ab und ist erschüttert. Entsetzliches Verbrechen, da hinten in Hamburg. Den

Liebhaber der Mutter erstochen, dem schlafenden Kind das Genick gebrochen und die Beinchen dann unter dem Schrank eingeklemmt. Welches kranke Hirn denkt sich denn *Derartiges* aus? Kein Wunder, dass die Frau in der Psychiatrie liegt. Bleckwedel überlegt, ob er sie dort besuchen solle, schließlich ist sie eine ihm bekannte Kollegin. KW, Kristina Wollau, früher Korrespondentin kleinerer Blätter, dann aufgefallen durch ihre groß vermarktete Hochzeit mit einem Senator, nach einer Serie über Sarajevo und den Balkan entdeckt worden. Ehe inzwischen gescheitert, aber im Beruf erfolgreich, jetzt Chefin des Bling-Bling-Ressorts eines privaten Fernsehsenders.

Er klappt den Laptop auf und gibt ihren Namen ein. Zahlreiche Artikel werden angeboten, und er beginnt zu lesen. Schließlich findet er die Serie über Sarajevo, mit der KWs Karriere ihren Anfang nahm. Und dann den Artikel, mit dem diese Serie begonnen hat. Ein dramatisch aufgemachter Augenzeugenbericht von einem Überfall auf eine Bauernfamilie, oberhalb von Sarajevo, in der Nacht des 11. September 2001, Nine/Eleven. Es hat zwei Tote gegeben, KW selbst hat nur knapp überlebt. Äußerst aufwühlend beschrieben. Hervorragend gemacht. Und sogar mit Fotos.

Bleckwedel mailt den Artikel in das Berliner UNHCR-Büro und ruft Eva an. Wenige Minuten später findet sie in den elektronischen Archiven der Vereinten Nationen eine dürre Meldung, die am 12. September 2001 ein finnischer Beamter der UNO aus Sarajevo an die Zentrale in New York gesandt hat, wo an diesem Tag alle Menschen vollauf mit einem ganz anderen Vorfall beschäftigt waren. Eva mailt diese Meldung auf Bleckwedels Laptop. Auch in der wird von zwei Toten berichtet. Ein Mann sei erschossen und ein Kind von einer Planierraupe überrollt worden. Knapp ist die Meldung und in kühlem Ton verfasst. Bleckwedel würde jede Wette eingehen, dass der Finne ein Polizist war. Der entscheidende Unterschied zwischen dem distanzierten Bericht des Beamten und dem aufwühlenden Artikel von KW liegt jedoch nicht im Stil, sondern im Inhalt.

Bleckwedel telefoniert erneut mit Eva. Auch ihr ist der Widerspruch aufgefallen, und sie bestärkt Bleckwedel in seiner Absicht: „Das sollten Sie unbedingt tun, und zwar sofort.“ Er steckt also sein funkelnagelneues Smartphone, ein Geschenk von Eva, in die Jackentasche und sagt: „Los! Marsch ins Auto!“ Außer „Marsch in die Küche“ ist dies das einzige Kommando, das Gerti sofort zu befolgen pflegt. Fünf Minuten später rollen beide in Richtung des Potsdamer Polizeipräsidiums. Dort erläutert Bleckwedel, welche Zusammenhänge seiner Meinung nach zwischen dem gestrigen Doppelmord in Hamburg und einem 15 Jahre zurückliegenden Vorfall auf dem Balkan bestehen könnten.

Erst am Abend fällt ihm ein, dass er noch etwas anderes tun sollte. Zunächst ruft er Mauro an. Der sitzt zu später Stunde im Viminale, Bleckwedel fragt nach der e-Mail-Adresse des Büros und kündigt an, dass dort gleich eine Mail mit drei Anhängen eingehen werde: Mit einem Zeitungsartikel und einem UNO-Bericht, beide aus dem Jahr 2001, betreffend einen Überfall bei Sarajevo; und einem aktuellen Beitrag, betreffend einen Doppelmord in Hamburg. Das Ministerium werde ja wohl einen Übersetzerdienst haben.

Anschließend ruft er in der Dienstwohnung am Eiffelturm an. Colette, charmant wie immer, berichtet das Neueste von der Rhône: die Lese dieses Jahres verspreche einen formidablen Trinkgenuss. Danach kommt Giscard an den Apparat. Interessiert hört er zu. Ja, sagt er dann, das sehe er auch so – es seien Zusammenhänge denkbar zwischen dem damaligen Vorgang bei Sarajevo und dem jetzigen in Hamburg. Morgen früh werde er sich mit Carola beraten.

Kein Leser von KWs ausführlichem Artikel konnte im September 2001 einen Widerspruch zu Berichten anderer Blätter erkennen, weil kein anderes Blatt überhaupt berichtete. Unmittelbar nach Nine/Eleven interessierte sich keine Redaktion für eine kleine Schlägerei bei Sarajevo. 3.000 Tote vor laufenden Kameras am hellichten Tag mitten in New York! Und zwei Tote in dunkler Nacht auf dem Balkan? Nun ja.

Nur KWs Artikel hatte es in die Zeitung geschafft, denn sie war Augenzeugin gewesen, hatte ihre eigene Todesangst beschrieben und dramatische Fotos geschossen. Aber vor allem hatte ihre Schilderung genau zur Flut der Berichte über Nine/Eleven und die mörderischen Vorgänge in New York und Washington gepasst. Bei der Übermittlung von KWs Report muss es nämlich ein kleines Versehen gegeben haben, falls nicht etwa die Korrespondentin absichtlich... Bleckwedel kennt sie gut genug, um ihr das zuzutrauen. An einem zweifelt er jedenfalls nicht: Wie auch immer der Fehler in KWs Artikel zustande gekommen sein mag – gestern, also 15 Jahre später, war er das Motiv für den Mord an KWs Kind.

Die dürre UNO-Meldung berichtet nämlich, der Zwischenfall sei von Serben, also Christen, ausgegangen, die auf dem Hof einer bosnischen, also islamischen Nachbarfamilie randaliert und dabei wohl versehentlich ein Kind überrollt hätten. Dessen Mutter habe in Notwehr einen der Angreifer niedergeschossen.

KWs dramatisch aufgemachte Fotostrecke aber schildert, wie Islamisten im Dunkel der Nacht einen christlichen Serben hinterrücks erschießen und dessen kleine Tochter mit einer Planierraupe überrollen. Das zeitliche Zusammentreffen mit den Angriffen in Amerika sei ein klarer Hinweis, dass auch hinter 'Sarajevo' Bin Laden und Al Qaida steckten. Damit sei der islamistische Terror in Europa angekommen.

Diese heiße Story war am Tag nach Nine/Eleven natürlich ganz groß herausgebracht und zum Startschuss einer beachtlichen Karriere geworden.

Ludwigslust, Mecklenburg-Vorpommern

Während der Eiszeit, in der zwischen Elbe und Oder die Einheitspartei der alten Männer herrschte, *musste* man auf der Fernstraße 5 fahren. Jedenfalls dann, wenn man von der 'Freien(!) und Hansestadt Hamburg' ohne den weiten Umweg über Hannover in die 'Selbständige Politische Einheit Westberlin' gelangen wollte. Die achsenbruchträchtige F 5, auf der seit Gründung der DDR nur jedes zehnte neue Schlagloch notdürftig verfüllt wurde, war der dafür vorgeschriebene Transitweg.

Besonders gern in winterlicher Dunkelheit, also wortwörtlich bei Nacht und Nebel, lauerte auf der F 5 die sogenannte Volkspolizei und setzte mit juristisch hoch interessanten Begründungen ahnungslose 'Bürger der BRD' fest: Zu schnell gefahren oder zu langsam gefahren – doch, auch das war verboten – oder falsch abgebogen oder gar nicht abgebogen oder rechtes Rücklicht verschmutzt. Oder zum Reinigen des rechten Rücklichts angehalten, was auf dem Transitweg besonders schwer verboten war, denn es hätte ja ein Republikflüchtling in den Kofferraum einsickern können.

Das Opfer, das gar nicht wusste, wie ihm geschah, weil es die eigene West-Polizei immer als 'Dein Freund und Helfer' erlebte, wurde dann in der nächsten VoPo-Dienststelle eingeliefert und von grau gekleideten Verhörspezialisten des Staatssicherheitsdienstes durch die Mangel gedreht. Zum Beispiel in Ludwigslust.

Das kleine Verhörzimmer, der große Schreibtisch, die grelle Tischlampe mit Metallschirm, dem Klassenfeind ins Gesicht gedreht wie in einem schäbigen Al Capone-Schinken, an der Wand das Fahndungsbild eines gewissen Erich, die ganze Dramatik des großen Stasi-Auftritts – das alles passte wie die Faust aufs Auge zum intellektuellen Tiefgang der Fragen: „Welche Farbe hat Ihr Fahrzeug?“

Nicht weiter schwierig für die Organe der Staatssicherheit, die Antwort des BRD-Bürgers auf diese für den Klassenkampf entscheidende Frage zu überprüfen, stand dessen Auto doch draußen im Hof und wurde scharf bewacht, damit es nicht etwa Republikflucht beging. Also besser bei der Wahrheit bleiben: „Rot!“ (Die Farbe der grauen Partei, hoffentlich hilft's). Nichts half, der Westler zappelte, bis es dämmerte, sowohl draußen wie den Stasileuten.

Erst wenn diesen Werktätigen klar wurde, dass es keine Verpflichtung zur informellen Mitarbeit bei der Sozialistischen Friedenssicherung geben werde, ließen sie das Opfer laufen, gegen Lösegeld. Offiziell hieß die Abzocke „Verwarnungsgebühr wegen Verstoßes gegen § 6 des Passgesetzes der DDR“, nämlich wegen Verlassens der vorgeschriebenen Transitstrecke durch Nicht-Abbiegen. Die Verwarnungsgebühr betrug 30 Mark. D-Mark, versteht sich. Dafür bekam der Autofahrer eine Quittung mit Stempel und Unterschrift. Merkten die Vertreter der 'Arbeiter- und Bauernmacht' überhaupt, dass sie selbst die Klasse bildeten, die zu bekämpfen sie vorgaben – die der Kleinbürger?

Ihre Leistung bestand aus der Anfertigung eines Protokolls, heute vermutlich irgendwo in den 150 Kilometern von Stasi-Akten vergraben, die das sich selbst befreiende Volk im Wendejahr 1989 vor den realsozialistischen Reißwölfen gerettet hat: Ein Westauto auf der F 5 ist nicht abgebogen. Und zwar ein rotes, auch das noch. Eine bewusste Provokation durch das kapitalistische Lager.

Heute *muss* man zwischen den freien Städten Hamburg und Berlin nicht mehr auf der Straße mit der Nummer 5 fahren. Man *sollte* es aber unbedingt einmal tun, weil die Bundesstraße 5 eine wunderbare, bestens ausgebaute, auf weiten Strecken von alten Alleebäumen gesäumte Straße in einer phantastischen, großräumigen Landschaft ist und durch schmucke Ortschaften führt. Zum Beispiel durch Ludwigslust.

Im dortigen Industriegelände an der Grabower Allee, so heißt die B 5 am südöstlichen Stadtrand, brummt es. Wie in vielen anderen Städtchen zeigt auch hier die Exportnation Bundesrepublik Deutschland, Abteilung Mittelstand, mit hohem Können und vollem Einsatz dem Globalisierungsmonster die Zähne. Hier stehen auch das große Produktions- und das kleinere Entwicklungs- und Verwaltungsgebäude der VRB.

Der VR von VRB, Volkmar Rüthe, Gründer und geschäftsführender Gesellschafter der 'VR Bau- und Spezialmaschinen GmbH', sitzt allein in seinem Chefbüro, wie so oft um diese Uhrzeit. Die Spätschicht ist weg, die riesige Produktionshalle dunkel. Das Großraumbüro hier im Entwicklungs- und Verwaltungstrakt ist leer und ebenfalls dunkel, abgesehen von ein paar nicht heruntergefahrenen Rechnern, auf denen die Bildschirmschoner ihre bunten Schlangenlinien konstruieren. Nur im Chefbüro brennt noch Licht, Rüthe sitzt wie so häufig über einem Angebot für einen guten Kunden in Russland. Wenn man den Schriftverkehr sorgfältig genug abfasst, passen auch in Sanktionszeiten die großen Maschinen der VRB durch kleine Lücken.

Das Licht im Büro brennt wieder, seitdem Chantal, wie sie sich nennt, vor 10 Minuten weggefahren ist. Die ruft er nur alle zwei, drei Wochen mal an, man wird ja älter und ruhiger. Sie kommt dann gern für ein halbes Stündchen in sein Büro gefahren, bei ihren Preisen kein Wunder, und für *ihre* Büroarbeit reicht das Licht aus, das von draußen hereinfällt. Ob seine Frau etwas ahnt, weiß er nicht, das interessiert ihn auch nicht weiter. Die war heute mal wieder in Schwerin. Zum Shopping, sagt sie immer. Sie kann froh sein, dass er mit seiner Firma die nötigen Mäuse ranschafft. Also was soll's, niemand weiß, wie lange man sich noch ohne Rollator bewegen kann, und Chantal ist besonders biegsam.

Nicht gerade biegsam, aber besonders beweglich sind die 'VR Bau- und Spezialmaschinen', und zwar wegen ihrer von der VRB entwickelten Schalt- und Lenkgetriebe, hinter deren Konstruktionsstand die Konkurrenz aus der Großindustrie stets um mehrere Jahre zurückhängt. Obwohl seine Frau eigentlich nicht mitkommen wollte und es monatelangen Zoff gegeben hat, ist es ein völlig richtiger Entschluss gewesen, die Firma aus Heilbronn in Baden-Württemberg nach Ludwigslust in Mecklenburg-Vorpommern zu verlagern. Hier gibt es mehr Platz und mehr Subventionen, hier sind die Mitarbeiter mindestens genau so qualifiziert, aber die Löhne niedriger, und hier erst konnte die VRB sich zu ihrer heutigen Größe entwickeln.

Der Mensch, der da draußen durch das dunkle Großraumbüro auf die offenstehende Tür des Chefzimmers zukommt, entwickelt keine Mühe, leise aufzutreten. Seine Schritte klacken energisch über den Fußboden. Wer, zum Teufel, kann das sein? Eine Stunde vor Mitternacht hat hier niemand etwas verloren. Hat Chantal etwa die Außentür nicht zugedrückt? Dann geht alles sehr schnell.

Der Mensch, der jetzt in der Bürotür auftaucht, wiegt offensichtlich nur halb so viel wie Rüthe und ist kein Besucher, sondern trägt einen schwarzen VRB-Overall mit dem goldfarbenen Firmenlogo, dazu eine schwarz-gold karierte Baseballkappe und schwarz-goldene Schutzhandschuhe, also die Montur, die seit ein paar Wochen von allen Mitarbeitern in der Produktion getragen wird. Schwarz und Gold, die Farben Baden-Württembergs, eine Idee von Wienke, seiner Frau. Gar nicht schlecht, finden alle.

Rüthe findet es merkwürdig, dass er sich nicht an das Gesicht des alten Mannes mit der Brille erinnern kann. So groß ist die Firma mit ihren gut 300 Leuten ja nicht. Er raunzt den Alten an: „Was gibt's jetzt noch?“

Sehr merkwürdig ist auch, dass der alte Mann nicht antwortet und nicht an der Bürotür stehen bleibt, sondern direkt auf den Schreibtisch zukommt. Je dichter er herankommt, desto mehr riecht es nach Kraftstoff. Offenbar arbeitet der Kerl an der firmeneigenen Tankstelle hinter der Produktionshalle. Morgen wird Rüthe da mal nach dem Rechten sehen. Jetzt erkennt er, dass das ihm unbekannte Gesicht des alten Mannes mit der randlosen Brille ihm deswegen unbekannt ist, weil es gar kein Gesicht ist. Vielmehr ist das eine Karnevalsmaske aus Gummi, die ihren Träger aussehen lässt wie einen alten Mann. Karneval ist längst vorbei, also was soll dieser Unsinn? Ist das etwa Wienke, die ihn mit Chantal erwischen wollte? Pech gehabt, schon alles vorbei, hier gibt's nur noch echte Büroarbeit zu bewundern. Er grinst, dabei steht immer sein Mund schief: „Na, Wienke, altes Mädel?" Der Strahl aus der Pfefferspraydose trifft ihn genau ins Gesicht.

Pfefferspray wirkt auf Schleimhäute wie das brennende Phosphorgemisch eines Flammenwerfers, das in Augen, Nase und Mund gespritzt wird. Rüthe stürzt mitsamt seinem Chefsessel auf den Rücken, sein Hinterkopf schlägt auf den Teppichboden, er hat das panische Gefühl, dass er beim nächsten Atemzug tot sein wird. Ist er aber nicht. Er sieht nichts und außer seinem eigenen Schreien, das ebenfalls schmerzt, hört er auch nichts. Er fühlt aber. Er fühlt, wie der Angreifer ihn auf den Bauch dreht und ihm mit Daumenschellen die Hände auf den Rücken fesselt. Daumenschellen sind etwas Ähnliches wie Handschellen, zwar kleiner, aber genau so wirksam, also effizienter. Todesangst befällt ihn, als der Angreifer ihm ein Pflaster auf den Mund klebt, das zum Atmen durch die Nase zwingt. Jedes Luftholen brennt wie Feuer. Zwei weitere Pflaster werden ihm über die schweinisch schmerzenden Augen geklebt. Es wird zwar nicht ganz dunkel, aber jetzt sieht er endgültig nichts mehr.

Dann trifft ihn ein Fußtritt in die Rippen, danach wird an seinen Haaren gezerrt, offenbar soll er aufstehen. Mühselig, die Hände auf den Rücken gefesselt, schnaufend und in das Pflaster hustend, kommt er mit Hilfe des an ihm zerrenden Angreifers auf die Beine. Am umgestürzten Stuhl vorbei wird er in Richtung Fenster gestoßen. Etwas Metallisches klappert gegen den Heizkörper unter dem Fenster, ein ratschendes Geräusch ist zu hören, er wird noch weiter in Richtung Wand gezogen, steht jetzt direkt am Fenster, das ratschende Geräusch wiederholt sich, und sein linkes Fußgelenk ist mittels einer Handschelle an den Heizkörper gefesselt. Er krümmt sich vor Schmerzen und hustet immer noch. Dann fühlt er, wie der Angreifer sich von ihm entfernt.

Rüthe hat Angst, aber nicht so viel, dass er nicht mehr klar denken könnte. Was soll das Ganze? Was will der Idiot? So schwachsinnig, anzunehmen, dass in einer Firma mit Millionenumsätzen irgendwelche Bargeldbeträge aufbewahrt würden, kann doch niemand sein. Also was zum Henker ist hier los?

Aha! Der Kerl durchwühlt Akten aus den Schränken hinter Rüthes Schreibtisch, das hört man jetzt. Papier raschelt, Ordner fallen zu Boden. Was sucht der Wirrkopf? Und was glaubt der wohl, wie Buchführung geht? Wozu sind denn die sauteuren Rechner in dem Großraumbüro da, Herr Arschloch? In den Aktenschränken stehen nur uralte Unterlagen aus der Zeit in Heilbronn, als noch nicht alles vernetzt war, schließlich will man ja irgendwann ein Firmenarchiv einrichten.

Jetzt reißt der doch tatsächlich Blätter raus, ist der verrückt geworden? Was wirklich merkwürdig ist: Der Geruch von Kraftstoff wird immer stärker. Rüthe merkt es sogar durch seine schmerzbrennende Nase. Woher kommt das? Wieder raschelt Papier, der Mensch stopft sich Blätter in die Taschen. Solch ein Idiot! Nach einer freundlichen Bitte hätte Frau Fränkli, die schon in Heilbronn im Vorzimmer saß und sich in den Altakten der Firma besser auskennt als Rüthe selbst, vielleicht Kopien des Gewünschten hergestellt.

Ist der Kerl womöglich trotz seiner Firmenkleidung gar nicht von der Firma? Von der Steuerfahndung ja wohl nicht, denn die ist immer ausgesucht höflich. Und von der Konkurrenz schon gar nicht, die wäre nämlich nicht so blöd, Altakten zu klauen.

Rüthe versucht, den angeketteten Fuß von der Heizung zu reißen. Lächerlich, jetzt schmerzt auch noch der Knöchel. Er dreht den Kopf hin und her und hustet wieder. Zu erkennen ist nur ein Helligkeitsunterschied, je nachdem, ob seine verklebten Augen nach rechts in das Büro oder nach links auf das Betriebsgelände vor den Fenstern gerichtet sind. Ihm bricht der Schweiß aus. Was macht der Kerl? Es riecht heftig nach Kraftstoff, kippt der etwa Benzin aus? Das kann eigentlich nicht sein, denn er hatte ja keinen Kanister dabei.

Da! Ein Klick. Der Mensch hat den Telefonhörer abgenommen, steht also an Rüthes Schreibtisch. Falls er irgend welche Kumpane herbeirufen will, wird er gleich einen Reinfall erleben, denn ohne Frau Fränkli im Vorzimmer läuft an dieser Telefonanlage gar nichts. Du musst dein eigenes Handy nehmen, Arschloch, und dadurch kriegen sie dich. Oder auch nicht; vier Tastentöne, dann das Freizeichen. Das

Arschloch wusste offenbar doch, mit welcher Tastenkombination es unter Umgehung des Vorzimmers ins Netz kommt. Jetzt hört das Freizeichen auf, der Mensch hat angefangen zu wählen. Nanu? Schon nach der dritten Taste hört Rüthe, wie der Ruf ankommt und es irgendwo tutet. Was für ein verdammter Anschluss kann das sein: Dreistellig? Die Stimme am anderen Ende klingt kalt und professionell, ihre Besitzerin ist bei jedem Anruf aufs Schlimmste gefasst: „Polizei Ludwigslust."

Der Kerl neben Rüthe spricht irgendwie stimmlos. Nur ein Zischeln wird hörbar. Das aber fährt dem Angeketteten wie ein Stromschlag in die Knochen. Jetzt spürt er wirkliche Panik. „Feuer bei VRB." Klick, wird der Hörer aufgelegt. Raus hier! Rüthe reißt mit dem angeketteten Bein an dem Heizkörper. Zwecklos. Es riecht nach Kraftstoff.

Der Eindringling muss jetzt hinter Rüthe stehen, denn dem wird plötzlich in die rechte Kniekehle getreten. Er bricht in die Knie, dann wirft ein Tritt gegen den Hinterkopf ihn auf den Bauch. Eine Hand fasst in sein Gesicht und reißt das Pflaster vor dem linken Auge weg. Das Auge tränt und schmerzt. Rüthe sieht schemenhaft links die Wand unter dem Heizkörper und, wenn er den Kopf dreht, rechts die Beine des Schreibtischs. Irgendwo in der Ferne heulen Sirenen, schaurig klingt das in der Nacht. Wieder ein Klick, im Chefbüro geht das Licht aus. Man hört Schritte. Eine Tür knallt zu. Stille im Gebäude. Dunkelheit.

Er ist allein. Es riecht nach Benzin. Es ist mühsam, hoch zu kommen. Schließlich, die gefesselten Hände und den Rücken an den Heizkörper pressend, schafft er es. Mit dem tränenden linken Auge schaut er hinaus. Im kalten Schein der Neonlampen liegt das Betriebsgelände. Keine Bewegung ist zu sehen.

Inzwischen werden an der Feuerwache ja wohl die ersten Männer und Frauen eintreffen. Man wird kommen und ihn losmachen. Frau Fränkli wird morgen prüfen, welche Aktenblätter geklaut worden sind. Die Schlösser müssen ausgewechselt, die Fenster vergittert, Alarmanlagen installiert werden. Ein Wachdienst muss engagiert werden. Das Ganze hätte schlimmer ausgehen können. Langsam beruhigt er sich. Der Sirenenlärm in der Ferne erstirbt. Dann sieht er es.

In der Produktionshalle leuchtet hinter den Glasflächen etwas Helles auf. Gelb und rot, ein Flackern, züngelnd, Schlangen von Licht, sich windend wie auf den Bildschirmen im Büro, aber riesig, aggressiv, fressend, hochschlagend. Ein Knall! Glas der Hallenwand fliegt heraus, die Scheibe des Bürofensters vor seinem Gesicht zittert, ölig schwarze Rauchschwaden wabern aus der Halle, mit einem Schlag steht das gesamte Gebäude in Flammen. Das Schwein mit der Gummimaske muss Unmengen von Treibstoff aus der Tankstelle in die Produktionshalle gepumpt haben. Womöglich fliegt gleich die ganze Tankstelle in die Luft. Und was zum Teufel ist das da? Bewegt sich etwa die Betonmauer? Irgend etwas im Innern des brennenden Gebäudes bricht ein lastwagengroßes Loch in die Hallenwand. Was dann zum Vorschein kommt, ist schauerlich.

Die Halle ist 100 Meter vom Verwaltungstrakt entfernt. Hier ist genug Platz, und man muss an die Zukunft denken und an künftige Erweiterungsbauten. Über diese 100 Meter kommt es heran. Durch die Wand der brennenden Halle und jetzt über das fahl beleuchtete Firmengelände nähert sich ein in Flammen gehülltes Monster. Noch 90 Meter.

Rüthe versucht zu schreien. Wimmern wird hörbar. Ein Hustenanfall bringt ihn fast um. Als der vorbei ist, starrt Rüthe wieder nach draußen. Das Monster ist vielleicht noch 80 Meter entfernt, es brennt lichterloh und kommt auf ihn zu, langsam, zielsicher, als könne es ihn sehen. Noch 70 Meter.

Da brennt VRB 520 und kommt heran. Die Planierraupe mit dem modernsten Getriebe der Welt. 29 Tonnen, 520 PS. Das Ungeheuer mit dem Räumschild aus Chromnickelstahl, dem Kettenfahrwerk und der Spezialübersetzung von VRB kann geradeaus durch einen Hochwald fahren. Und durch jede Wand. Und wenn es bei Nacht brennend auf einen Menschen zukommt, der am Weglaufen gehindert wird, kann es sein Opfer um den Verstand bringen. Eigentlich hätte es morgen nach Russland ausgeliefert werden sollen. Stattdessen geht es jetzt auf seinen Erbauer los. Noch 60 Meter.

Rüthe an seinem Erdgeschossfenster sieht nur sein stählernes, brennendes Geschöpf, das ihn gleich töten wird. Anderes nimmt er nicht mehr wahr. Doch! Er hört die Martinshörner. Er sieht die Blaulichter. Sie kommen. Da sind sie! Vorweg ein Polizeiwagen. Eine Frau und ein Mann springen heraus. Noch 50 Meter.

Jetzt eine Sturzflut. Kommandowagen, Tanklöschfahrzeuge, Schlauchwagen, Drehleiterwagen, Flutlichtträger, Generatorwagen, Notarztwagen, Rettungswagen. Die ganze Palette marschiert auf. Kein Geschrei. Kein Durcheinander. Eine hoch trainierte Lösch- und Rettungstruppe rückt an, selbstbewusste Profis, obwohl sie gar nicht von einer Berufsfeuerwehr kommen. Männer und Frauen der Freiwilligen Feuerwehr Ludwigslust und der Ortsteilwehren Techentin, Hornkaten, Kummer, Glaisin. Handwerker, Bürosachbearbeiter, Verwaltungsangestellte, Brötchenverkäuferinnen, Versicherungsvertreter. Wagen vom DRK und vom ASB. Die Feuerwehr Techentin weiß, wo auf seinem Betriebsgelände die Hydranten stehen. Schon werden Schläuche angeschlagen. PKW bringen jetzt Unordnung in die Aktion, Zeitungsleute treffen ein und die ersten verfluchten Gaffer; man möchte doch gern bei YouTube einstellen, wie toll es gebrannt hat. Am besten wirkt das immer, wenn auch Menschen verbrannt sind. Noch 40 Meter.

Hilfe! Er will schreien, aber es geht nicht. Er schlägt mit der Stirn gegen die Fensterscheibe, wieder und wieder. Schließlich zersplittert sie, es schmerzt höllisch, das Glas schneidet ihm die Stirn auf. Wie das blutet, weiß jeder, der nur einmal einen Boxkampf gesehen hat. Wenn draußen endlich, endlich, endlich jemand in seine Richtung schauen würde, könnte der einen Geist sehen. Ein blutüberströmtes, im Flammenschein hin- und herzuckendes, einäugiges Gespenstergesicht vor dem Hintergrund eines schwarzen Fensters. Er selbst sieht nur noch Schemen. Plötzlich wird es grellhell, vom Flutlichtwagen richtet sich ein Halogenstrahl auf ihn. Geschrei geht los, übertönt das Prasseln der Flammen und den Lärm ungezählter Motoren. Noch 30 Meter.

Ein Erstickungsanfall quält ihn, klebrig weißer Schaum sprüht durch das zersplitterte Fenster, als sich eine Löschkanone weg von der lohenden Halle auf die brennende Raupe richtet, die in Richtung des Fensters mit dem zuckenden Gespenst rollt. Schwarzgekleidete Menschen mit weißen Helmen rennen hinter der Raupe her. In der Ferne hört man einen näher kommenden Hubschrauber. Das Monster vor Rüthes Fenster wird immer größer. Noch 20 Meter.

Geschrei. Motorenlärm. Kompressorheulen. Blaulichter. Gejohle. Scheinwerfer. Lodern. Prasseln. Wabern. Brandgeruch. Megaphonbefehle. Hubschrauberlärm. Auf der nun weißen Planierraupe klettert ein Mann herum. Wenn der sich mit Maschinen nicht auskennt, wird Rüthe binnen Sekunden tot sein. Noch 10 Meter.

Die Außenmauer bricht auf. Brocken poltern herein. Durch die Wand schiebt sich die Kante des Räumschilds. Der Heizkörper wird umgerissen. Wasser schießt hoch. Noch ein Meter. Das Monster steht, der Feuerwehrmann kennt sich wohl mit Maschinen aus. Rüthe guckt an seiner Hose hinunter und beschließt zu behaupten, das sei Heizungswasser.

Die VRB wird lange kein Getriebe mehr herstellen, ihre in- und ausländischen Konkurrenten können sich klammheimlich die Hände reiben. Noch während die Brandwache des Löschzuges Techentin auf dem Betriebsgelände steht, fordert eine Landtagsabgeordnete, die seit 26 Jahren auf jede nicht rechtzeitig abgeschaltete Fernsehkamera zusteuert, die EU müsse das Einschleppen turbokapitalistischer Mafiamethoden nach Mecklenburg-Vorpommern unterbinden und sowieso am besten abgeschafft werden.

Potsdam

Gegen Mittag des folgenden Tages arbeitet Bleckwedel bereits seit Stunden an Kapitel XVIII seines Afghanistan-Buches, als Eva anruft: „Haben Sie es schon gehört?" Nein, sagt er, so genau habe er es noch nicht gehört. „Okay, soll ich noch einmal anrufen, wenn Sie aufgestanden sind?" „Eva, meine Liebe, ich arbeite!" „Dann unterbrechen Sie das jetzt für etwas Sinnvolles" – er hätte vielleicht nicht 'meine Liebe' sagen sollen – „und lesen als erstes auf Taz.Net den Bericht 'Mafia in Mecklenburg'. Wissen Sie schon, wie man im Netz so etwas findet?" „Eva!"

„Zweitens knöpfen Sie sich noch einmal den alten Zeitungsartikel aus Sarajevo vor, Sie wissen schon, den von Ihrer Freundin, dieser KW, und darin eines von den Fotos. Nämlich das mit der Planierraupe, unter der das arme Mädchen gestorben ist. Achten Sie auf das Schild an der Fahrertür der Raupe! Dann fahren Sie drittens zur Polizei und erklären dort die Zusammenhänge zwischen erstens und zweitens. Soweit klar?“ „Jawohl!“

„Wenn Sie das erledigt haben, bringen Sie viertens Ihren Konfirmationsanzug in die Reinigung. Ihnen wird nämlich das Bundesverdienstkreuz verliehen werden; unser Bundespräsident, der gar nicht meiner ist, weil ich ja einen König habe, stammt bekanntlich aus Rostock und nicht aus Hamburg, wo man Orden ablehnt.“

Bleckwedel erledigt Punkte Eins bis Drei wie ihm geheißen und nimmt ins Präsidium einen vergrößerten Ausschnitt des Fotos mit. Wegen des Kamerablitzes wurde die schwarze Schrift auf dem Schild der Fahrertür zwar vom Widerschein des goldfarbenen Untergrunds überstrahlt, aber er konnte sie am Computer wieder lesbar machen: 'VR Bau- und Spezialmaschinen GmbH Heilbronn'.

Statt des Punktes vier, Anzug in Reinigung bringen, schickt er eine WhatsApp an Colette. Giscard ruft zurück und hört voller Interesse zu. Sie können offen sprechen, denn es geht nicht mehr um Geheimdiensterkenntnisse, sondern um Vorgänge, über die man in den Zeitungen liest. Sind die tatsächlich der private Rachefeldzug, den Bleckwedels Tochter Carola, die Psychologin der DCRI, erwartet hat? Giscard fragt: „Was sagt denn eure Polizei zu dieser Vermutung?“ „Die haben gesagt, da könne etwas dran sein. Sie werden es weiterleiten. Und was meint ihr?“ „Dass du ein bisschen vorsichtig sein musst.“ „Ich? Warum?“ „Nun, Carola erklärt, in Vorgänge, für die man so viel Interesse zeige, lasse man sich leicht immer tiefer hineinziehen. Und ich sage: Das kann verdammt gefährlich werden!“

Rostock, Mecklenburg-Vorpommern

Die 200.000 Einwohner von Rostock haben es gut getroffen. Ihre Hansestadt ist ein Schmuckstück, der Hafen ein boomender Wirtschaftsfaktor und die Ostsee ein gewinnbringender Handelsraum, aber auch ein lockendes Freizeitrevier. Und außerdem ist Rostock die Heimat des Bundespräsidenten. Also alles bestens.

Beim Kreuzfahrtterminal erkennt man schon am Namen des in Glas und Stahl schwingenden Abfertigungsgebäudes 'Warnemünde Cruise Center', wie echt amerikanisch hier alles ist, denn auf Englisch würde es ja 'Centre' heißen. Am Fährterminal mit den großen Hochseefähren, von denen Autos, Wohnwagen und Sattelzüge nach Gedser, Trälleborg, Gdingen und Helsinki befördert werden, läuft den ganzen Tag der Betrieb. Ebenso am Stückgutterminal, wo gerade die Blätter einer Offshore-Windkraftanlage an den Haken der Portalkräne hängen. Im Stützpunkt 'Hohe Düne' liegen Korvetten, Flugkörperschnellboote und Trossschiffe der Marine neben Wachbooten der Bundespolizei. Auf der Neptun-Werft fliegen die Funken der Schweißgeräte. Und im Yachthafen dümpeln zahlreiche Motor- und Segelboote aller Größen.

In dem etwas abseits gelegenen Ölhafen Rostock-Peez mit seinen großen Tanklagern, hinter denen nur noch der kleine Chemieanleger kommt, geht es ruhiger zu. Touristenfamilien findet man hier nicht, und bei Nacht ist die Gegend sogar völlig ausgestorben. Kühl ist es auch, besonders heute, in der Nacht vom dritten auf den vierten September mit ihrer leichten Nordostbrise. Genau gesagt ist es sogar verdammt kalt, am 04.09.2016 um 03:10 Uhr im Ölhafen von Rostock–Peez.

Wladimir wird langsam wütend. Wo bleibt der dämliche Schwarzarsch? Seit zehn Minuten ist der schon überfällig. Wenn sie endlich zurück an Bord kommen, wird Glawnji Insjener ihnen die Hölle heiß machen. Der bildet sich 'ne Menge drauf ein, dass er früher mal auf Atom-Ubooten gefahren ist. Das behauptet er jedenfalls, dass er da drauf gefahren sei. Aber so viele Atom-Uboote gibt es jetzt nicht mehr, und auf der rostigen 'Wladiwostok' hat er nur einen altersschwachen Schiffsdiesel unter sich und ist bloß ein blöder Obermaschinist, aber bestimmt kein Glawnji Insjener, Chefingenieur. Er soll sich also nicht so aufblasen. Andererseits zahlt er gut und mit Dollars. Aber auch mit anderen Vergünstigungen, wenn sie mal länger als ein paar Stunden in einem Hafen liegen, in dem er die entsprechenden Häuser kennt. Falls einer von der Besatzung jemals rauskriegen sollte, was Wladimir und Igor so alles für ihn erledigen, sind sie Fischfutter, sagt er immer.

Der Schwarzarsch sollte jetzt wirklich aufkreuzen, verflucht noch mal. Die 'Wladiwostok' wird um vier Uhr auslaufen, und weil der aufgeblasene Chefingenieur natürlich dem Kapitän kaum erzählen wird, dass er zwei Männer aus dem Maschinenraum mit Schmuggelware an Land geschickt hat, lässt der Tanker sie womöglich hier zurück. In einem fremden Land. In der Kälte. Ohne Papiere. Ohne Geld. Aber mit dem zugenähten Seesack. Was da drin ist, wissen sie nicht. Als Wladimirs Kumpel Igor den Chefingenieur einmal nach dem Inhalt einer 'Lieferung' gefragt hat, war er anschließend ein Fall für den Schiffssanitäter. Besonders schwer ist das Ding heute nicht, vielleicht 10 Kilo. Aber es ist ein wenig unhandlich, bestimmt anderthalb Meter lang.

Wenn nun der Abholer gar nicht kommt, sie den Trumm in dem verschnürten und vernähten Seesack wieder mit an Bord schleppen müssen und jemand sie dabei sieht, was sollen sie dann sagen? Wenn sie *ohne* den Seesack zurück kommen und jemand sie beobachtet, können sie einfach behaupten, sie hätten vor dem Auslaufen noch schnell eine Camel reingezogen. Im Maschinenraum eines Tankers wird das ja nicht so gern gesehen.

Verdammt dunkel hier. Die 'Wladiwostok' mit ihren schwach erleuchteten Aufbauten ist das einzige Schiff im Ölhafen, man sieht sie in einiger Entfernung an der Pier liegen. Und es wird immer frischer in diesem leichten Wind, der einem mit der Zeit auf den Sack geht. Aus dieser Entfernung wirkt die verrostete 'Wladiwostok' wie ein Stückchen Wärme und Licht und Mütterchen Russland. Hier aber, am Zaun des Treibstofflagers zwischen Ölhafen und Chemieanleger, ist alles Derjmo, Scheiße.

Sie dürfen noch nicht mal eine Zigarette anzünden, hat Glawnji Insjener gesagt, sondern alles muss ganz geheim ablaufen, noch geheimer als sonst, denn heute ist die Ware extrem heiß. Das könnte ihnen völlig egal sein, aber wenn der etwa vom Schiff aus herglotzt und sie rauchen doch eine, liegt vielleicht nachher wieder einer im Schiffslazarett, weil er 'den Niedergang zum Maschinenraum runtergestürzt' ist. Das hat Glawnji Insjener damals dem Kapitän erzählt, nachdem er Igor halb tot geschlagen hatte. Also besser nicht rauchen.

Igor fummelt plötzlich an seiner Hose rum. „Was machst du denn da?“ „Pissen, was sonst.“ „Spinnst du? Bei dem Wind sprüht das Zeug bis auf den Seesack! Schon mal was von Lee gehört? So was will Seemann sein. Hau bloß ab!“ Igor verzieht sich.

Wladimir lauscht ins Dunkle. Obwohl man nichts Bestimmtes hören kann, hört man irgendwie doch eine Menge. Das Grundrauschen der großen Stadt. Die Geräusche des Hafens, der auch bei Nacht nicht zur Ruhe kommt. Die Pumpen in den Tankanlagen hinter dem Zaun. Die Ventilatoren in den Luftansaughutzen der 'Wladiwostok'. Das Nebelhorn eines Schiffs weit draußen auf der nächtlichen Ostsee, ein ganz tiefer, hohler Ton, wie von einem großen verletzten Tier. Unheimlich! Wer weiß, was da draußen los ist. Irgendwo in der Nähe das Tuckern eines Bootsmotors, ganz leise, schließlich verstummend. Später ein Plumpsen, wohl weil die Brise auffrischt und von einem der Bäume ein Ast runterkommt, oder irgend so was.

Für Wladimir ist die Ostsee vor allem der Weg nach St. Petersburg, zu Irina, und er hat jetzt die Schnauze voll. Er wird hinter diese Buschgruppe gehen, wo man ihn vom Schiff aus nicht sehen kann, und sich eine Camel reinziehen. Und wenn Igor endlich mit seiner Pisserei fertig ist, dann können Glawnji Insjener und der Schwarzarsch sie mal kreuzweise. Dann gehen sie zurück an Bord und nehmen die Lieferung wieder mit.

Gedacht, getan: Hinter die Büsche, Schachtel raus, Schachtel auf, Zigarette raus, Zigarette in den Mund, Schachtel zu, Schachtel in die Jackentasche, wo ist dies Feuerzeug, das Irina ihm geschenkt hat, amerikanisch, ein Zippo, brennt mit Benzin, sehr praktisch, man braucht keine Gasdinger mehr zu kaufen, funktioniert immer, sogar bei Sturm, vielleicht auch unter Wasser, den Amis ist alles zuzutrauen, aha, diesmal in der rechten Hosentasche, hoch damit vor die Zigarette, aufklappen, Daumen ans Rädchen, ratsch, es funkt, die Flamme brennt! Im Schein der Flamme sieht er es.

Der Schreck fährt ihm durch alle Glieder. Entsetzt zieht er die Luft ein. Das Zippo fällt zu Boden. Die Flamme brennt weiter. Der Mund öffnet sich. Ein Schrei kommt nicht. Die Zigarette klebt an der Unterlippe. Zwei Armlängen vor ihm schimmert ein bleiches Gesicht.

Keiner darf das jemals erfahren, besonders Igor nicht! Wladimir, Seemann der ruhmreichen Handelsflotte, Maschinist, Tankerfahrer, Schwarzhändler, ein ganzer Kerl, als Mann sehr stark, sagt nicht nur Irina, und die kennt sich mit Männern aus, alles schon gesehen, viermal um den Globus, wird vor Schreck fast bewusstlos, nur weil der Schwarzarsch auftaucht, auf den er seit 15 Minuten hier wartet. Dem wird er gleich in die Eier treten. Gewachsen ist er dem locker, der ist ja eher schmächtig. Und auf der Nase hat der eine Brille, das muss man sich mal vorstellen! So ein beschissener Leichtmatrose.

Wladimir hebt das Zippo auf, zündet die Camel an und bläst dem Schwarzarsch den Rauch ins Gesicht: „Was hast du hier zu suchen, Schwarzarsch?“ Die Sache entwickelt sich etwas mühsam, denn der Schwarzarsch kann nur wenig Russisch und Wladimir nicht allzu viel Englisch. „Ich bin dein Kunde. Wo ist mein Paket?“ „Liegt da. Wo ist die zweite Hälfte von dem Geld?“ „An Bord.“ „Was?“ „An Bord, bist du taub?“ „Auf der Wladiwostok?“ „Wie sollte *das* denn gehen? Du säufst zu viel von eurem billigen Wodka. Glaubst du, dass ich mit dem Bus hier bin? Hast du den Bootsmotor nicht gehört?“ Die Stimme passt überhaupt nicht zu der schmächtigen Gestalt. Sie ist ganz leise, aber fest und kalt, als würde der Kerl immer nur rumbefehlen. Ein Bootsmotor? Wladimir erinnert sich jetzt an das Tuckern. „Wo ist das Ding?“ „Am Kai festgemacht. Kannst du erst sehen, wenn du an der Kante stehst.“ Bei diesem Satz erwacht in Wladimir ein leises Misstrauen.

Falls der da etwa von ihm verlangen sollte, die Lieferung zum Boot zu tragen, wird er auf keinen Fall bis an die Kante gehen. Wer weiß, vielleicht steht da unten im Boot einer mit der Knarre in der Hand und wartet auf den ersten Kopf, der von oben runterglotzt. Oder es gibt plötzlich eine kleine Havarie von achtern. Jeden Tag strampeln irgendwo auf der Welt in Hafenbecken Leute, die da gar nicht rein wollten. Er übernimmt vorsichtshalber die Initiative und erklärt dem Schwarzarsch, wo es langgeht. Es kann auch nichts schaden, dem gleich klarzumachen, wer hier in der Überzahl ist: „Wir warten jetzt auf meinen Kumpel, und dann gehst du mit dem zu deinem tollen Kahn und bringst mir die Moneten her. Danach kannst du dein beschissenes Paket mitnehmen. Normalerweise hat man das Geld gleich dabei, merk dir das fürs nächste Mal, Schwarzarsch!“ „Dein Kumpel kommt nicht mehr.“

Scheiße! Er hätte unbedingt ein Fischmesser einstecken müssen oder mindestens einen Schraubenzieher. Igor hat so was immer griffbereit. „Was?“ „Wie, was?“ „Was soll das heißen, Schwarzarsch. Warum kommt der nicht mehr?“ „Was weiß denn ich. Guck doch selbst!“ Die Gestalt weist auf die Zaunecke. Wladimir ist jetzt wütend auf beide, auf Igor und auf den schmächtigen Schwarzarsch. „Rühr' dich nicht von der Stelle. Und lass die Pfoten von dem Seesack!“ Er dreht sich um und geht los. An der Zaunecke wird er durch die Büsche gucken und womöglich Igor sehen, wie der in Richtung Schiff läuft.

Zuzutrauen ist dem Idioten, dass er vor lauter Angst, die 'Wladiwostok' könne ohne ihn ablegen, seinen besten Kumpel im Stich lässt. Den wird er nachher grün und blau schlagen. Schon vor Monaten hat er dem Glawnji Insjener gesagt, dass er bei den Lieferungen allein gehen will, ohne Igor. Der Chef hat gelacht und geantwortet: „Nie was von Lenin gehört? 'Vertrauen ist gut, Kontrolle ist besser'!" Und dann hat er noch gesagt: „Und du glaubst, dass die Abnehmer immer so nett sein werden, wie ich es bin? Ist es nicht viel sicherer, den alten Messerstecher dabei zu haben?" Igor hat nämlich mal ein paar Wochen in einem Wolgograder Knast verbracht, nachdem er so blöd gewesen war, ein mit seinen Fingerabdrücken geschmücktes Messer im Bauch eines Mannes stecken zu lassen, der tot auf der Straße lag. Und nach dieser Bemerkung hat der Chef wieder gelacht, der Idiot. Auch dem wird Wladimir nachher den Marsch blasen. Vielleicht steigt er sogar ganz aus dem Geschäft aus, denn auf Dauer ist das nicht ungefährlich, mit solchen Typen Handel zu treiben. Er kann sich ja auch selbständig machen, Irina wird ihm dabei helfen, die kann ganz gut Englisch. Französisch kann sie noch besser, doch das ist ein ganz anderes Thema.

Er kommt an die Zaunecke und guckt. Der Kai und die Pier sind nur schwach beleuchtet, trotzdem könnte man jeden sehen, der dort etwa geht. Auf dem Kai geht jedoch niemand und auf der Pier auch nicht. Aber am Zaun liegt einer. „Igor!?" Da war doch vorhin so ein Plumpsen, ist dem vielleicht beim Pissen schlecht geworden?

Als Wladimir mit seinen Gedanken so weit ist, wird es völlig dunkel – die Tüte muss aus schwarzem Plastik sein. Er fährt herum und schlägt noch in der Drehung seinen gefürchteten rechten Aufwärtshaken, der dem bebrillten Schwarzarsch den Kiefer zertrümmern und vermutlich das Genick brechen wird. Das geht absolut flüssig, aus der Bewegung heraus. Ein Ablauf folgt dem anderen: Hoch auf die Fußballen, dann Beindrehung, Hüfte, Oberkörper, Ausfallschritt rechts, gleichzeitig Haken, eine halbe Sekunde für das Ganze, gelernt ist gelernt, boxerisch macht ihm keiner was vor. Nicht zufällig rufen die Männer an Bord ihn 'Klitsch', obwohl der gar kein Russe ist, sondern bloß ein blöder Ukrainer. Den dürren Kerl hier wird er totschlagen, dann das Geld vom Boot holen, und dann sieht man weiter. Vielleicht ist es doch kein schlechter Gedanke, in Germanija zu bleiben, mal sehen, wie viel Geld das ist. Außerdem hat er ja das Ding in dem Seesack. Keine Ahnung, was das sein kann, aber flüssig machen kann man es immer. Und dann hat er genug Moneten, um Irina nachzuholen, denn um die Nächte mit ihr wäre es sonst schade. Leider geht der rechte Haken aber ins Leere.

Und bei der Drehung hat sich die Schlinge der Tüte zugezogen. Das hat der Schwarzarsch vorher gewusst, nicht schlecht! Den Trick will Wladimir sich merken. Jetzt aber erstmal Ausfallschritt links und aus der Hüfte heraus eine schulmäßige linke Gerade, Faust in der Schlagbewegung nach rechts drehen, das wirkt immer wie ein Atombombeneinschlag, dem Kerl werden mindestens zwei Rippen brechen. Nur, dass der da nicht steht. Wirklich zu blöd, aber der Schwarzarsch ist eine feige Sau.

Wladimir hat noch immer keine Angst, aber dies kleine Problem, dass alles dunkel ist und er keine Luft kriegt. Er will die Schlinge aufmachen, aber im Genick ist ein verfluchter Scheißknoten oder so was. Ein Atemzug geht noch, beim Ausatmen kommt ja immer wieder Luft in die Plastiktüte, allerdings verbrauchte. Jetzt wird ihm schummrig. Er will sich nur kurz am Zaun festhalten.

In den Oberarmen hat der Schwarzarsch es ja nicht besonders, aber zwischen den Ohren, und schnell ist er auch. Als Wladimir der Gedanke kommt, dass sich in einen Plastiksack vielleicht mit den Fingernägeln ein Luftloch reißen lässt, sind seine riesigen Pranken schon am Maschendraht festgemacht. Mittels sauberer Webleinsteks, Seemannsknoten, wie man sie in einem Überseehafen erwarten darf. Mit aller Kraft reißt er daran: Sinnlos. Er hört seinen eigenen Puls, als wäre er nach einem schnellen Lauf atemlos. Den Atem los ist er ja tatsächlich. Panik schießt hoch. Er will schreien, aber das geht nicht mehr. Er glaubt, sein Schädel platze. Beim Versuch, Luft zu holen, die es nicht gibt, fühlt er die Lungenflügel hochkommen wie Handschuhfinger, die nach außen gedreht werden. Er sieht Blitze. Im Kopf kreischt es. Wild reißt er an den Knoten. Dann bricht er zusammen, hängt am Zaun, heftig zucken die Beine. In den Ohren hört er noch ein Tuckern. Ein Bootsmotor? Oder sein Puls?

Schließlich ist alles wieder still, im Ölhafen von Rostock-Peetz. Es ist 03:15 Uhr.

Rostock

Die Nachrichtenlage am nächsten Morgen ist eher dürftig. Zwei tote und auch sonst ungepflegt wirkende Männer sind in einem abgelegenen Teil des Hafengeländes gefunden worden – nun ja. Keine Ausweispapiere, natürlich nicht. Den Umständen nach Drogenhändler oder ähnliche Typen. Jedenfalls kleine Fische, das sieht man schon an der Bekleidung. Ein Streit, der wohl ein bisschen eskaliert ist. Niemand außer der Polizei interessiert sich wirklich. Manche Bürger, die in den Frühnachrichten die kurze Meldung hören, denken sogar, dass eine Eskalation mit solchen Folgen ja auch Vorteile habe. Das ist natürlich politisch absolut nicht korrekt, und daher wird keiner es laut sagen.

Bleckwedels Interesse erwacht, als er in den NDR-Nachrichten hört, zur vermutlichen Tatzeit habe ein russisches Schiff in der Nähe gelegen, sei aber ausgelaufen, bevor ein Mitarbeiter der Tanklagergesellschaft die Leichen entdeckt habe. Er blättert deswegen online in der Rubrik „Rostock und Umgebung“ der OSTSEE–Zeitung. Die Polizei, so steht dort, habe mitgeteilt, am Tatort gebe es Spuren von drei Personen. Auch steht da, einer der Toten sei einem Stich ins Herz erlegen, von vorn geführt, professionell, offenbar mit einer langen und sehr schmalen Klinge. Das erinnert Bleckwedel an den Special Forces-Soldaten in Kabul, aus dessen Auge der Griff eines Stiletts ragte, aber auch an das Gespräch mit seinem Freund Mauro über den erstochenen 'Dottore' an Bord von CP 302 im Mittelmeer.

Das andere Opfer, so schreibt die OSTSEE-Zeitung, sei in einer Plastiktüte erstickt worden, der Täter müsse also ziemlich kaltblütig sein. Und im Bodenbewuchs könne die Polizei Spuren eines dort abgelegten Gegenstands nachweisen, etwa anderthalb Meter lang und vielleicht 12 Kilopond schwer, also durchaus ein 'Trumm'. Auch diese Einzelheiten erinnern Bleckwedel an sein Gespräch mit Mauro. Wer sich ein Trumm nach Rostock liefern lassen kann, braucht es nicht in Libyen auf ein überfülltes Flüchtlingsboot zu hieven.

Telefonisch informiert er Mauro und Giscard, dass er an die Ostsee reisen werde, weil es dort in doppelter Hinsicht nach einem großen Kaliber rieche. Giscard betrachtet die Vorgänge der letzten Tage kühl und mit französisch geschliffener Logik. Die Bemerkung seines deutschen Freundes empfindet er als ziemlich ungeschliffen. „Geh lieber in Deckung, statt dich mit einem großen Kaliber einzulassen!" „Wieso?" „Weil Carola das gesagt hat, wie ich dir bereits mitteilte." „Aber warum denn, um Himmels Willen?" „Weil du nur ein unbewaffneter und in der Bewältigung von Gefahrensituationen unbedarfter Zivilist bist." „So etwas sagt meine Tochter?" „Nein, das sage ich." „Rede keinen Unsinn! Du weißt doch, was ich früher war!" „Ja, früher! Mit 100 Fallschirmjägern um sich herum kann jeder dicke Backen machen. Aber jetzt bist Du allein. Also hör mir mal zu!" Es wird ernst.

„Alle Dienste auf beiden Seiten des Atlantiks, die mit dieser Angelegenheit befasst sind, stimmen darin überein, dass der Mann mit dem komischen Namen Brillenkobra eine Ausnahmeerscheinung ist. Wie sagtest du soeben? Ein großes Kaliber! Und was Al Qaida anrichten kann, wissen seit Nine/Eleven sämtliche Bewohner dieses Planeten. Die halbe Welt jagt diesen Kerl, und Du stocherst in einer extrem gefährlichen Sache herum. Finden wirst du ihn natürlich nicht, aber wenn du so weitermachst, wird er *dich* finden. Und zwar völlig überraschend. Du bist wirklich in Gefahr! Das müsste doch sogar ein Germane verstehen können, oder, mon ami?" Bleckwedel ist betroffen.

Umstimmen lässt er sich jedoch nicht, und unmittelbar nach dem Gespräch packt er. Diesmal eines von den kleinen Rollköfferchen, denn er wird in ein großes Hotel ziehen, wo viele Menschen solche Köfferchen hinter sich her ziehen. Diese lärmende Rollerei empfindet er zwar als affig, denn ein Mann wird ja wohl noch einen Koffer tragen können, aber Giscards Warnung gibt ihm doch zu denken, und manchmal ist es einfach klüger, das zu tun, was der Mainstream tut. Er bucht online; es funktioniert – das muss er unbedingt Eva erzählen. „Marsch in's Auto!" Gerti reist in Richtung Rostock.

Es ist schon Nachmittag, als der Alfa am Hotel vorfährt, einem sozialistischen Architektursaurier in Form einer hochkant stehenden Schachtel, der aus irgend einem Grund noch nicht weggesprengt worden ist. Hund und Herrchen marschieren hinein, und innen ist die Schachtel völlig okay. Das Personal ist nicht nur okay, sondern prima.

Hier kann man es sich gutgehen lassen, sofern man eine goldene Kreditkarte hat und nicht den Saurier von außen betrachten muss, weil man am Ostseestrand liegt. Aber Bleckwedel interessiert sich mehr für Leute, die im Ölhafen liegen. Dorthin fährt er nach dem Einchecken. Die Fahrt ist lang, er muss durch den Warnow-Tunnel, aber das Hotel ist nun mal das größte, bettenzahlmäßig. Und nach Giscards Bemerkung möchte er doch lieber unauffällig dort wohnen, wo viele andere auch wohnen.

Seine Befürchtung, gar nicht an den Tatort gelangen zu können, erweist sich als unbegründet. Weder die Straße „Zum Tanklager" noch die von ihr abbiegende Straße „Zum Ölhafen" sind gesperrt. Alles, was für Tatortuntersuchung und Leichentransport aufmarschiert war, ist längst wieder abgerückt. Bleckwedel parkt und nimmt Gerti an die Leine, dann gehen beide los. Gerti braucht jetzt Bewegung, denn sie wird heute Nacht, ausgerüstet mit Körbchen, Decke und Babyphone, auf dem Rücksitz des Alfa schlafen. 25 Euro knöpft das schachtelförmige Hotel einem kleinen Dackel ab, nicht pro Monat, sondern pro Nacht. Wofür, zum Teufel? Und auch das schlichte Abstellen des kleinen Autos auf dem nicht überdachten Parkplatz kostet schweres Geld. Daher werden Gerti und der Alfa sich die Kosten teilen und gemeinsam übernachten, basta. Man kann nicht über den angeblichen Teuro jammern, die Abzockerei durch milliardenschwere und steuersubventionierte Hotelketten aber unbedarft mitmachen.

An der Ölpier liegt ein Tanker. Am Heck stehen dessen Name, 'Athen', und der Name des angeblichen Heimathafens, 'Monrovia'. Aha, ein weiterer Steuervermeider. Bleckwedel spaziert an dem liberianischen Griechen vorbei und sieht sich aufmerksam um. Im Gebüsch neben dem Tanklager flattern ein paar vergessene Fetzen rotweißen Absperrbandes, dort also war es. Alles andere ist weggeräumt, nichts Auffälliges mehr zu sehen. Auch Gerti, obwohl sie mit der Nase am Boden eifrig umherzerrt, findet zu ihrem Leidwesen nichts, und noch vor Einbruch der Dämmerung fahren beide in die Stadt. Dort gibt es viele Lokale, in denen man preiswerter essen kann als in der Schachtel. Gerti darf kostenlos hinein und bekommt ein Schälchen mit Wasser, fast wie in Spörrles Gasthaus, aber ohne Wildschweinschwarte. Gegen 22:00 Uhr sind Hund und Auto geparkt und Bleckwedel ist im Hotel.

Die Ausplünderung von Dackeln ist die eine Sache und der Blick aus der Bar im obersten Stock eine ganz andere. Bleckwedel sitzt an einem der Panoramafenster und schlürft von dem sündhaft teuren Weißwein, der nicht von Colette stammen kann, weil die so etwas nicht verkaufen würde. Er schaut auf die dunkle Ostsee und die erleuchteten Schiffe, wunderbar. Außerdem telefoniert er mit Eva, noch wunderbarer. Komplett fantástico wäre es, sagt er, wenn sie hier wäre. Sie antwortet, beim nächsten Mal könne er sie ja vielleicht *vor* einer Reise anrufen, dann werde sie sich das Mitkommen überlegen, allerdings dürfe er dann nicht so schlürfen wie eben. Diese Aussicht ist noch besser als die aus dem Panoramafenster, und sein Herz macht einen kleinen Satz. Er werde ja sowieso morgen nach Haus fahren, ob sie dann nicht sofort eine kleine gemeinsame Reise antreten könnten? Sie erinnert ihn, dass in drei Tagen bereits eine kleine gemeinsame Reise geplant sei. Er hat nämlich zugesagt, sie nach Schönefeld zu bringen. Dort wird seit langer Zeit ein Wunder erwartet: Die Verwandlung einer Bauruine, für die selbstverständlich niemand Verantwortung trägt, in den Großflughafen Berlin-Brandenburg. Während des Wartens auf dies Wunder ist es erfreulich, dass wenigstens der benachbarte ehemalige DDR-Regierungsflugplatz noch funktioniert und von verschiedenen Ferienflieger-Airlines bedient wird. Von dort will Eva nach Madrid fliegen, um den Geburtstag ihrer Mutter zu feiern.

Das ist die Dame, für die Bleckwedel einen Statuswechsel plant. Der geplante neue Status für die Mutter von Eva ist der der Schwiegermutter von Bleckwedel. Da dieser Wechsel aber noch nicht in trockenen Tüchern ist, wird Bleckwedel gut beraten sein, die einzige Tochter seiner künftigen Schwiegermutter bei ihrer Rückkehr auch wieder abzuholen. Deswegen wird er nicht die Bonner Ukraine-Konferenz besuchen können, und in solcher Art hängt alles miteinander zusammen. Kaum ist eine Stunde vergangen, trennen sich die beiden, aber nicht ohne die Verabredung, heute noch einmal zu telefonieren. Wer zuerst ins Bett geht, ruft an.

Bevor beide auflegen, sagt sie noch: „Geert?“ „Hm?“ „Wenn ich Ihre Abenteuerstory richtig verstehe, haben Sie bis zum Einbruch der Dunkelheit in einer einsamen Hafengegend den Tatort eines Doppelmords abgesucht, während der Täter frei herum läuft. Finden Sie nicht selbst, dass das unüberlegt war?" „Keine Sorge! Ich hatte meinen Jagdhund dabei." Durchs Telefon meint er zu sehen, wie sie beim Gedanken an Gerti lächelt. „Seien Sie man lieber vorsichtig!" „Schon klar."

Während er noch nachsinnt, ob Evas letzte Bemerkung etwa mit zwei Satzzeichen gemeint war: „Seien Sie, mein Lieber, vorsichtig", sieht er ihn kommen. Bis zum Aufschlag vergeht keine halbe Sekunde. Eine Abwehr oder ein Ausweichen sind unmöglich. Treffer! Er spürt nichts, aber er sieht, wie Blutrot sich ausbreitet.

Die Ursache schwebt in einem konisch geformten Glas zwischen dezent lackierten Fingernägeln anderthalb Meter über dem Parkettboden. Bleckwedel hat den Tropfen fallen sehen, nachdem der über den Glasrand geschwappt war. Wäre es ein trockener Martini, so blieben die Folgen unsichtbar, es ist aber ein roter, und daher hat seine graue Hose jetzt einen blutroten Fleck innen und ziemlich hoch auf dem rechten Oberschenkel. Der Dame, die beim Passieren von Bleckwedels Tisch vielleicht durch den Anblick eines auslaufenden Kreuzfahrtschiffs abgelenkt wurde, scheint die Angelegenheit angemessen peinlich zu sein. Sie entschuldigt sich höflich. Bleckwedel steht auf, wie es sich gehört, und wehrt ebenso höflich ab.

Dann gibt es ein kleines Hin und Her, und als der Zwischenfall die Aufmerksamkeit von Gästen an Nachbartischen auf sich zieht, sagt die Dame mit gesenkter Stimme: „Wir stehen hier wohl auf einer Bühne. Ich werde also gleich an Ihrer befleckten Hose reiben, damit das Publikum auf seine Kosten kommt." Er lacht und fragt, ob sie ihn nicht lieber im Sitzen reiben möchte.

Das Alter einer Frau zu schätzen ist schwierig, welcher Mann wüsste das nicht. Bleckwedel schätzt trotzdem und kommt zu dem Ergebnis, dass seine Zufallsbekanntschaft jünger sein dürfte als Eva. Aber da ist eine Andeutung von Fältchen an den Mundwinkeln: Die Unbekümmertheit der Jugend ist vergangen.

Schwarze Haare in modischem Kurzschnitt, das gefällt ihm. Dichte schwarze Wimpern und absolut faszinierende Augen; das linke ist irgendwie anders als das rechte, dadurch wird das völlige Ebenmaß des Gesichts betont. Kleine Grübchen, das wirkt immer anziehend.

Perlweiße Zähne. Natur oder Labor? Egal, sehen toll aus, besonders bei einem so netten Lächeln. Ein Hauch von Lippenstift, nur dem Kundigen erkennbar. An den Ohrläppchen kleine goldene Clips. Dünner weißer Rollkragenpulli, wohl Kaschmir, prachtvoll in Form. Eine halblange Kette dunkelblauer Steine mit Goldeinschlüssen: Lapis Lazuli. Dieser Halbedelstein aus Afghanistan passt gut zu der weinroten Kostümjacke, die, natürlich nur in der Farbe, seinem Alfa ähnelt. Zu der Jacke passend ein dunkler Rock, schmal und knielang. Ein einzelner Ring: Gold, kleiner Lapis. Ehering? Kann sein, oder auch nicht. Soweit er vorhin beim Aufstehen erkennen konnte, höchst sehenswerte Beine. Unterm Strich ein Anblick, nach dem mann sich umsieht. Da ist jedoch etwas, das Bleckwedel seltsam vorkommt.

Es stimmt, das linke Auge ist irgendwie anders als das rechte, aber da ist noch etwas: Die Augen hinter den randlosen Brillengläsern lächeln nicht mit. Sie sind – ja, wie eigentlich? Starr? Nein, das trifft es nicht. Sphinxartig? Auch nicht, die Augen der Sphinx haben keine Farbe. Wie ein Bergsee? Oh Gott, echt schwülstig. Kalt? Das ist es: Die faszinierend unterschiedlichen Augen lächeln nicht mit und sind kalt.

Die Dame hört zu, meist ernst, manchmal schmunzelnd, von Zeit zu Zeit nickend, und sie spricht selten. Ihre Stimme ist leise und hat einen kleinen Akzent, den Bleckwedel nicht einordnen kann. Ihre Augen erinnern ihn an irgend wen, aber trotz allen Bemühens fällt ihm nicht ein, wer das sein könnte.

Er spricht über dies und das und auch über sein neues Smartphone: „Ein Geschenk von...“ Rechtzeitig bricht er ab. „Ja? Von ...?“ „Hm, ein Geschenk eben.“ Sie hilft ihm über die kleine Verlegenheit hinweg und zeigt ihr Xperia vor. „Wie bitte?“ „Xperia, ein wasserdichtes Handy von Sony.“ „Wasserdichtes Handy?“ Ja, sagt sie, sei heute doch fast Standard, und aus den Hotelpools komme manchmal eine Ladung herüber bis zu den Liegestühlen, aber das sei ja in Ordnung, Kinderbeinchen müssten toben können. Einmal spricht sie kurz über Musik. Sie habe nämlich in Rostock ein Instrument abgeholt. Dies Thema wendet er aber schnell ab, denn er möchte nicht, dass die kultivierte Dame von seinem Musikgeschmack den Eindruck gewinne, den Giscard schon hat.

Lieber spricht er über Liebe. Sie findet wohl, dass dies ein gefährliches Thema sei, denn kühl fragt sie nach seiner Ehefrau. Er antwortet, das Leben entwickele sich nicht immer so, wie man es geplant habe. Das sei leider wahr, stimmt sie zu; demnächst werde sich in ihrer Familie ein Trauerfall jähren. Er fragt ganz vorsichtig, und sie antwortet ganz leise: Eine tragische Geschichte, sie wolle darüber nicht reden. Das versteht er gut und spricht von Schicksalsschlägen und ihrer Überwindung. Dabei könnten am besten echte Freunde helfen, sagt er und nestelt am Hemdkragen. Er zeigt ihr das Medaillon mit dem Breslauer Rathaus. Ausführlich schildert er die Tragik im Leben der beiden Nachbarvölker, schwärmt von der Aussöhnung zwischen Deutschen und Polen und erzählt von seiner wunderbaren Freundschaft mit Andrzej und Kazimiera.

Diese Geschichte von Hass und Versöhnung bringt wohl etwas zum Klingen, denn die junge Frau sucht vergeblich nach einem Taschentuch, akzeptiert schließlich seines und putzt ihre Nase. Dann entschuldigt sie sich, lächelt und steckt sein Taschentuch ein. Zum ersten Mal lächeln ihre Augen ein wenig mit, und er hat den Eindruck, dass sie nicht mehr völlig kalt sind. Plötzlich glaubt er auch zu wissen, an wen sie ihn erinnern.

Eva und er haben das Original, wenn man so sagen darf, mehrfach auf der Berliner Museumsinsel bewundert. Die wunderschöne Frau mit den unterschiedlichen Augen, die Pharaonin, deren uralte, vor 3.300 Jahren geschaffene Büste seit 100 Jahren in Berlin steht, jetzt wieder im Neuen Museum, dem von David Chipperfield aus Kriegsruinen sehenswert rekonstruierten August-Stüler-Bau.

Nachdem es passiert ist, wissen beide nicht genau, wie es dazu kommen konnte: Vielleicht hat es etwas mit Weißwein und rotem Martini zu tun, jedenfalls ist plötzlich das Du da. Als sie es merken, finden beide das völlig in Ordnung; so, als würden sie sich schon lange kennen. Sie tauschen Telefonnummern aus, und er speichert ihre sofort in seinem Handy. Nach einem weiteren Weißwein traut er sich auch zu zeigen, unter welchem Namen er die Nummer abgelegt hat: 'Nofretete'. Sie wird tatsächlich ein wenig rot: „Nofretete! Solch eine schöne Frau.“ „Ja, eben! Die schönste der Welt.“ Noch ein Glas, und er rückt mit seiner Adresse heraus. Weißwein und roter Martini tun ihre Wirkung, es knistert heftig. Bleckwedels Physikunterricht liegt

Jahrzehnte zurück, aber plötzlich kommt ihm der Begriff 'Ladungsausgleich' in den Sinn. Endlich schließt die Bar, und sie gehen gemeinsam.

Nofretete begleitet ihn auf seinem Kontrollgang und späht mit ihm durch die Seitenscheibe des Alfa. Beide freuen sich. Gerti liegt auf dem Rücken, schnarcht in ihr Babyphone und kann nicht umkippen, weil die krummen Beinchen sich gegen die Lehne stemmen. Nofretete sieht Bleckwedel an, ihre Augen wirken nun ganz warm. Er will etwas sagen, aber ein Finger legt sich auf seinen Mund, lang und schmal: „Pst!“ Schweigend gehen sie über den nächtlichen Platz zurück ins Hotel.

Am Fahrstuhl steht sie dicht neben ihm. Ihr Parfum ist nur ein Hauch. Oder duftet hier gar kein Parfum, sondern ihr Körper? Der Fahrstuhl kommt, lautlos gleitet die Tür zur Seite. Beide treten ein, sie drückt den Knopf des siebten Stockwerks und sagt leise: „723.“ Er wohnt im neunten Stock, drückt aber nicht. Die Tür schließt sich. Nofretetes Duft ist berauschend, ihr Anblick hinreißend. Sie nimmt die Brille ab und steckt sie in die Jackentasche. Die unterschiedlichen Augen nageln ihn fest. Der Fahrstuhl fährt los. Ihre linke Hand berührt seine rechte. Er packt zu. Die Welle spült beide fort. Ein Feuersturm verzehrt den Fahrstuhl. Das Universum ist eine leere Unendlichkeit.

Der Aufzug hält. Die Tür gleitet zur Seite. Tür, Aufzug und Universum warten. Die Zeit steht.

Pling! Irgendwo in dem großen Hotel hat jemand einen Fahrstuhl gerufen. Bleckwedel schreckt auf und lässt los. Nofretete tritt zurück in die Lichtschranke. Beide halten den Atem an. Bleckwedel hört in den Ohren seinen Herzschlag. Die Entscheidung muss hier und jetzt fallen. Beide fassen gleichzeitig denselben Entschluss. „Gute Nacht!“ Nofretete tritt rückwärts in den Flur. Bleckwedel drückt auf den Knopf des neunten Stocks. Während die Tür sich schließt, rufen beide gleichzeitig. „Wunderschöner Abend!“

Noch im Fahrstuhl zerrt er das Handy aus der Tasche. Oben rennt er durch den Flur. Krachend schlägt die Zimmertür zu. Im ersten Klingelton hebt Eva ab. Beim Klang ihrer Stimme durchströmt ihn das Gefühl, aus schwarzen Strudeln an eine helle Oberfläche zu kommen. Tief atmet er ein. Jetzt erst riecht er den Duft und sieht den Strauß. Eva fragt, ob das Hotel die von ihr georderten Blumen in sein Zimmer gestellt habe. Er stellt eine Gegenfrage. Viel zu hastig und zu drängend, zu laut und zu heftig, eher fordernd als bittend. Danach sind beide für ein paar Sekunden ganz still. Dann sagt sie, auf Anraten ihres Vaters nehme sie Heiratsanträge nur persönlich entgegen und nicht telefonisch.

Knallharte Ablehnungen hören sich anders an – wenn das kein Fortschritt ist! Befriedigt geht er unter die Dusche und dann zu Bett. Alles, was ein Mann tagsüber mit sich herumschleppt, in Jacken- und Hosentaschen, auf der Nase, an Hemdmanschetten, am Ringfinger und um den Hals, heute allerdings ohne Taschentuch, legt er dort ab, wo es bei jedem Mann nachts immer liegt, also auf dem Nachttisch. Am dichtesten neben dem Bett liegt das Handy, wie stets, seit er Eva kennt. Daneben Kazimieras Breslauer Medaillon.

Er träumt eigentlich nie, doch es gibt Ausnahmen. Heute träumt er von Schwiegermüttern und von Menschen, die durch Pfeilschüsse getötet werden, also zusammenhangloses Zeug. Da! Ein Geräusch. Das Sirren eines Pfeils? Oder ein Atemzug, ganz nah? Er wird nicht völlig wach. Etwas hat ihn berührt, oder nicht? Im Zimmer ist es dunkel. Er lauscht, hört aber nichts mehr. Wunderbarer Duft! Die Blumen? Nein, irgendwie anders. Schließlich schläft er wieder ein, und jetzt träumt er von ihr.

Morgens beim Rasieren entdeckt er auf seinem Mund eine Spur von Lippenstift. Das wundert ihn, weil er doch vor dem Schlafengehen geduscht hat. Aber er denkt nicht darüber nach, warum auch. Im Hotelrestaurant, wo das Frühstück, sofern man es denn einnimmt, mit dem stolzen Preis einer Dackelübernachtung zu Buch schlägt, befragt er das Mädchen am Pult hinsichtlich des Zimmers 723. Nach einem Blick in die Abhakliste wird ihm mitgeteilt, der Herr oder die Dame von 723 habe bereits gefrühstückt. Ohne Nofretete zu essen, hat er keine Lust, und der mit Gertis Hilfe in der Nacht angehäufte Sparbetrag verdoppelt sich.

Beim Check-Out bekommt er außer der Rechnung einen Umschlag mit dem Logo des Hotels. Er reißt ihn auf. In dem Umschlag steckt ein Briefbogen mit einer flüssigen, selbstbewussten Handschrift. 'Liebster Geert, die Nacht hat sich völlig anders entwickelt, als ich sie geplant hatte. Du hast mir unendlich viel gegeben. Dein Gott behüte Dich. N.' Dahinter ein Kussmund, kaum sichtbar, ganz wenig Lippenstift. Von dem geht ein Duft aus wie ein dunkler Hauch von Traum und Rausch.

Als er es schließlich merkt, fasst er so schnell zu, dass der Alfa beinahe von der A 19 in die Böschung rast. Der Wagen schlingert heftig, bei über 200 Sachen. Gerti guckt und wundert sich. Bleckwedel ist fassungslos. Das darf auf keinen Fall wahr sein!

Doch: Es ist weg! Wie konnte *das* denn passieren? Er vergisst sonst nie etwas, na ja, fast nie. Handy her! Wo ist das verdammte Handy? Da, Gerti sitzt drauf. Er pfeift auf das Verbot, ohne Freisprecheinrichtung zu telefonieren; als dies Auto gebaut wurde, gab es noch nicht einmal das Wort dafür. Er muss sofort anrufen, dies ist ein verdammter Notfall. Also los, Gerti, Po hoch, Handy her! Aber woher soll er die Nummer kriegen? Natürlich von der Rechnung, die steckt jedoch in dem affigen Rollkoffer, und der liegt im Kofferraum. Vollgas! Wo bleibt der nächste Parkplatz?

Die Dame an der Rezeption versteht sofort. So etwas kommt in großen Hotels alle Tage vor. Ein Boy fährt in den neunten Stock. Endlose Minuten später ruft die Rezeption zurück. Das Zimmer ist von drei Raumpflegerinnen gründlich auf den Kopf gestellt worden, aber leider wurde nichts gefunden. Ja, in solchen Fällen wird immer in sämtliche Schubladen geschaut. Aber selbstverständlich wurde unter das Bett geguckt. Nein, im Badezimmer war auch nichts. Weil Sie uns ein so werter Gast sind, Herr Bleckwedel, wurde nicht nur der Inhalt des Staubsaugerbeutels ausgeleert und überprüft, sondern in der Hotelwäscherei die gesamte Bettwäsche des neunten Stocks untersucht - aber leider wurde auch dabei außer dem Üblichen nichts gefunden. Wie bitte?

„Also, werter Herr Bleckwedel, bei aller Hochachtung, aber das dürfen Sie noch nicht einmal *denken.* So etwas mag es anderswo ja geben, aber in unserem Hause ganz bestimmt nicht, ich darf doch wohl bitten!“ Sie kann also im Augenblick nicht helfen, das bedauert sie sehr. Aber sie hat eine Notiz in das Computersystem eingegeben, und falls das Vergessene gefunden werden sollte, wird das Hotel sich sofort bei ihm melden.

Ob man denn die freudige Nachricht auch übermitteln dürfe, falls nicht er selbst am Telefon sein sollte, sondern die Frau Gemahlin?

Bleckwedel ist Lutheraner, aber nun kann nur noch ein Katholik helfen: „Heiliger Antonius! Wo ist Kazimieras Medaillon mit dem Giebel des Rathauses von Breslau-Wroclaw?"

A 113 vor Schönefeld, Brandenburg

Langsam rollt der Alfa auf der A 113 in Richtung Schönefeld. Leider hat sich dort noch immer kein Wunder ereignet, weswegen unverändert der alte DDR-Flughafen betrieben werden muss. Man sollte den Aufsichtsratsvorsitz der Flughafengesellschaft endlich einem echten Kerl anvertrauen, der die nötige Durchschlagskraft mitbringt; zum Beispiel Wladimir Klitschko.

Vorhin hat doch tatsächlich ein BMW beim Überholen gehupt. Gerti auf dem Rücksitz hat indigniert zurückgebellt. Hätte der BMW-Fahrer auf dem Weg zum Flugplatz eine Frau wie Eva an seiner Seite, würde auch er ganz langsam fahren und den Abschied hinauszögern. Plötzlich lächelt Eva: „Geert?" „Hm?" „Ich komme doch wieder!" Danach fährt Bleckwedel schneller.

Er tröstet sich mit dem Kalender. 2016 ist ein Schaltjahr. Sonst wäre Eva schon gestern abgeflogen. Und da dieser Kalender von einem Papst eingeführt worden ist, verdankt der Lutheraner Bleckwedel dem Oberhaupt der Katholiken, dass sie noch da ist. Praktische Ökumene, wie sie sein soll! Diesen Gedanken teilt er der neben ihm sitzenden Katholikin mit, damit auch sie sich freut. Die Augen mit der Kribbelfarbe schauen ihn an. Er hält das Lenkrad des Alfa Romeo. Wieso eigentlich Romeo? Die Sache zwischen Eva und ihm wird nicht tragisch enden. Das Lenkrad ist aus poliertem Holz und fühlt sich warm an und rund und fest. Bleckwedels Augen sind auf die Fahrbahn gerichtet und seine Gedanken auf was auch immer. Es kribbelt. Eva lächelt. Vielleicht kann sie Gedanken lesen, das muss er noch herausfinden.

Er klingt knurrig: „Ich wünsche Ihnen bei Ihren Eltern viel Vergnügen. Und Heimweh. Ich warte am Flughafen." Jetzt lacht sie, das perlt immer so, nicht nur in den Ohren. „Wirklich lieb von Ihnen.

Aber in der Zwischenzeit fahren Sie gefälligst nach Haus, weil Sie sonst auf der Rückfahrt komisch riechen werden." Untersagt die Straßenverkehrsordnung eigentlich das Küssen während der Fahrt? Dabei kann man ja auch in Fahrzeugen ohne Freisprecheinrichtung die Hände am Lenkrad lassen. Er nimmt sich vor, dies Thema bei der Rückfahrt anzuschneiden. Jetzt noch nicht, sonst erzählt sie das nachher seiner Schwiegermutter.

„Boris hat übrigens erzählt, dass Tatjana zum ersten Mal allein fliegen wird, und zwar nach Moskau zu seiner Schwiegermutter, also ihrer Oma." „Boris? Tatjana?" „Ja, Professor Boris Achramowitsch, den kennen Sie doch: Der nette russische Sozialwissenschaftler in meinem Büro. Tatjana ist seine kleine Tochter." „Aber hat denn der Amalienhof jetzt Ferien?" Ha! Welch ein geschickter Schachzug! Damit hat er die Scharte ausgewetzt, nicht sofort zu wissen, wer dieser Boris ist. Auf die 'Internationale Schule Amalienhof' in Berlin gehen Kinder von mehreren Mitarbeitern aus Evas UNHCR-Büro, wie er sich erinnert. Sie klopft anerkennend auf seine rechte Schulter. Ein Ritterschlag, das ist ja noch nie passiert! Bis sie wiederkommt, wird er mit dem Kopf auf dieser Windjacke schlafen. „So ist es. Dienstag fliegt die Kleine ab. Sie sei schon total aufgeregt, sagt ihr Vater. Das kann ich gut verstehen. So ein niedliches kleines Mädchen!"

Bleckwedel wird aufmerksam. Er nimmt sich vor, darauf zu achten, ob Eva künftig öfter das Thema 'niedliche kleine Kinder' anschneiden wird.

Zunächst aber gibt es Aktuelleres. Sie wird in einer Stunde abfliegen, und er möchte unbedingt noch etwas sagen, das sie mitnehmen kann. Etwas mit Tiefgang, aber auch locker. Ernsthaft, aber auch fröhlich. Überzeugend, aber keinesfalls unter Druck setzend. Kurz, er will unbedingt etwas wirklich Tolles in die Welt setzen, also auf keinen Fall einen vierten Heiratsantrag. Angestrengt denkt er nach, der Flughafen ist schon ganz nah, und die Zeit wird knapp. Wenn beide erst im Terminal stehen, das Gepäck aufgeben, noch einen Kaffee trinken, Gerti an der Leine zerrt und Menschen um sie herum wimmeln, wird es zu spät sein. Plötzlich sagt sie: „Geert?" „Hm?" „Ich weiß es doch schon!"

Wenig später stehen sie im Terminal, geben das Gepäck auf, trinken noch einen Kaffee, Gerti zerrt an der Leine und Menschen wimmeln um sie herum. Schließlich warten sie vor der Sicherheitsschleuse. Mit der Linken hält Eva ihre Bordkarte und mit der Rechten seine Linke. Ihm ist warm, am Septembertag liegt das nicht. Plötzlich passiert es.

Sie stellt sich auf die Zehenspitzen und küsst ihn. Lange. Fordernd. Drängend. Gigantisches Gefühl. Alles an ihm strebt zum Himmel. Als er endlich zupacken will, geht sie los. Hinter der Schleuse dreht sie sich um und winkt.

Dann ist sie weg.

Er rührt sich nicht von dem Fleck, von dem aus er sie zuletzt gesehen hat. Dort behindern er und Gerti die vor der Schleuse anstehenden Reisenden. Schließlich nähern sich zwei Mitarbeiter der Flughafen-Security und fragen ihn, ob sein Dackel da auf etwas Bestimmtes warte.

Berlin, Bundestag

Sein Leben empfindet er als durchaus privilegiert. Lukas-Kevin Hindermann-Schaffnitzer LLB, Jurist mit einem interessanten Beruf, einer gut aussehenden Frau, einer Tochter auf der Uni, einem großen Auto und zwei kleinen, jährlich einem Sommerurlaub am Meer und einem Skiurlaub im Gebirge und neuerdings sogar mit einem eigenen Haus im Speckgürtel der Hauptstadt. Das Gehalt als wissenschaftlicher Mitarbeiter einer Bundestagsabgeordneten hatte dies alles nicht ganz hergegeben. Und deswegen war es höchst erfreulich gewesen, dass in der Planungsphase seines Eigenheimprojekts eine Baufirma an ihn herangetreten war und ihm ein Angebot unterbreitet hatte, das abzulehnen eine Dummheit gewesen wäre. Man schätze sich glücklich, hatte eine Firmenvertreterin gesagt, dem wichtigsten Mitarbeiter einer wirtschaftsfreundlichen Abgeordneten besonders weit entgegen kommen zu können.

Kurze Zeit nach dem Einzug in das neue Haus hatte ihn dann jemand kontaktiert, in englischer Sprache und per e-Mail. Man habe gelegentlich Interesse an dieser oder jener kleinen Information und werde ihm daher künftig von Zeit zu Zeit eine simple Frage stellen. Falls er darin etwa ein Problem sehen sollte, könnte bei der Presse eventuell ein Hinweis auf die bemerkenswerten Konditionen seines Grundstückskaufs und Hausbaus eingehen, worüber seine Abgeordnete, deren Partei und der Sicherheitsdienst des Bundestags vermutlich nicht erfreut wären. Die Fragen werde man übrigens durch das Medium der Financial Times übermitteln, denn das Internet sei ja doch sehr unsicher. Per Mail werde nur ein Codewort eingehen, das ihm bedeuten werde, eine Frage warte auf Abholung.

Ihm war gar nichts anderes übrig geblieben, als mitzuspielen. Ein Mann mit einer bürgerlichen Existenz ist extrem verwundbar, wenn er eine der Stellen hat, die an gepanzerten Limousinen für furchtsame Amtspersonen 'ballistische Lücke' heißen. Das sind konstruktive Schwachstellen, an denen ein Geschoss durch die schützende Panzerung dringen kann. Hat ein Korruptionsanfälliger nur ein einziges Mal Geld genommen oder eine kleine Vergünstigung oder ein unauffälliges 'Upgrade', so ist die Lücke da. Sie kann, so widersprüchlich das klingen mag, nur durch totale Offenheit geschlossen werden. Diese Offenheit führt allerdings häufig zum Verlust des Jobs. Sie kann sogar hinter schwedische Gardinen führen. Hindermann-Schaffnitzer lebt lieber mit der Lücke.

So hatte sich langsam ein Frage-Antwort-System eingespielt. Und dann hatten sie begonnen, präzisere Aufträge zu erteilen. Durch die war ihm bewusst geworden, wer 'sie' wohl sein könnten: Er spioniert für eine Terrororganisation! Der Schock war groß gewesen, die nächste Frage hatte er nicht beantwortet. Daraufhin hatten sie ihn erinnert, dass er Frau und Tochter habe und niemand die beiden wirklich schützen könne, selbst wenn er sich den Behörden anvertrauen sollte. Sie bedrohen sein Kind!

Heute ist er wie immer zum S-Bahnhof gefahren, hat dort das Auto geparkt, ist in die S-Bahn und nach kurzer Fahrt in die U-Bahn gestiegen. Dann hat er noch einige Minuten zu Fuß gehen müssen, schließlich durch die Sicherheitskontrolle und in sein Büro im ersten Stock des Paul-Löbe-Hauses. Das Zimmer ist klein und bietet keinen Blick aufs Bundeskanzleramt, sondern auf den fernen Hauptbahnhof. Demnächst muss er mal mit seiner Abgeordneten reden, denn wozu sitzt die im Parlament und seit zwei Legislaturperioden im Innenausschuss, wenn sie ihrem engsten Mitarbeiter nicht einmal ein vernünftiges Office verschaffen kann? Aber jetzt die tägliche Büroroutine:

Kaffeemaschine einschalten, an den Schreibtisch setzen, Computer hochfahren, Passwort eingeben, Mailfunktion aufrufen. Es ist 10:15 Uhr. Arbeitsbeginn. Die Mailfunktion öffnet sich.

Seine Finger fliegen von der Tastatur hoch, als hätten sie den Zahn einer Kobra berührt. Da ist das Scheißding wieder! Sie haben schon wieder das Codewort geschickt. Vor einigen Wochen haben sie ihn mit diversen Fragen zur Bonner Ukraine-Konferenz gelöchert, und jetzt schicken sie schon wieder das verfluchte Codewort.

Immer kommt es aus wechselnden Internet–Cafés. Sinnlos, dem nachzuspüren. Danach liegt an der bestimmten Stelle sein Auftrag. Ein simpler Zettel in einer Financial Times, darauf ein kurzer englischer Text, für zufällige Finder unverständlich. Auf diese Weise ist er übrigens darauf gekommen, regelmäßig die Financial Times zu lesen. Interessantes Blatt, findet er. Lektüre der Financial Times, so hat er festgestellt, hilft bei Anlageentscheidungen, und richtige Anlageentscheidungen machen Vergünstigungen und damit die verfluchten Zettel in der Financial Times überflüssig. Das ist doch etwas für Leute mit Sinn für Ironie. Schade, dass er es nicht einmal seiner Frau erzählen kann. Langsam normalisiert sich sein Kreislauf. Gleich beginnt die tägliche Morgenbesprechung mit seiner Abgeordneten.

Übergabestelle ist heute wieder das Unter den Linden gelegene Café, das manchmal von Journalisten und deswegen ständig von Abgeordneten der hinteren Reihen besucht wird. Dort fällt ein Mensch mit einer Financial Times absolut nicht auf. Wie immer kurz vor halb Fünf betritt er das Lokal. Viele Tische sind besetzt. Eine Financial Times ist nicht zu sehen, und wäre eine sichtbar, so wäre es die falsche. Ohne Halt geht er durch bis in die Herrentoilette. Nach dem Händewaschen wartet er, bis seine Uhr auf 16:29 springt. In dieser Sekunde geschehen zwei Dinge gleichzeitig: Er öffnet die Tür des Waschraums und geht zurück in das Lokal, während an einem Tisch ein Mann aufsteht, den er nur von hinten sehen kann, und das Restaurant verlässt. An dessen Tisch, auf dem eine Financial Times liegen geblieben ist, setzt er sich. Die Bedienung kommt, er bestellt einen Kaffee. Alles läuft ab, wie es immer abgelaufen ist.

Heute aber geschieht Ungewöhnliches: In der Zeitung ist kein Zettel. Und der Mann kommt zurück. Der ist kleiner und schlanker als frühere Überbringer von Fragen, und er hat dunkelblondes Haar und blaue Augen, die durch eine getönte Brille kaum erkennbar sind. Gehobene Freizeitkleidung, modisch-markante Wetterjacke. Bartlos, offenes Lächeln. Sympathische Erscheinung, passt gut in diese Umgebung. In verbindlichem Tonfall und so leise, dass man ihn am Nachbartisch gerade noch verstehen kann, sagt er: „Entschuldigen Sie bitte. Ich habe meine Zeitung vergessen.“ Dann wirft er einen Blick auf die Armbanduhr, sagt: „Eigentlich könnte auch ich noch einen Kaffee trinken. Gestatten Sie?“ und nimmt wieder Platz. Die beiden Kaffees kommen, und die Stimme des Fremden ist jetzt sehr leise und irgendwie - ja, wie eigentlich? Jedenfalls völlig kontrolliert.

Der Fremde äußert eine einfache Bitte. Hindermann-Schaffnitzer soll am Dienstag ab 20:30 Uhr auf dem Flughafen Tegel sein. Dort gibt es einen Treppenturm mit einer Glasverkleidung, von dem aus man die Flugzeuge auf dem Vorfeld beobachten kann. Die Aeroflot-Maschine des Fluges SU-2315 von Tegel nach Moskau, normalerweise ein Airbus, kann wegen des großflächig blauen Leitwerks nicht verwechselt werden. Sobald diese auf die Rollbahn eindreht, um als nächste zu starten, soll Hindermann-Schaffnitzer doch bitte die Handynummer in dem Streichholzbrief anrufen, der hier gleich liegen bleiben wird. Ganz sorgfältig, auf keinen Fall verwählen! Ob er das verstanden habe?

Jawohl, bestätigt Hindermann-Schaffnitzer, verstanden. Auf keinen Fall verwählen! Nach dem zweiten Klingeln soll er einfach auflegen. Falls er diese Aufgabe etwa nicht erfüllen sollte, werde man seine Tochter bei lebendigem Leibe... In Hindermann-Schaffnitzer krampft sich alles zusammen. Der junge Mensch steht auf und geht.

In der Nacht kommt der Kopfschmerz. Irgendwie bohrend, ein langsamer Schmerz, der nicht nachlässt. Dies kann nur eine Falle sein. Jedenfalls riecht es nach einer. Der blonde und blauäugige Mensch mit der Zeitung war doch wohl ein Europäer, oder waren Haar- und Augenfarbe etwa Produkte der Kosmetikbranche und Kontaktlinsenindustrie? Und was hat ein Flug Tegel – Moskau mit der Tätigkeit zu tun, aus der Hindermann-Schaffnitzer sonst die Informationen für 'sie' gewinnt, nämlich der Arbeit seiner Abgeordneten im Innenausschuss?

Das Ganze riecht förmlich nach einer Falle, und zwar nach einer ziemlich dümmlichen. Was soll er tun, wenn er am Montag im Treppenturm des Flugplatzes auf seinem Handy die Nummer von dem Streichholzbriefchen wählt – und es dann hinter der nächsten Ecke klingelt? Wenn von oben und unten Uniformierte auf ihn zukommen? Was, zum Teufel, soll er dann sagen? Ganz genau kann er sich vorstellen, was danach passieren wird.

Der engste Mitarbeiter einer Abgeordneten in dem für Innere Sicherheit zuständigen Ausschuss des Deutschen Bundestages als Agent einer Terrororganisation enttarnt, womöglich der Al Qaida! Politische Schockwellen werden durch die Republik laufen. Die Bundeskanzlerin wird den stellvertretenden Regierungssprecher mitteilen lassen, gründliche Aufklärung sei alternativlos. Der Innenminister wird sich empört zeigen, aber auch beherrscht. Der Außenminister wird die Belastung des Verhältnisses zu den Verbündeten beklagen. Der Partei- und die Fraktionsvorsitzende werden zu ihrem eigenen Schutz erbarmungslos um sich schlagen. Seine Abgeordnete wird das Bundestagsmandat niederlegen müssen und mit Schimpf und Schande aus der Partei fliegen.

Alle anderen Parteien werden die Sache genüsslich bis zur nächsten Bundestagswahl auswalzen. Rufe nach einem Untersuchungsausschuss werden laut werden. Die Präsidenten des Bundesnachrichtendienstes, des Bundesamtes für Verfassungsschutz und des Bundeskriminalamtes werden die Unwissenheit ihrer Behörden mit der besonderen Perfidie des Verräters erklären. Die Zeitungen werden das Thema lange Zeit auf Seite Eins kochen. Die Mühlen der Justiz werden das Unterste zuoberst wühlen. Hindermann-Schaffnitzer wird derjenige sein, über dem das alles zusammenschlagen wird.

Was seine Frau von Nachbarn und Nachbarinnen und seine Tochter von Kommilitonen und Kommilitoninnen zu hören bekommen werden, mag er sich gar nicht vorstellen. Verfluchtes beschissenes Scheißpreiswerthaus auf dem verfluchten beschissenen Scheißpreiswertgrundstück!

Gibt es einen Ausweg? Wenn er nun am Dienstag Abend nicht zum Flughafen Tegel, sondern nach Haus fährt, zu Frau und Kind? Dann werden 'sie' ihn finden, falls es doch keine Falle ist. Eine Familie kann nämlich nicht untertauchen, und das könnte nicht nur für ihn selbst tödlich enden. Er ist schweißgebadet. In der Dunkelheit fragt seine Frau: „Was ist denn los mit dir? Schlaf doch endlich!"

Der nächste Vormittag spult ab wie in Trance. Langsam wächst Hindermann-Schaffnitzer die Panik über den Kopf. Ist das ein Auftrag von 'ihnen' – oder eine Falle der deutschen Behörden? Für solche Fälle gibt es einen Panikknopf: Die Nummer! Natürlich nicht die in dem Streichholzbriefchen und auch nicht die Handynummer, an die er immer seine Antworten liefern muss. Sondern die in seinem Gedächtnis.

Nur im Notfall! Das haben 'sie' ihm mehrmals eingeschärft. Dies ist er, der Notfall, sogar der äußerste. Auftrag oder Falle? Das muss geklärt werden, und dazu gibt es nur den Weg über diese Telefonnummer. Nach der Morgenbesprechung verlässt er das Büro und geht spazieren, vorbei am Reichstag und am Brandenburger Tor mit dem großen Botschaftsgebäude der USA. Zu dumm, dass es keine geschlossenen Telefonzellen mehr gibt. Am vierten Telefonpfosten macht er Halt, wirft Münzen ein und wählt die lange Nummer.

„Hey?" Die Stimme am anderen Ende ist kratzend wie die eines starken Rauchers. Er sagt sein Kennwort. Die Stimme antwortet: „Go ahead!" 'Sprechen Sie!' Den englischen Text hat er sich sorgfältig zurechtgelegt: „Berlin, Financial Times. Your spectacle-guy has talked to me. *Target Tegel Flight SU-2315 on Tuesday.* Is that approved?" 'Berlin, Financial Times. Ihr Brillenmensch hat mich angesprochen. *Ziel Tegel Flug SU-2315 am Dienstag*. Wird das bestätigt'?

Die Antwort lässt auf sich warten. Hindermann-Schaffnitzer hört mehrere Männer reden, in einer fremden, schnell klingenden Sprache. Dann wird auf der anderen Seite die Mikrofonmuschel zugehalten. Es dauert. Hoffentlich reicht sein Bargeldvorrat, denn für *dies* Gespräch wird er keine Kreditkarte einsetzen. Schließlich wieder die raue Stimme: „Never call again!" 'Ruf nie wieder an!' Zack, wird aufgelegt.

Was, zum Teufel, war das denn? Der Gesprächspartner schien erst gar nicht zu wissen, wovon überhaupt die Rede war. Oder doch? Warum hat er sich bloß auf so eine Scheiße eingelassen!

Lohhöfe

Am Samstag sieht Bleckwedel schon beim Abbiegen, dass vor der Kirche kein Parkplatz frei ist. Das hat es ja noch nie gegeben! Er muss den Wagen in der Burgstraße abstellen und traut seinen Augen nicht: An der Ecke Burgstraße / Marktplatz, an der seit gefühlt 3.000 Jahren Spörrles Gasthaus gestanden hat, steht jetzt die Akropolis! Jedenfalls behauptet das ein neues Neonschild über der Eichentür. Die ist allerdings dieselbe wie immer, und hinter ihr findet er den Gastraum gerammelt voll.

„Moin, Geert!“ O.W.s Bass überdröhnt das allgemeine Stimmgewirr. Am Stammtisch sitzt neben Anni nun auch Frieda, die sich wohl aufs Altenteil zurückgezogen hat. An Friedas Platz hinter der Theke steht etwas vielleicht 20jähriges, außergewöhnlich gut Aussehendes, auf alle Fälle Südländisches. Damit ist auch klar, warum an diversen Tischen junge Herren, denen Fitnessstudios offenbar nicht nur von außen bekannt sind, ihr Souflaki verspeisen oder was auch immer. Die Tresenhocker sind allerdings von denselben Tresenhockern besetzt wie immer; strategische Schlüsselpositionen bleiben bewährten Persönlichkeiten vorbehalten. Gerti findet trotz der hohen Beindichte den Stammtisch, begrüßt Timmy aber nur flüchtig und schlägt den Platz in Mirjas Schoß aus: Sie muss erst prüfen, ob Struppi etwa auf ihrer Schwarte liegt. Willem sagt: „Kiek mol, nu' hat sogar *dein* Hund gelernt, wat sich so gehört.“

Bleckwedel setzt sich. Die Tresenhocker prosten ihm zu, und die Aphrodite bringt ein Tablett mit Ouzo. Timmy macht bekannt: „Athina, das ist unser Freund Geert. Geert, das ist Athina, die Tochter von Evangelia und Demetrios. Schatz, hol doch bitte mal deine Mutter. Sie muss unbedingt Geert kennenlernen.“ Eine Minute später wird Bleckwedel von Demetrios gequetscht. Zwei Minuten später wird er von Evangelia geherzt, und weitere 10 Minuten später ist er zwar in gebrochenem Deutsch, aber gründlich darüber aufgeklärt, warum Demokratie sich nur im alten Athen entwickeln konnte, während man vor Spartanern lieber auf der Hut sein sollte.

Als die Betreiber der Akropolis wieder in der Küche sind, sagt O.W. zu Bleckwedel: „Wir müssen mal was Wichtiges mit dir beschnacken: Du bist völlig unproduktiv. Kein neues Buch weit und breit!

Hier am Stammtisch wird gemunkelt, dass eine Frau dahinter stecke. Also los, raus mit der Sprache!" Alle schauen Bleckwedel an. Der schaut ins Glas und sucht einen Ausweg, denn kein Mann spricht gern über Frauen.

Er kippt also den Ouzo, dann fällt ihm der Ausweg ein. Ausführlich erzählt er von Botschafter Ringstorf, von Giscard, Mauro und dem Mann ohne Gesicht. Ganz knapp erwähnt er die Iranerin, und dabei bekommen seine Augen einen Ausdruck, der nur Timmy und Mirja auffällt. Umfassend und in chronologischer Reihenfolge berichtet er von Ereignissen in Sarajevo, Kabul, Termez, Kunduz, Sizilien, Hamburg, Ludwigslust und Rostock. Und plötzlich geschieht es. Axel sagt etwas, und in Bleckwedels Kopf fallen die umher schwirrenden Puzzleteile an ihren Platz. Bemerken wird er dies allerdings erst drei Tage später auf der Berliner Stadtautobahn, bei der Fahrt zur Physiotherapie.

Jetzt geht Axels Bemerkung nämlich unter, weil O.W. losdröhnt: „Wir müssen noch mehr beschnacken: Axel ist umgezogen! Er wohnt jetzt bei Gerda!" „Was? Mann!" Bleckwedel ist begeistert. „Warum ist sie nicht hier?" Axel antwortet: „Sie kommt nachher rüber, wenn sie die Abrechnung gemacht hat. Aber nur kurz, wir müssen ja früh raus." Wir! Gerda hat schon vor Jahren ihren Mann beerdigen müssen, und seitdem führt sie die Bäckerei mit dem kleinen Café allein. Jetzt also hat sie den Besten geschnappt, der in Lohhöfe auf dem Markt war: Axel. Bleckwedel kündigt an, dass er nach ihrem Eintreffen eine Pulle öffnen lassen werde. Schluck hin, Ouzo her, in Herzenssachen sei für Europäer nur Champagner angezeigt! Diesmal ist es Willem, der die Notbremse zieht:

„Lass Europa jetzt endlich mal in Ruhe! Getret'ner Quark wird breit, nicht stark." „Wie bitte?" „Ich sagte: Getret'ner Quark wird breit, nicht stark." „Du? Das ist von *Goethe*!" „Ja, von dem auch."

Potsdam

Am Sonntag kommt Bleckwedel aus Lohhöfe zurück. Auch Gut Gehrcken hat er wieder besucht, diesmal allerdings ohne Gewehr, um Bemerkungen über das Nicht-Anmelden von Schusswaffen vorzubeugen. Langsam rollen er und Gerti in dem alten Alfa die Mangerstraße am Ufer des Heiligen Sees entlang und, kaum zu glauben, da stehen doch tatsächlich zwei Polizeiwagen. Außerdem halten Nachbarn auf dem Bürgersteig ein Schwätzchen. Beides ist hier unüblich.

Bleckwedel lenkt in die Garage, aber bevor er hinauf in seine Wohnung steigt, muss Gerti noch einen kleinen Gang machen. Nur deswegen spaziert er nach draußen und nicht etwa, um sich an Bürgersteigschwätzchen zu beteiligen. An so netten Nachbarn kann man aber nicht einfach vorbeilaufen, sondern man muss sich dazustellen. Also, was gibt's? Was hat die Polizei hier bei uns verloren, im Villenviertel am Heiligen See?

In der kleinen Versammlung herrscht große Aufregung: Am helllichten Tag! In dieser Gegend! Die vielen Alarmanlagen! Die zahlreichen Überwachungskameras! Und trotzdem!

Grunewalds waren nur zwei Stunden weg. Ihre regelmäßige Fahrrad-Runde. Wie jeden Tag, seitdem beide in Pension sind. Bassinplatz, Obelisk, Windmühle, eben das Übliche. Dann der Schock! Wie die Verbrecher in die Wohnung gekommen sind, weiß die Polizei noch nicht, wird sie ja aber noch herausfinden. Jedenfalls ist die Alarmanlage nicht losgegangen, und falls Grunewalds die etwa ausgeschaltet hatten, wird die Versicherung sich ins Fäustchen lachen. Der ganze Schmuck perdu, die Erbstücke von Mutter und Großmutter, Frau Grunewald ist völlig erledigt, ihr Hausarzt war vorhin auch schon da, weiß jemand.

Und dann sind sie auf den Waffenschrank los, das muss man sich mal vorstellen! Stahlschrank, da gibt's doch so eine DIN-Norm, und trotzdem aufgebrochen. Alle Jagdgewehre weg, Grunewald hat *so* einen Hals, die Dinger kosten mehr als ein Neuwagen, und vielleicht bezahlt die Versicherung nicht, wegen der Alarmanlage, das muss sich alles erst klären, im Augenblick ist ja noch die Polizei in der Wohnung.

Plötzlich hat Bleckwedel es eilig. Er verabschiedet sich und pfeift Gerti. Gerti pfeift drauf. „Lassen Sie man", sagt die nette ältere Dame aus der Erdgeschosswohnung, „ich bringe die Kleine nachher rauf." Bleckwedel läuft die Treppen hoch. Letzte Sonnenstrahlen fallen durch den Glasgiebel, für eine Sekunde sieht er Evas lachendes Gesicht vor sich. Und wie sieht das Türschloss aus? Das Türschloss sieht normal aus, keine verdächtigen Spuren. Klemmt auch nicht. Rein in die Wohnung! Im Flur ist alles normal. Marsch ins Schlafzimmer. Zack, den Kleiderschrank auf. Da ist sie. Erleichterung!

Der ganze Schreck wäre nicht nötig gewesen, wenn Bleckwedel den wiederholten Rat des alten Herrn von Gehrcken befolgt und die bejahrte, aber sorgfältig gepflegte, einwandfrei funktionierende und zentimetergenau treffende Sauer-Kipplaufbüchse, die er vor Jahrzehnten von seinem Vater geerbt hat, endlich angemeldet hätte. Er kommt in Teufels Küche, wenn sie ihn mit dem Ding erwischen. Vorher aber muss er einen Waffenschrank kaufen, nach DIN. Wenn nämlich herauskommt, dass er ein auf 200 Meter Fleck schießendes Jagdgewehr samt Munition im Kleiderschrank seines Schlafzimmers aufbewahrt, wird die Polizei ihre 'Dein Freund und Helfer'-Rolle wohl ablegen.

Und herauskommen wird es spätestens, wenn ihm dasselbe passiert wie den Grunewalds und die Einbrecher später von der Polizei geschnappt werden. In diesen von Gerichtsshows, Talkshows und anderen Selbstentblößungen geprägten Zeiten kann man ja auch bei gut ausgebildeten Berufskriminellen nicht mehr sicher sein, dass sie einfach den Mund halten.

Also, was ist zu tun? Heute ist jedenfalls Sonntag, die Beschaffung eines Waffenschranks scheidet zunächst aus. Er kann natürlich auf den geplanten Spaziergang und das Abendessen im Fliegenden Holländer verzichten, sich zu Haus ein paar Brote schmieren und sein Jagdgewehr bewachen. Aber Europa ist sich doch einig, dass Terror und Verbrechen keinen Einfluss auf die Lebensweise des Westens gewinnen dürfen - also das Gewehr mitnehmen? Besser nicht, jedenfalls nicht in den Fliegenden Holländer.

Das ist die Lösung! Die hätte ihm schon früher einfallen können: Die Büchse kommt in den Kofferraum des Alfa Romeo! Anders als die Kleiderschranktür ist die Kofferraumklappe nämlich aus Metall. Anders als der Kleiderschrank hat der Kofferraum ein Sicherheitsschloss. Und anders als das Haus hat die Garage keine Fenster. Und ein Stahltor. Eigentlich braucht jemand mit einem Auto in einer Garage gar keinen Waffenschrank.

Also schnell, so lange die Wohnungsnachbarn noch draußen auf der Straße schwatzen. Die Büchse in das Futteral, die Munitionsschachteln hinterher, den Reißverschluss zu, das Ganze in den linken

Arm und vorwärts! Durch den Flur zur Wohnungstür, Marschziel: Garage. Er reißt die Tür auf, Gerti saust an ihm vorbei in die Küche und die nette ältere Dame aus der Erdgeschosswohnung zieht ihre Hand auf halbem Weg zum Klingelknopf zurück, schlägt sie stattdessen vor den Mund und sagt: „Mein Gott, Herr Bleckwedel, haben Sie mich aber erschreckt! Und was ist denn *das* da für ein Ding?"

Glindow, Brandenburg

Am Montag fährt Bleckwedel an den Luftschiffhallen des alten Zeppelinhafens vorbei. Danach kommt die Autowaschanlage, die er sonst klugerweise ansteuert, bevor er weiter fährt zu Luigi. Heute warten dort aber schon mehrere Autos, und weil er sich auf den Cappucino in Luigis Büro freut, muss die Autowäsche ausfallen. Das wird ihn heute Abend verdammt teuer zu stehen kommen.

Hinter der Waschanlage endet die Stadt Potsdam, und dann hält man besser die Augen offen. Im Schatten des Waldgebiets mit dem romantischen Namen Wildpark steht nämlich gern die brandenburgische Polizei mit einem Radargerät. Einige Kilometer weiter senkt sich die Straße in das immer geputzte Dörfchen Glindow, und dort haben sie ihn mal erwischt. Die Radarfalle steckte in einer vorgetäuschten Mülltonne. Auf dem Schwarzweißbild des Verwarnungsbogens sieht er aus wie ein Mafioso. „Ein total scharfes Foto, auf dem Sie korrekt getroffen sind", hat Eva gesagt. Hinter dem Ortsschild kommt erst eine Rechtskurve und dann Luigi. Zu dem fährt Bleckwedel manchmal freiwillig, meistens aber zwangsweise.

Die Großfamilie di Costello, die in Mailand fünf und in München zwei bestens gehende Autohandlungen mit Werkstätten betreibt, hat sich nach der Wiedervereinigung gesagt, dass bestimmt auch die Brandenburger dem Charme italienischer Schlitten erliegen würden, und seither gibt es die Firma auch in Glindow. Luigi di Costello, inzwischen Träger grauer Schläfen, Ehemann einer Glindowerin und Vater von sechs deutsch-italienischen EU-BürgerInnen, ist der Vetter, der hier die Geschäfte führt. Unter seiner Leitung ist der Laden in Glindow umsatzstärker geworden als die beiden in München zusammen. Mehr Platz hat er auch.

Bleckwedel biegt auf das Betriebsgelände ein, fährt in eine Parkbucht und öffnet die Wagentür. Noch bevor er aussteigen kann, ist Gerti draußen. Wie immer nimmt sie die Witterung der drei Doggen auf, die nachts hier Wache schieben, weil Luigi ein erfahrener Mann ist. Sie gibt sich angriffslustig, denn sie weiß, dass die Doggen tagsüber im Zwinger hinter dem Bürogebäude schlafen. Luigi kommt aus dem Büro und umarmt Bleckwedel: „Buongiorno, il mio ragazzo, du siehst sehr gut aus, aber nicht so gut wie deine vettura sportiva. Warum bist du schon auf, ihr scribacchini schlaft doch immer bis mittags. Hast du wieder was kaputt gemacht?“ Bleckwedel händigt die Schlüssel aus: „Ölwechsel, bitte.“

Luigi inspiziert den Wagen von allen Seiten und schüttelt den Kopf. Bleckwedel wünscht, er wäre vorhin durch die Waschanlage gefahren. „Non ti vergogni? Schämst du dich nicht? Wie sieht denn das Auto aus? Sowas kannst du mit einem BMW oder sonstigen Massenartikel treiben, aber nicht mit einer Autopersönlichkeit von Charakter und noch dazu aus meiner Heimat Milano! Mio dio! Was ist passiert?“

Nichts ist passiert, Bleckwedel hat gestern auf dem Kiesweg von Gut Gehrcken die übliche Runde um das Rondell gedreht, und zuvor hatte es in Niedersachsen mal wieder geregnet. Einzige Besonderheit: Er ist vorhin an der Waschanlage vorbei gefahren. „Nur zur Klarstellung.“ Luigi verfällt in perfektes Deutsch, weil es ihm ernst ist. „Dies ist kein hochbockiger SUV, und wenn du bei deinen Reparaturen hier weiter Rabatt kriegen willst, bleibe auf befestigten Straßen, verstanden?“ Bleckwedel leistet alle nötigen Versicherungen, trinkt in Luigis Büro seinen Cappucino und wird schließlich zu dem Fiat 500 geführt, den er für schweres Geld immer als Leihwagen bekommt, solange sein Auto in der Werkstatt steht. Er lässt Gerti hinein hopsen und fährt los. Das rotweinrote Alfa Romeo 2.000 Gran Turismo Veloce Coupé, vor Jahrzehnten von Giorgio Giugiaro in der weltbekannten Mailänder Karosseriefabrik Bertone geschneidert, bleibt zurück.

Einige Stunden später lenkt Bleckwedel den Fiat auf das Betriebsgelände und erwartet, dort seinen abfahrbereiten Alfa zu sehen. Der aber wird erst jetzt aus der Halle rangiert, sogar vom Chef persönlich. Bleckwedel fühlt Übelkeit aufsteigen und fragt sich, was nun schon wieder gewesen sein mag: Auspufftopf, Batterie, Bremsbeläge, Bremsschläuche, Endrohr, Fensterheber, Kolbenringe, Kraftstoffpumpe, Krümmer, Kühler, Lichtmaschine, Nockenwelle, Ölwanne, Querlenker, Radaufhängung, Steuerkette, Stoßdämpfer, Türverriegelung, Ventile, Wasserpumpe, Zylinderkopfdichtung? Oder etwa das Kofferraumschloss? Nein, das kann eigentlich nicht sein, denn gestern funktionierte es noch einwandfrei. Aber der Möglichkeiten sind viele, und die Rechnung möchte er sich gar nicht vorstellen. Luigi stellt Bleckwedels Wagen ab und Bleckwedel Luigis. Beide steigen aus und tauschen die Schlüssel. Gerti wechselt von einem Auto ins andere.

Luigi informiert: „Wieder wie neu!“ Das kennt Bleckwedel schon, beim Abholen sagt Luigi das immer. Ehrlicher wäre: „Bis übermorgen!“ Auf dem Weg zur Kasse kommt eine weitere Information: „Und bei deinen Geländefahrten kann jetzt auch nichts mehr passieren.“ „Wie bitte?“

Es stellt sich heraus, dass die Firma 'Italcars di Costello Glindow' für den Fall, dass es bei Bleckwedels Cross Country Expeditionen auf Gut Gehrcken zu Grundberührungen des Fahrzeugbodens kommen sollte, unter der Ölwanne einen stählernen Abweiser angeschweißt hat. Dass sein Auto mit diesem Anbau durch den TÜV komme, kann Bleckwedel nur hoffen.

„Der Mann vom TÜV“, sagt Luigi, der vor dem TÜV großen Respekt hat, „war schon hier. Sonst würde ich den Wagen gar nicht auf die Straße lassen, wir sind ja keine Hinterhofklitsche. Du kriegst gleich die Papiere mit und musst damit eine neue Zulassungsbescheinigung beantragen. Wie du übrigens weißt, macht der TÜV technische Abnahmen nicht kostenlos.“

Das hat Bleckwedel sich bereits gedacht. Noch unbekannt ist ihm jedoch, dass Luigis eigenmächtige Anbauerei bereits morgen über Leben und Tod vieler Menschen entscheiden wird.

„Und deine Knarre“, sagt Luigi beim Abschied, „liegt wieder im Kofferraum. Damit der Mensch vom TÜV keine unnötigen Fragen stellt, hatten wir sie im Zwinger zwischengelagert. Bei den Doggen, completamente diebstahlsicher!“

Berlin, Umgebung des Flughafens Tegel

Am Dienstag lenkt Isa einen Q3 auf der Bernauer Straße nach Süden, Richtung Flughafen Tegel. Wenige Hundert Meter vor dem Audi liegt das westliche Ende der Startbahn, und deren Lichtdom wölbt sich links über den Bäumen und Büschen der Jungfernheide in den Himmel. Der Wind kommt aus Westen, die Flugzeuge starten also über die Bernauer Straße hinweg. Der Plan rollt ab, wie man es von Isas Plänen gewohnt ist. Die Digitaluhr im Navi zeigt 20:25 Uhr. Noch 15 Minuten, das gibt eine angemessene Zeitreserve für Unvorhergesehenes. Sogar Isa selbst findet das perfekt.

Von Mogadischu bis Tegel hat sich alles planmäßig entwickelt. Oder fast alles, bis auf die beiden ungeplanten Zwischenfälle. Im Mittelmeer war die Lage kritisch, als der Motor des Flüchtlingsboots den Geist aufgab und Isa auf dem Rettungskreuzer der Guardia Costiera mit vier Bewaffneten fertig werden musste. Doch erst später, in dem Rostocker Hotel, wurde es richtig eng, und irgendwie stand der Plan eine Nacht lang auf der Kippe. Aber das ging ja vorüber. Ein kurzer Blick auf die Brust. Im Scheinwerferlicht des Gegenverkehrs schimmert Geert Bleckwedels Medaillon, das Symbol der Völkerverständigung. 'Nofretete' hat er sie genannt. So heiße die schönste Frau der Welt, hat er gesagt. Wie wunderbar. Einen solchen Mann wird sie gewiss nie wieder treffen. Dass sie sein Medaillon mitgenommen hat, tut ihr leid, aber es musste sein. Später wird sie dem stummen Appell dieses Schmuckstücks folgen und ein Leben im Dienst der Versöhnung führen; aber erst später, denn zuvor müssen die selbst gestellten Aufgaben erfüllt werden. Aysa hätte gestern ihren 21. Geburtstag feiern können. Warum musste sie als kleines Mädchen diesen schrecklichen Tod unter der Planierraupe sterben? Wenn nicht die Russen seit Jahrhunderten ihren serbischen Glaubensbrüdern auf dem Balkan immer und immer wieder den Rücken stärken würden, hätte auch die Sache mit der Raupe nicht passieren können. Aber heute ist Zahltag. An den wird der Kreml noch lange denken.

Langsam jetzt! Den linken Blinker raus. Das Auto muss hinter ein paar Büschen geparkt werden, sonst wird sich womöglich eine Polizeistreife fragen, wieso der verlassene Wagen hier stehe. Eine Panne kann er ja nicht haben, als Audi. Auf einem solchen hat Isa im Rostocker Leihwagenbüro ausdrücklich bestanden, denn Technikprobleme in letzter Minute kann sie nicht gebrauchen. Da kommt eine Lücke, also rüber! Licht aus. Vorsicht, Straßengraben. Für den Quattro kein Hindernis. Ein paar Meter durch die Büsche, dann halt. Aussteigen, umschauen. Niemand zu sehen. Der Verkehr rauscht vorbei. Der kakaobraune Q3 ist nur zu erahnen, wenn jemand genau herschaut. Alles wie geplant. Heckklappe auf, Seesack öffnen, die Waffe raus. Heckklappe zu. Handy in der Hosentasche? Ja, ist es. Den Wagen verriegeln und losgehen. Da entlang, hinein in den Wald. Dunkelheit verschluckt die Kobra. 20:30 Uhr, noch 10 Minuten. Perfekter Plan, perfekte Ausführung.

Gleichzeitig lenkt Bleckwedel den Alfa auf der Stadtautobahn nach Norden, Richtung Flughafen Tegel. Wenige Kilometer davor wird er abfahren, direkt an den DRK-Kliniken 'Westend'. Seine Physiotherapeutin arbeitet montags nicht, sie ist jung und hübsch und hat am Wochenende Besseres zu tun, als früh ins Bett zu gehen. Und auszuschlafen. Weil jedoch die Kasse klingeln muss, bietet sie dienstags 'BÜPHY' an, 'Vom Büro zur Physio'. Natürlich gegen Aufschlag. Bleckwedel hat den Termin um 21:00 Uhr.

Jetzt aber brummt auf dem Beifahrersitz das neue Smartphone, eine Mail geht ein. Bestimmt von Eva aus Madrid, das duldet keinen Aufschub. Während des Fahrens liest er. Verdächtig piept das Gerät. Ist etwa der Akku leer? Der Text ist kurz:

ISA! ZIEL: TEGEL SU-2315! HEUTE!

Noch während er liest, klingelt es. Er nimmt das Handy ans Ohr. „Ja?" Eine Männerstimme wird hörbar, undeutlich und nuschelnd: „Hast du das gelesen?" „Ja doch! Woher, um Gottes Willen, hast du diese Information?" „Allah helfe dir, mein Freund!" Weit entfernt im nächtlichen Afghanistan legt der Mann ohne Gesicht auf.

SU? Bleckwedel erinnert sich: Das ist auch zwei Jahrzehnte nach dem Ende der Sowjetunion die Kennung von Aeroflot-Flügen. Der untergetauchte Terrorist will ein russisches Flugzeug angreifen! Was wird passieren? Eine in den Gepäckraum geschmuggelte Bombe, wie damals über Lockerbie? Oder geht der Terrorist als Selbstmordattentäter an Bord? Kann man auf einem streng gesicherten Flughafen wie Tegel Waffen oder Sprengstoff in der Fracht oder am Körper in ein Flugzeug schmuggeln? Unmöglich ist nichts, das hat man ja an dem

Verrückten gesehen, der Sprengstoff in den Schuhabsätzen hatte und erst in letzter Sekunde von Sitznachbarn überwältigt wurde. Ganz zu schweigen von dem sogenannten Unterhosen-Bomber, dessen Sprengladung glücklicherweise nicht detonierte, sondern nur verpuffte. Bleckwedel kann sich gut vorstellen, wie der Kerl danach ausgesehen hat.

Andererseits – war da nicht was? Lohhöfe, am Sonnabend? Puzzleteile, die an die richtige Stelle fielen? Axel hatte etwas gesagt, aber alle waren durch O.W.s Knaller-Story über Axels Umzug in Gerdas Bett abgelenkt. Bleckwedel hatte von seinen Recherchen berichtet, also auch von dem Mann ohne Gesicht. Wie hatte der gesagt? Der Terrorist habe in Usbekistan mit Männern verhandelt, die Kriegswaffen verschöben, zum Beispiel Panzerfäuste.

Ja, das war es doch!

Nach dem Wort 'Panzerfäuste' hatte Axel sein Pilsglas abgestellt und mit ruhiger Stimme angemerkt: „Da ist vor einiger Zeit, 2007 oder so, mal eine Fernsehnachricht gekommen, die mich an meine Zeit bei der Luftverteidigung denken ließ. Damals ist zum ersten Mal ein ziviles Flugzeug mit so einem Ding abgeschossen worden. Erinnert ihr euch denn nicht?“ Dann hatte Timmy gefragt: „Mit was für einem Ding denn? Mit einer Panzerfaust?“ Und in O.W.s dröhnende Story hinein hatte Axel geantwortet: „Aber Timmy, das geht doch gar nicht. Natürlich mit einer Fliegerfaust.“

Fliegerfaust! In Usbekistan hat der Täter eine Fliegerfaust bestellt, und bei der Auslieferung am Ort des Doppelmords in Rostock hat die im Bodenbewuchs jene Spuren hinterlassen, die die Polizei nicht deuten konnte. Eine Waffe, die mittels einer zielsuchenden Rakete jedes niedrig fliegende Flugzeug abschießen kann. Ideal für das 'Herunterholen' startender Maschinen. Unnötig sind Selbstmordeinsätze oder das risikoreiche Einschmuggeln von Sprengstoff in Gepäckstücken. Der Tod kommt von außen, der Mörder bleibt ungefährdet, hilft vielleicht gar beim Bergen von Leichen seiner Opfer.

Ein Blick aufs Armaturenbrett: Es ist 20:30 Uhr, in Afghanistan also 23 Uhr, und in der Mail von dort steht 'Heute'. Die Zeit wird also knapp. Wenige Kilometer von Bleckwedel entfernt wartet womöglich in diesem Augenblick ein Mann mit der schmeichelnden Bezeichnung

Brillenkobra auf den Start einer Maschine, in der neben vielen anderen Menschen auch Tatjana sitzt, das Töchterchen von Evas russischem Mitarbeiter. Was tun?

Handy! Kurzwahl, sie meldet sich beim ersten Klingelton, als hätte sie auf seinen Anruf gewartet. „Eva! Bitte ganz schnell: Wann startet in Tegel der Flug SU-2315?“ Es dauert ein paar Sekunden, während derer man das Klappern einer Tastatur hört. Gelobt sei das Internet. Hektischer piept das Handy. Akku am Ende? Der Alfa rollt mit mäßigem Tempo. Links vorn werden die Gebäude der Klinik sichtbar. Dann kommt aus Madrid ihre Stimme: „SU-2315, Berlin – Moskau. Abflug 20:40 Uhr. Aber das ist doch Tatjanas Flug! So ein niedliches kleines Mädchen. Liebster, warum fragst...“ Die Verbindung bricht ab, das Handy verstummt, der Akku ist leer.

Er wirft das Gerät auf den Beifahrersitz. Anhalten kann man hier nicht, und selbst wenn man es könnte, würde das nicht helfen. Wieder ein Blick aufs Armaturenbrett. 20:32 Uhr. Bis zum Start noch acht Minuten. Zu spät. Verdammt nochmal! Und jetzt?

Waren das alles nur Zufälle, die ihn in diese Situation gebracht haben? Eine Situation, in der er weiß, was gleich passieren wird – aber hilflos ist?

Er glaubt nicht an Zufälle. Vielmehr glaubt er, dass Erziehung, Schule, Ausbildung und Studium, Dienst und Arbeit, Überlegungen und Entscheidungen, Tätigkeiten, Einsätze und Erfahrungen, Gespräche, Erlebnisse, Reisen, Kontakte, Erinnerungen, Erfolge und Katastrophen eines halben Menschenlebens hier und jetzt in einem Punkt von Raum und Zeit zusammenfließen. Und es doch wohl möglich machen müssen, noch unter höchstem Druck einen wohlüberlegten Entschluss zu fassen.

Und hilflos? Wieso sollte ausgerechnet er hilflos sein? Er sieht wieder die schaurige Stadt vor sich, deren rußgeschwärzte Häuser nie von einem Sonnenstrahl berührt werden. Am Grund des Tals, durch dessen Nadelwälder der Fluss rauscht. Die christlichen Bewohner dieses Schreckensortes hatten ihre muslimischen Nachbarn aus den Häusern gezerrt und nach Geschlechtern getrennt. Die Frauen waren in die Gemeindeturnhalle gesperrt und dort tagelang missbraucht worden, bis sie nicht mehr konnten. Dann hatte man die, die noch lebten, an durchziehende Horden verkauft, für 50 'Deutschmark' pro Frau. Die Männer hatte man auf die Flussbrücke geschleppt, ihnen die Unterschenkel abgehackt und die zuckenden, kreischenden Körper über das Geländer gehalten, bis sie ausgeblutet waren. 'Projekt Roter Fluss' hatten die Täter das genannt: An dem Blut sollten die Bewohner der abwärts liegenden Dörfer schon mal sehen, was auf sie zukam.

Das ist nicht während des Mongoleneinfalls vor 750 Jahren passiert, sondern vor gut 20. Und nicht in einem Tausende von Kilometern entfernten Nirgendwo, sondern in der Nähe einer europäischen Hauptstadt. Als es zu wild wurde, sorgte schließlich die NATO gewaltsam für Ruhe und Ordnung. Die Stadt des Grauens, eine Autostunde hinter Sarajevo, wurde von Fremdenlegionären besetzt und später von Fallschirmjägern unter Kontrolle gehalten. Französische Fremdenlegionäre, deutsche Fallschirmjäger. Letztere unter Führung des damaligen Hauptmanns Bleckwedel. Und der soll jetzt hilflos sein, weil dort vorn ein Kerl hockt, der sich vielleicht vor Aufregung soeben in die Hose macht?

Über dem fernen Flughafen sieht er Maschinen starten, nach links: Aha, Westwind! Ein Fliegerfaustschütze stellt sich am Ende der Startbahn auf; in Tegel bei Westwind also in der Jungfernheide, wetten? Und weil eine Fliegerfaust nicht durch Baumkronen schießen kann, dürfte der Schütze wohl auf der Lichtung lauern, die in Verlängerung jeder Start- und Landebahn den Piloten außerhalb der Umzäunung den Blick auf die Befeuerung freihält. Und seit dem sonntäglichen Wohnungseinbruch hält Bleckwedel im Kofferraum etwas versteckt, das ihm gleich gute Dienste leisten kann. Also los! Alle Fragen sind beantwortet bis auf eine: Wer wird als Erster am Drücker sein?

„Let's roll!“ Runterschalten. Vollgas. Der Alfa prescht los.

Rüber auf die äußerst linke Spur. Hochschalten. Die Ausfahrt zu den Kliniken huscht vorbei. Autos vor ihm. Links überholen, dann rechts. In der Mitte durch. Hinten hupen welche. Wieder links vorbei. Wieder Gehupe. Dort kommt die Ausfahrt zum Flughafen. Über alle Spuren rechts rüber, nicht abdrängen lassen.

Die Ausfahrt mündet in eine weitgezogene Linkskurve. Durch die schießt der Alfa mit satten 200. Das ist im Stadtverkehr etwas auffällig. Gehupe. Ob sie ihm den Finger zeigen, kann Bleckwedel nicht sehen. Er muss auf anderes achten. Zum Beispiel auf den tiefergelegten BMW mit den abgedunkelten Scheiben. Der fährt höchstens 140, was hat er auf der linken Spur verloren? Lichthupe! Hupe! Dauerhupe! Der BMW macht einen erschreckten Satz nach rechts, als der Alfa schon rechts an ihm vorbeiröhrt. Um ein Haar wäre das schiefgegangen. Hat der Idiot keinen Führerschein? Dort kommt die Kreuzung. Die Ampel zeigt Rot. Gut! Wenn er gleich links abbiegt, kann ihn der Gegenverkehr nicht behindern. Der hat ja auch Rot.

Runterschalten, rechts auf der Fahrradspur an den Wartenden vorbei, Lenkeinschlag links, Vollgas. Der Heckantrieb übersteuert. Gegenlenken! Im Powerslide driften die Hinterräder über den Asphalt. Wieder Gehupe. Blödmänner, ist doch nichts passiert. Abgesehen von dem Scheppern, irgendwo links. Oder rechts? Hochschalten. Wildes Gehupe.

Der Saatwinkler Damm ist gut ausgebaut, aber nur zweispurig. Gegenverkehr. Die Zeit läuft davon. Rechts, jenseits des Kanals, strahlen die Lichter des Flughafens. Wie weit noch bis zur Kanalbrücke, von der die Bernauer Straße durch die Jungfernheide führt? Die alte Analoguhr am Armaturenbrett zeigt 20:36 Uhr. Noch vier Minuten, dann wird SU-2315 hochziehen und alle Menschen an Bord werden sterben. Der Passat da vorn fährt genau 50, man fasst es nicht! Der Gegenverkehr bleibt eine ununterbrochene Kette von Lichtern.

Aber rechts ist Platz, auf dem Bürgersteig. Rrumms, schlägt der stählerne Abweiser unter der Ölwanne gegen die Bürgersteigkante. Schneller Blick aufs Armaturenbrett: Unverändert zittert die Nadel des Öldruckmessers auf der Drei. Gut gegangen. Ohne Luigis sauteure Anbauerei gestern wäre die Jagd hier und jetzt zu Ende. Wo ist der Passat? Weit dahinten. Die drei Familienkutschen vor dem Passat ebenso. Fußgänger retten sich über das Geländer ins Kanalwasser. Etwas nach links lenken. Der Alfa springt auf die Fahrbahn. Dort vorn kommt die Abbiegung zur Brücke. Bremsen! Das tote Handy fliegt in den Fußraum.

Runterschalten in den zweiten Gang. Lenkeinschlag rechts. Wie auf Schienen dreht der Wagen in die Kurve. Am Scheitelpunkt Vollgas. Deutlich übersteuert der Heckantrieb. Vorsicht! Gegenlenken. Wunderbar. Italienische Automobiltechnik vom Feinsten. Ein hochbockiger SUV wäre da gerade über Kopp gegangen. Hoch schnellt die Tachonadel. 120, dritter Gang. Brückenbögen rasen vorbei. Brücke. Abgerissene Beine, kreischende Körper? Nicht in Berlin, das wird er verhindern. 170, vierter Gang. 190, keine Zeit mehr, in den fünften zu schalten. Drehzahlmesser im roten Feld. Vor und hinter ihm Lichter. Aber rechts: Dunkles Waldgelände. Vollbremsung! Der Alfa ist viel älter als jedes ABS, wimmernd schieben die blockierten Reifen über den Asphalt. Schwarz ist die Bremsspur und schnurgerade. Bleckwedel springt aus dem Wagen. Kofferraum auf! Raus das Futteral! Ein Blick aufs Handgelenk. 20:40 Uhr. Die Startzeit ist da. Er rennt los.

Verdammt, ein Graben. Fast wäre er gestürzt. Abendluft, unter Bäumen Dunkelheit. Zweige schlagen ins Gesicht. Im Augenwinkel die Silhouette eines Fahrzeugs. Ein Q3, etwa das Täterfahrzeug? Schneller, um Gottes Willen. Noch ein paar Sekunden. Lärm, erst dröhnend, dann schrill. Von Büschen verdeckt, kommt die Maschine heran. SU-2315 nach Moskau startet. Vorsicht, Wurzeln da unten! Im Laufen das Futteral öffnen. Das Gewehr rauszerren. Eine Patronenschachtel angeln. Futteral fallenlassen. Schachtel aufreißen. Patrone rausziehen. Schachtel fallenlassen. Gewehrlauf abkippen. Patrone laden. Lauf hochklappen. Hahn spannen. Sichern. Lärm von vorn. Endlich die Lichtung.

Da steht der Kerl! Nur als Schemen sichtbar. Entfernung 100 Meter. Vielleicht mehr. Geschätzt. Der Mann hebt die Fliegerfaust. Drei Sekunden benötigt die Rakete, um ein Ziel aufzufassen, dann startet sie. Ungewisse Beleuchtung. Runter auf das rechte Knie. Den linken Ellbogen auf den linken Oberschenkel. Ruhig atmen, sonst überträgt sich jedes Zittern auf die Waffe. Da, über Krüppelbüschen kommt das Flugzeug hoch, Abgasschleier hinter sich. Rolls-Royce-Triebwerke auf Volllast. Orgien von Lärm. Ruhig bleiben! Rechtes Auge in die Visierlinie. Auf den Mann zielen. Nicht die Fliegerfaust treffen, das könnte die zielsuchende Rakete auslösen. Entsichern. Den Zeigefinger lang an den Abzugbügel. Die Luft vibriert. Ruhig atmen! Er hat nur einen Schuss. Der wird über das Schicksal aller Menschen an Bord entscheiden und über das vieler anderer am Boden. Schießt er vorbei, wird das Flugzeug mit 40.000 Litern Kerosin in die Stadt einschlagen.

Einatmen. Zeigefinger an den Abzug. Zwei Drittel ausatmen. Luft anhalten. Langsam durchziehen. Den Schmerz im Arm vergessen, nicht wieder nach rechts verreißen! Riesig das Flugzeug über ihm. Gleißender Strahl der Bugscheinwerfer. Rote und grüne Positionslichter. Grell blitzende Kollisionsleuchten. Kreischende Triebwerke. Kerosingestank. Druckpunkt. Ruhig weiterziehen. Abschussknall. Rückstoß. Schmerz im Arm. Treffer! Splitter fliegen. Im Dunkel: Ein stürzender Schemen. Jetzt nicht mehr sichtbar.

Steil nimmt das Flugzeug die Lärmschleppe mit, seine Lampen zeichnen Bögen in den weiten Raum. Dann zieht es hoch über der Hauptstadt davon, ein leiser, blinkender Punkt vor einem abendlichen Himmel.

Bleckwedel sieht der Maschine nach, in der die kleine Tatjana sitzt, und horcht auf das Rauschen der Metropole. Einatmen, ausatmen, einatmen. Am anderen Ende des Lichtdoms drehen Turbinen hoch, der nächste Jet rollt an, alle Geräusche werden wieder übertönt. Bleckwedel stemmt sich an der leer geschossenen Waffe hoch, lässt sie fallen und läuft los.

Der Attentäter muss dort vorn im Gras der Lichtung liegen, sein Zusammenbruch war deutlich sichtbar. Dass Splitter flogen, ist allerdings merkwürdig. Waren das etwa Teile des Schädelknochens? Oder hat das Geschoss aus der Sauer doch die Fliegerfaust getroffen? Die Raketc ist jedenfalls nicht losgegangen. Und wenn ein Büchsenschuss in eine Waffe schlägt, die ein Mann an der Wange hat, ist auch der Mann erledigt. So oder so, das Resultat ist das gleiche: Der Kerl liegt dort vorn auf dem Boden. Aber in welchem Zustand? Klüger wäre gewesen, das Gewehr mitzunehmen; auch dessen Buchenholzkolben ist ein schlagkräftiges Argument.

Auf der Bernauer Straße flackert Blaulicht, die Polizei hat also den Alfa gefunden. Bleckwedel hofft, dass sie von dort in östlicher Richtung suchen wird, denn per Funk wird die Alarmierung des Fahndungsapparates, der hier gleich aufmarschieren muss, schneller gehen als über die Notrufnummer 110. Wo ist überhaupt das Handy? Ach ja, im Fußraum. Aber die kleine Taschenlampe, die erfahrene Männer griffbereit haben, wenn sie bei Dunkelheit mit italienischen Autos unterwegs sind, steckt am Gürtel. Er knipst sie an. Der dünne Lichtkegel sucht zwischen knöchelhohem Gras über den Boden. Tatsächlich – dort vorn, eine Fliegerfaust. Eine 'Strela', das russische

Wort für Pfeil.

Das Geschoss des Jagdgewehrs ist durch das Griffstück geschlagen, nur Zentimeter vor dem Kopf des Schützen. Bleckwedel hat doch wieder nach rechts verrissen – verdammte alte Wunde. Für den Attentäter muss der Einschlag ein irrer Schreck gewesen sein. Aber wo ist der Kerl? Auf der linken Seite, die dem Gesicht des Schützen zugewandt war und jetzt unten liegt, ist das Griffstück der Fliegerfaust durch den Austritt des Gewehrgeschosses zackenförmig aufgerissen. Genaueres kann Bleckwedel nicht erkennen, er will das Beweisstück nicht anfassen und umdrehen. Hätte das Geschoss nur zwei Fingerbreiten höher getroffen, so wäre es durch das Rohr der Fliegerfaust und den darin lagernden, auf den heißen Abgasstrahl der Triebwerke programmierten Lenkflugkörper geschlagen, was womöglich eine Explosion ausgelöst hätte. So aber steckt in der zerstörten Fliegerfaust immer noch eine unversehrte, zielsuchende Flugabwehrrakete. Kann die eigentlich jetzt noch losgehen? Bleckwedel hält lieber Abstand. Aber wo steckt der Attentäter? Der Kerl müsste doch direkt neben der Strela liegen. Hier ist jedoch niemand. Bleckwedel richtet sich auf. Ein mulmiges Gefühl kriecht hoch.

Der Mann, dem er auf dem nachtdunklen Busch- und Waldgelände unbewaffnet hinterher stolpert, ist ein monströser Massenmörder, ein Berufskiller der Al Qaida. Seit Wochen hat er kaltblütig jeden niedergemacht, der ihm in die Quere gekommen ist. Bleckwedel knipst vorsichtshalber die Lampe aus. Wieder zieht das Dröhnen einer startenden Maschine über ihn hinweg. Zu sehen ist wenig, und gehört hat er vorhin im Turbinenlärm kaum den Abschuss der eigenen Waffe – wie soll er bemerken, ob in dem kreischenden Dunkel jemand auf ihn zukommt? Etwas bisher Unbekanntes steht plötzlich neben ihm.

Angst? In gefährlichen Situationen war er schon häufig, aber diesmal ist es anders. Er ist allein, und er hat Fehler gemacht. Es war ein Fehler, nicht auf Giscards Warnungen zu hören. Es war ein Fehler, nicht das Handy aufzuladen. Niemanden zu informieren, wohin er fährt. Nach dem Schuss blindlings los zu rennen. Das Gewehr liegen zu lassen. Der größte Fehler aber war, die Taschenlampe einzuschalten. Wie oft hat der Gefreite Schlebusch, vor Jahrzehnten sein Gruppenführer in der Grundausbildung, ihnen eingebläut, in nächtlichen Gefahrenlagen die Hände von jeder Lichtquelle zu lassen! Wer bei

Dunkelheit eine Lampe anknipst, kann nur in die Richtung des Strahls sehen und nicht weiter als dieser reicht, also vielleicht 30 Meter. Und nach dem Ausschalten sieht er sekundenlang gar nichts. Dagegen sehen alle anderen den Lichtschein aus jeder beliebigen Richtung und Entfernung. Der Attentäter weiß jetzt also genau, wo Bleckwedel steht, er aber hat keine Ahnung, wo der Mörder wartet.

Im Nacken stellen sich die kleinen Härchen hoch. Schleichend bekommt die Luft etwas Aufgeladenes, Unheimliches. Hier ist doch jemand! Er spürt die Nähe eines Menschen. Endlich ist das verdammte Flugzeug weg, es wird wieder still. Zweig geknackt? Er fährt herum. Blendender Lampenstrahl. Schatten dahinter. Ganz nah. Rennen? Zu spät. Er zieht den Kopf zwischen die Schultern. Reißt die Fäuste hoch.

„Verrückt geworden?“ raunzt ihn der vordere der beiden Polizeibeamten an. „Wie kommen Sie dazu, so durch die Stadt zu rasen? Sie haben einen Auffahrunfall verursacht! Und was, zum Teufel, treiben Sie hier eigentlich?“

Es gibt Fälle von Erleichterung, die man bis an sein Lebensende nicht vergisst. Bleckwedel stößt den Atem aus und lässt die Arme sinken. Er muss sich zunächst sammeln. Dann sagt er: „Das ist eine lange Geschichte. Aber suchen Sie erst mal den Kerl, den ich gerade über den Haufen geschossen habe. Der ist bewaffnet, also Vorsicht! Ich gehe inzwischen mein Gewehr holen.“ „Det soll wohl'n Witz sein, Männcken. Wat ham'se jemacht? Ee'n über'n Haufen jeschoss'n? Sie jeh'n nirjendwo hin! Sie sin' vorläufich festjenomm'n.“

Die Berliner Polizei ist wie ein Abbild ihrer Stadt, groß, schnell und selbstbewusst. Man weiß, was zu tun ist und hat alles Nötige sofort verfügbar. Höflichkeitsfloskeln gehören dazu nicht. Die beiden Beamten leuchten den Unbekannten mit ihren Taschenlampen an, der Ältere liest den Personalausweis, steckt ihn in die Brusttasche und sagt dann auf Hochdeutsch: „Ob der echt ist, wird sich gleich herausstellen. Jetzt passen Sie mal auf: Damit es hier gar nicht erst zu Missverständnissen kommt, halten Sie Ihre Hände auf den Rücken und machen keine Fisimatenten.“ Der Jüngere öffnet die kleine Ledertasche am Koppel, und ein Paar Handschellen kommt zum Vorschein. Von der Bernauer Straße her sieht man inzwischen das Blaulicht zahlreicher Streifenwagen; viel weiter wäre Bleckwedel mit seiner forschen Fahrweise nicht gekommen.

Nachdem sie seine Bewegungsfreiheit spürbar eingeschränkt haben, hören die beiden Uniformierten sich mit einigen Anzeichen von Ungeduld die kürzestmögliche Fassung von Bleckwedels Bericht an und leuchten dabei die auf dem Boden liegende Fliegerfaust ab. Dann schalten sie die Lampen aus, ziehen ihre Waffen, mustern die dunklen Gebüsche an den Rändern der Lichtung, und der Jüngere greift zum Funkgerät, der Ältere zum Handy.

An den Unterschieden im Tonfall erkennt Bleckwedel, dass einer 'seitwärts', zu seinen Kollegen, spricht und der andere nach 'oben'. Der Jüngere fordert an, verlangt nach Hundeführern, Suchtrupps, Spurensicherung, Generatoren, Scheinwerfern, Absperrkräften, Notarzt, Feuerwerker, einem Hubschrauber. Der andere meldet das Geschehen an eine offenbar vorgesetzte Dienststelle, nennt seine Dienstnummer, schildert die Szene, buchstabiert Bleckwedels Namen und gibt die Personalausweisnummer durch, erwähnt die Fliegerfaust, berichtet über einen zweiten Verdächtigen, der, falls es ihn tatsächlich geben sollte, verletzt und wohl noch in der Nähe sein müsse sowie über ein Jagdgewehr, das angeblich hier irgendwo liegen solle. Dann empfiehlt er nachdrücklich, die Flugleitung Tegel anzuweisen, alle Abflüge zu verschieben, bis die Lage am Westende der Startbahn geklärt und unter Kontrolle sei.

Der Vorgesetzte, mit dem er telefoniert, ist offenbar schnell von Begriff und sehr durchsetzungsfähig: Zweimal nur zieht ein weiterer Schleier aus Krach und Abgas über sie hinweg, dann ist Schluss. Der internationale Flughafen Berlin-Tegel hat dicht gemacht. In der Abfertigungshalle werden sich erst Hunderte, dann Tausende von Reisenden stauen, auf die Anzeigetafeln starren und das Personal ihrer Fluglinien beschimpfen. Weitere Hunderte werden in startbereiten Maschinen sitzen und sich fragen, warum es nicht losgehe.

Wenig später ist die Jungfernheide ein Rummelplatz. Tiefstrahler verlängern den Lichtdom des Flughafens nach Westen, in der Helligkeit ist jede Kiefernnadel auf dem Boden erkennbar. Der Feuerwerker, der die zerschossene Fliegerfaust sorgfältig gesichtet und dann mit Mühe, aber in völliger Ruhe entladen und schließlich samt Rakete in einem Spezialfahrzeug verstaut hat, während alle anderen aus sicherer Entfernung gespannt zugesehen haben, schält sich aus seinem keramikverstärkten Keflar-Anzug. Linien von Schutzpolizisten, in grünen Kampfanzügen und bewaffnet mit Maschinenpistolen, durchkämmen das Gelände. Hunde zerren an den Leinen. Einsatzfahrzeuge, Mannschaftstransporter, Rettungswagen, Hundeanhänger, Flutlichtmastwagen, Generatorfahrzeuge stehen kreuz und quer im Wald, wie der Bewuchs es gerade zulässt. Blaulichter flackern.

Würden jetzt Flugzeuge starten, könnten die Passagiere ein interessantes Schauspiel betrachten. Starts sind aber unverändert nicht möglich, denn über der unwirklich anmutenden Szene und damit im Steigwinkel der Flugzeuge hängt wie eine dröhnende Hornisse ein Polizeihubschrauber und tastet mit seinem Wärmebildsensor die dunkle Umgebung ab. Polizisten versuchen, der Zeitungs- und Rundfunkreporter Herr zu werden. Ein Fernsehteam vom RBB trifft ein und sorgt für grellstmögliche Ausleuchtung.

Absperrband ist um den Fundort der Fliegerfaust gezogen. Dahinter hocken die in Overalls gehüllten Marsmenschen der Spurensicherung, bewegen sich langsam, sprechen leise, arbeiten tatsächlich mit Pinzetten und verpacken Fundstücke in Beutelchen. Andere Beamte finden zwischen der Lichtung und der Bernauer Straße erst Bleckwedels Jagdgewehr, dann die fast volle Patronenschachtel und schließlich das Gewehrfutteral. Alles wird fotografiert, verpackt, beschriftet und sichergestellt.

Mit den ersten Einsatzwagen ist ein Oberrat der Schutzpolizei erschienen. Noch bevor der ein Wort gesagt hat, ist schon klar, wer diesen Großeinsatz leitet. Die beiden Beamten, die Bleckwedel festgenommen haben, erstatten Bericht. Der Oberrat nimmt Bleckwedels Personalausweis an sich, lässt die Handschellen lösen und beordert ihn per Kopfbewegung in einen mit zahlreichen Kommunikationsmitteln ausgestatteten Großraumwagen, den Einsatzleitstand. Polizeibeamte schreiben auf Computern, horchen in Funkgeräte und sprechen in Telefone. Bildschirme zeigen, was sich draußen abspielt.

„Kaffee?" „Ja, sehr gern, wirklich." „Setzen Sie sich da hin. Und erklären mir, was hier los war. Vorher geben Sie Ihre Waffenbesitzkarte her und den Waffenschein." „Tja, die Erklärung kommt sofort.

Aber mit den Papieren – das wird ein bisschen schwierig."

Polizisten kommen in den Leitstand, berichten, treten wieder ab. Bleckwedel redet. Neben dem Oberrat sitzt ein Beamter und protokolliert auf einem Laptop. Eine Polizeipsychologin erscheint, setzt sich direkt vor Bleckwedel, beobachtet ihn, hört schweigend zu, macht Notizen. Die Zeit vergeht. Bleckwedel schildert detailliert die ganze Geschichte. Den Täter aber, den er nur schemenhaft im Dunkel gesehen hat, kann er nicht beschreiben. Er gibt jedoch seine Vermutung zu Protokoll, dass im Internet ein Photo existiere, und erläutert den Fundort. Telefone klingeln. Funkgeräte rauschen. Bildschirme flimmern. Unverändert dröhnt der Hubschrauber. Eine Hundertschaft ist angerückt und damit beschäftigt, Tatort-Touristen in Schach zu halten. Ohne energisches Durchgreifen wäre die Bernauer Straße komplett zugeparkt. Der Attentäter wurde noch nicht gefunden.

Als Bleckwedel endlich fertig ist, sagt der Oberrat: „Das ist die unglaublichste Story, die ich jemals gehört habe. Ich glaube Ihnen nur, weil Sie sich Derartiges ja kaum ausgedacht haben können. Oder?" Fragend sieht er die Psychologin an. Die mustert Bleckwedel schweigend, dann nickt sie. Offenbar bewertet auch sie seine schöpferischen Fähigkeiten als überschaubar.

Jetzt wird er von dem Oberrat aufs Korn genommen: „Sie haben sich in große Schwierigkeiten gebracht. Auf einen Menschen haben Sie geschossen! Das wird die Staatsanwaltschaft in diesem Fall wohl als rechtfertigende Nothilfe ansehen. Aber Sie haben es mit einer nicht angemeldeten Waffe getan, und das ist ein dolles Ding! Wo haben Sie die gehabt – im Kleiderschrank? Richtig Ärger wird das geben! Außerdem haben Sie gegen sämtliche Verkehrsregeln dieser Welt verstoßen und einen Auffahrunfall verursacht. Glücklicherweise bietet die Berliner Polizei Bürgern wie Ihnen eine kostenlose erkennungsdienstliche Behandlung an, einschließlich der Abnahme von Fingerabdrücken. Die werde ich jetzt veranlassen. Bevor Sie anschließend aus dem Leitstand klettern, müssen Sie sich übrigens mal kämmen. Da draußen wimmelt es nämlich von Journalisten, und Ihr Gesicht wird morgen jedes Titelblatt und jede Nachrichtensendung zwischen Potsdam und Peking bereichern. Da möchte man doch adrett aussehen! Noch Kaffee?"

Berlin, Alt-Moabit

Am Mittwoch liegt Berlin im Morgengrauen, als der unrasierte und todmüde Bleckwedel im Bundesministerium des Innern sitzt. Das Dienstzimmer der Unterabteilungsleiterin ist groß und nüchtern und bietet einen freien Blick auf die Waschmaschine, wie das Kanzleramt wegen des kreisförmigen Lochs in der Nordfassade von den Berlinern genannt wird.

In einem höheren Stockwerk seines Ministeriums, der sogenannten Lackschuh-Etage, konferiert bereits zu dieser frühen Stunde der Bundesminister des Innern mit den Staatssekretären, den Abteilungsleitern und den Präsidenten der Sicherheitsbehörden. Strategiekonferenz nennen die Oberbosse das, in Wahrheit geht es dort aber um politische Schadenbegrenzung. Und dabei dürfen die Beamten, die hier im Zimmer der Unterabteilungsleiterin warten müssen, trotz ihrer hohen Dienstgrade nicht mithören.

Aber in neun Minuten werden beide Gruppen zur finalen Koordinierungsrunde zusammenkommen. Die soll gewährleisten, dass der Innenminister bei einer kurzfristig einberufenen Pressekonferenz sorgfältig abgestimmte und ganz aktuelle Erklärungen verlesen kann. Die Fragen der Medienvertreter werden nämlich aggressiv sein: Nur das Eingreifen eines bewaffneten Privatmanns habe den Abschuss eines voll besetzten Passagierflugzeugs und dessen Absturz auf die Hauptstadt verhindert? Ein solches Versagen aller Sicherheitsbehörden sei ja wohl unsäglich!

Die Unterabteilungsleiterin mustert die um ihren Besprechungstisch versammelte Runde, die ihr gleich in den Großen Vortragsraum folgen wird.

Rechts neben ihr sitzt militärisch straff ein Leitender Polizeidirektor aus dem Präsidium der Bundespolizei in Potsdam. Daneben ein jovialer Kriminaldirektor des Berliner Landeskriminalamts. Neben diesem, in Maßanzug und leichtem Lavendelduft, ein Hauptkommissar vom Bundeskriminalamt. Dann folgt eine Sprecherin des Verkehrsministeriums, deren mundartlich gefärbten Ausführungen zu entnehmen ist, der Herr Bundesminister für Verkehr, Bau und Stadtentwicklung sei für die Sicherheit des Flugverkehrs ebenso wenig verantwortlich zu machen wie für den Bau von Verkehrsflughäfen. Für was er denn verantwortlich sei, lässt seine Sprecherin offen.

Neben ihr sitzt der Augenzeuge, jener Gewehrschütze, der die ganze Sache ins Rollen gebracht hat, ein gewisser Bleckwedel. Die Schutzpolizei hat ihn mitgebracht; das hat der Unterabteilungsleiterin zwar nicht gepasst, aber die Berliner Polizei lässt sich vom Bundesministerium des Innern nichts verbieten. Noch bevor er ins Büro gekommen ist, hat dieser Mensch Frau Achsen im Vorzimmer gebeten, sein Handy aufzuladen. Ein völlig unmögliches Benehmen, passend zu fehlender Rasur und ungeputzten Schuhen. Und dann hat er auch noch angekündigt, er werde sich unmittelbar nach der Koordinierungsrunde verabschieden, denn er wolle jemanden vom Flughafen Schönefeld abholen. Was bildet der sich ein? Andererseits würden sie ihn zur Pressekonferenz sowieso nicht mitnehmen – weiß Gott, was der da alles ausplaudern würde.

Auf der anderen Seite des Augenzeugen sitzt ein distinguierter Ministerialdirigent aus dem Bundeskanzleramt, der wohl anschließend den Kanzleramts-Chef über den Stand der Ermittlungen informieren soll. Weil er dabei vermutlich Namen nennen wird, muss man hier äußerst vorsichtig sein, das ist der Unterabteilungsleiterin klar.

Dann folgt ein unterkühlt wirkender Oberstleutnant aus der Presseabteilung des Bundesministeriums der Verteidigung. Der und sein Oberst, zur Zeit in der Lackschuh-Etage beim Minister, sind nur hergebeten worden, weil die Sicherheitsbehörden eigentlich einen Terrorakt gegen die gestern eröffnete Ukraine-Konferenz in Bonn erwarten, ausgeführt durch einen Selbstmordattentäter aus der undurchsichtigen Gemengelage von Al Qaida, Taliban, Islamischem Staat, Boko Haram, Abu Sayyaf, al Shabah, Nusra-Front, pakistanischem Geheimdienst ISIS und weiß Gott, was sich da draußen sonst noch herumtreibt. In jenem Gemenge kennt die Bundeswehr sich gut aus, jedenfalls besser als andere Institutionen dieser Republik, denn sie bringt darin die meisten Opfer.

Neben dem Offizier sitzt entspannt und in blauer Uniform eine 'Direktorin beim Polizeipräsidenten Berlin', ihrem hohen Dienstgrad entsprechend mit Schulterstücken in Mattgold. Offenbar gefällt es ihr, dass der unterkühlte Oberstleutnant sie mit 'Frau General' anspricht, jedenfalls unternimmt sie nichts dagegen.

Auf der anderen Seite der hochkarätigen Dame lümmelt, offensichtlich übermüdet, mit Stoppelbart, aufgeknöpfter Uniformjacke und staubigen Schuhen der Oberrat von der Schutzpolizei, der den Einsatz in Tegel geleitet und den Augenzeugen angeschleppt hat und trotz seiner lässigen Haltung ein scharfer Hund zu sein scheint.

Dann sind da noch ein preiswert gekleideter Vertreter des Bundesamtes für Verfassungsschutz sowie eine nett lächelnde Verbindungsbeamtin aus dem Gemeinsamen Terrorismusabwehrzentrum.

Und schließlich, links neben der Unterabteilungsleiterin, ein schweigsamer Mann vom Bundesnachrichtendienst. Der hat beim Eintreten nur undeutlich das gemurmelt, was er als seinen Namen ausgibt, und die Unterabteilungsleiterin wird das Gefühl nicht los, dass dieser BND-Mann und der Augenzeuge sich kennen. Sollte Bleckwedel etwa selbst...? Nun, das wird sich im Lauf des Verfahrens ja wohl herausstellen.

Zur Zeit hockt in ihrem Dienstzimmer jedenfalls eine unnötig aufgeblähte Runde und schlürft den von Frau Achsen aufgetischten Kaffee. Die Unterabteilungsleiterin hält diesen vom Minister angeordneten Großauftrieb für überflüssig. Journalisten haben sich noch nie durch Masse beeindrucken lassen, jedenfalls nicht durch eine Masse von Beamten in einer Pressekonferenz. Aber sie weiß auch, dass es manchen Politikern und Politikerinnen bei Auftritten vor Kameras ein prickelndes Gefühl verschafft, wenn hinter ihnen zahlreiche Unterlinge warten müssen, ob der Boss oder die Bossin etwa eine Frage durchreicht.

Hinter der Unterabteilungsleiterin klopft es, und die Tür wird geöffnet. Sie sagt: „Frau Achsen, drängen Sie doch nicht immer, wir kommen ja schon! Meine Damen und Herren, bitte folgen Sie mir. Die Koordinierungsrunde unter Leitung des Herrn Bundesministers des Innern wird in acht Minuten beginnen.“ Unerwartet sagt eine Männerstimme: „Vorher noch'n paar Infos.“

Die Unterabteilungsleiterin dreht sich auf ihrem Sitz um. Durch die offene Tür kommt Frau Achsen ins Zimmer und klagt: „Ich kann nichts dafür! Der Herr will seinen Vorgesetzten sprechen und lässt sich nicht abweisen.“ Mit beleidigtem Blick schiebt sie Bleckwedel das aufgeladene Handy über den Tisch. Der schaltet es sofort ein, scheint also wirklich ein ungehobelter Bursche zu sein.

In der Tür ragt jetzt ein sportlicher Mittvierziger hoch. „Nordholz. Spurensicherung. Muss meinen Direktor sprechen." Der joviale Kriminaldirektor winkt ihn herein: „Guten Morgen, lieber Herr Nordholz, kommen Sie bitte herein. Was Sie uns bringen, sollte nämlich die ganze Runde mithören. Leider sind alle Stühle besetzt, also ziehen Sie sich doch einfach den Schreibtischsessel da heran..." – die Unterabteilungsleiterin meint, sich verhört zu haben – „...und berichten Sie. Was gibt es denn Neues von der Spurensicherung?"

Nordholz zerrt zügig das Sitzmöbel durchs Zimmer, setzt sich drauf und referiert ohne Notizbuch. „Den Attentäter muss es heftig erwischt haben, an der Fliegerfaust klebt nämlich Blut. A positiv, das gehört in die Pressekonferenz. Es muss auch erwähnt werden, dass der Kerl auf der rechten Seite ein Matschgesicht haben dürfte. Und vielleicht einen gebrochenen Unterkiefer, ebenfalls rechts."

„Das wird sich reinbringen lassen", faucht die Unterabteilungsleiterin den staubbedeckten und unrasierten Beamten an, der tatsächlich auf ihrem sündhaft teuren cremefarbenen Sessel hockt, dieser Stiesel. Sie schaut auf die Uhr. Noch sieben Minuten bis zum Beginn der Koordinierungsrunde mit dem Minister, zu der man sich keinesfalls verspäten darf, wenn man nicht den größten Ärger bekommen will.

„Fingerabdrücke an der Waffe gibt es natürlich nicht. Unser Freund war schlau genug, mit Handschuhen zu arbeiten. Aber die Hunde haben eine Geruchsspur vom Fundort der Fliegerfaust bis kurz vor die Bernauer Straße verfolgt. Wo diese Spur endet, sind Reifenabdrücke nachweisbar, da stand also ein Fluchtauto. Reifen Fulda 215/65, ganz neu. Und es wird noch besser: Wir kennen die Automarke."

„Völlig unglaubwürdig. Wie wollen Sie denn ohne Laboruntersuchung jetzt schon..." setzt der BKA-Mann an, wird aber durch Nordholz abgewürgt: „Als die beiden Streifenbeamten hinter dem Uralt-Alfa anhielten, fiel ihnen ein SUV auf, der aus der Jungfernheide auf die Straße kletterte, erst dort das Licht einschaltete und dann nach Norden davonfuhr. Dessen Reifeneindrücke führen zum Endpunkt der Geruchsspur, das war also der Fluchtwagen. Audi Q3, dunkelbraun metallic, Nummernschild HRO für Hansestadt Rostock, Rest unbekannt. Fahndung läuft. Marke, Farbe und Nummer müssen in der Pressekonferenz erwähnt werden. Und da ist noch was: Fußabdrücke am Fundort der Fliegerfaust." Bleckwedel staunt: „Auf dem harten Boden dort?" „Die Jungs von der Spurensicherung haben es einfach drauf..." – Seitenblick auf die goldbetresste Direktorin – „...und die Frauen genauso." „Die Schuhmarke haben Sie natürlich nicht", vermutet die Unterabteilungsleiterin und schaut auf die Uhr: Noch sechs Minuten.

„Sicher doch." „Ach ja? Verraten Sie sie auch?" „Gern." „Und? Wir hören!" „Converse. Sneakers von Converse." „Sneakers?" „Japp." „Sie meinen ja wohl Sportschuhe!" „Jawohl, Sportschuhe." „Weiter, wir haben es eilig." „Das Schönste kommt gleich." „Kommen Sie endlich zum Schluss, Herr..., Herr..." „Nordholz." „Herr Nordholz. Wir müssen nämlich rübergehen. In fünf Minuten beginnt die Koordinierungsrunde mit dem Herrn Bundesminister, wie selbst Ihnen langsam klar sein müsste!" „Schon klar. Die Schuhgröße."

Jetzt kann die Sprecherin des Verkehrsministeriums nicht mehr an sich halten: „Können Sie auch in ganzen Sätzen sprechen?" Und der Leitende Polizeidirektor von der Bundespolizei blafft los: „Was soll denn an der Schuhgröße so schön sein, Mann? Nennen Sie sie einfach! Und lassen Sie sich nicht jedes Wort aus der Nase ziehen, verdammt noch mal! Was glauben Sie eigentlich, wen Sie hier vor sich haben, was?" Daraufhin wird der joviale Kriminaldirektor ungemütlich: „Ich darf doch wohl bitten! Herr Nordholz untersteht nicht der Bundespolizei. Und ausgerechnet das Verkehrsministerium hat hier überhaupt nichts zu melden." Von der Höhe seiner Besoldungsstufe pariert der Leitende Polizeidirektor: „Nun seien Sie mal nicht so empfindlich!" Und die Unterabteilungsleiterin rächt sich für ihren Schreibtischsessel: „Landesbeamte haben sich zu Kompetenzen von Bundesministerien gefälligst nicht zu äußern!" „Meine Damen und Herren. Wir werden hier bitte ergebnisorientiert zusammenwirken. Herr Nordholz, wir hören Ihnen weiter zu." Das nun war die höchste anwesende Besoldungsstufe, ihre goldbetresste Besitzerin lehnt entspannt im Sessel, und die anderen greifen zu den Kaffeetassen.

Nordholz hat keinen Kaffee. Trocken informiert er: „36." Lavendel fragt: „Was?" „Schuhgröße, was dachten denn Sie." Der Oberrat von der Schutzpolizei lacht, sagt aber nichts. Die nette Verbindungsbeamtin aus dem Gemeinsamen Terrorismusabwehrzentrum hört auf, nett zu lächeln, und urteilt: „Unsinn!“ „Was soll denn daran Unsinn sein?“ „Hören Sie mal, Herr Nordholz, Sie scheinen ja wohl keine Kinder zu haben, oder? 36 ist die Schuhgröße meiner Tochter, und die ist erst 14 Jahre alt. Kein Mann hat Schuhgröße 36!“ Nordholz nickt zustimmend, schaut in die Runde und sagt: „Eben.“

Eine Kaffeetasse klappert. Alle sehen den Beamten an. Jemand räuspert sich. Der schweigsame BND-Mann zieht die Brauen hoch: „Was wollen Sie denn *damit* sagen? Glaubt das LKA etwa, der Terrorist sei...?“ Er bricht ab und schweigt weiter. Die Unterabteilungsleiterin guckt aufs Handgelenk. 06:56 Uhr. Noch vier Minuten. Sie müssen jetzt wirklich los.

Zunächst aber sagt der preiswert gekleidete Verfassungsschützer: „Eine Frau? Das wäre ja mal ganz was Neues!“ Der distinguierte Ministerialdirigent aus dem Bundeskanzleramt zupft an seinem Einstecktuch: „Aber wieso denn, junger Mann? Frauen machen manchmal die wildesten Sachen, denken Sie nur an Lukrezia Borgia. Oder wissen Sie etwa nicht, wer das war?“ Die entspannte Direktorin ermuntert ihn: „Diese Auffassung dürfen Sie bei Gelegenheit gern der Frau Bundeskanzlerin vortragen.“ Endlich antwortet Nordholz dem Verfassungsschützer: „Natürlich glaubt niemand, dass der Attentäter eine Frau sei. Aber wir haben damit ein prima Erkennungszeichen. Ein Mann mit Schuhgröße 36. Verdammt selten! Guter Punkt für die Pressekonferenz.“ Es ist Punkt 06:57 Uhr. Noch drei Minuten.

Der Minister und die anderen Oberbosse werden gleich im großen Vortragsraum erscheinen und sich sehr wundern. So sind schon zahlreiche Karrieren abgestürzt, ohne dass die Betroffenen wussten, wie ihnen geschah. Die Unterabteilungsleiterin kommt lieber nicht zu spät. Sie erhebt sich und geht zur Tür. Hinter ihrem Rücken hört sie Nordholz sagen: “Noch was.“ An der Tür angekommen, dreht sie sich um. Der Beamte bringt aus seiner Jackentasche einen Plastikbeutel und zwei Gummihandschuhe zum Vorschein. Die Handschuhe zieht er an. Die Uhr zeigt 06:58.

Aus dem Beutel fischt Nordholz ein goldenes Halskettchen. „Dies Ding muss der Täter getragen haben, und als der Einschlag ihm die Fliegerfaust an Hals und Unterkiefer knallte, ist es zerrissen und mit der Waffe auf den Boden gefallen. Von solch einem dünnen Kettchen sind natürlich keine brauchbaren Fingerabdrücke zu gewinnen, aber das ist nicht weiter tragisch, denn wir haben noch mehr entdeckt.“ Die Unterabteilungsleiterin hat die Finger auf der Klinke. Sie drängt: „Nun aber los!“ Es ist 06:59 Uhr.

Nordholz fischt schon wieder in seinem Tütchen. „Und davon konnten wir sogar sehr deutliche Fingerabdrücke nehmen. Ein Medaillon, das an dem zerrissenen Kettchen gehangen hat! Als wir es unter der Fliegerfaust fanden, war eigentlich schon klar, was innen zum Vorschein kommen musste: Winzige arabische Schriftzeichen, was denn sonst. Es ist aber etwas völlig anderes. Sieht aus wie der Schmuckgiebel eines uralten und sehr großen Hauses. Niemand weiß, wo das ist. Sie vielleicht?“

Er steht auf, öffnet das kleine Schmuckstück und hält es vor die Brust. Alle erheben sich und lassen der Direktorin den Vortritt. Man versammelt sich um den Kripobeamten. Die Unterabteilungsleiterin kommt von der Tür zurück. Sie fürchtet, dass in diesem Augenblick ihre Karriere endet. Es ist 07:00 Uhr.

Auf dem Tisch vibriert Bleckwedels Handy. Nanu, ein Anruf, um diese Uhrzeit? Sollte etwa Eva schon gelandet sein und sich fragen, wo er bleibt? Er greift zum Gerät und will den Namen des Anrufers entziffern, erkennt aber nur eine Festnetznummer mit Potsdamer Vorwahl. Gleichzeitig hört er Nordholz sagen: „Der Mann, dessen Fingerabdrücke am Medaillon haften, ist über die Datei identifiziert worden.“

Bleckwedel blickt hoch und hebt das Handy ans Ohr. Er sieht genau in die Augen des Polizisten.

Und er hört die Stimme der netten älteren Dame aus der Erdgeschosswohnung seines Hauses: „Hallo? Herr Bleckwedel? Um Himmels Willen, wo bleiben Sie denn bloß! Sie wollten doch gestern schon nach zwei Stunden zurück sein und Gerti wieder abholen. Eben war ich mit dem Hundchen beim Gassigehen, und wissen Sie was? Dabei habe ich vor der Haustür eine junge Frau getroffen. Die will unbedingt zu Ihnen, weil sie wohl Hilfe braucht. Sie hat mir Ihre neue Handynummer gegeben, denn sie selbst kann nicht sprechen, mit den ganzen Verbänden um Hals und Kopf und den ausgeschlagenen Zähnen im rechten Unterkiefer. Was mag der Ärmsten nur passiert sein? Jetzt ist sie jedenfalls in Sicherheit, Gott sei Dank! Sie liegt hier auf meinem Sofa.“

Carola Hartmann Miles-Verlag

Politik, Gesellschaft, Militär

Uwe Hartmann, *Innere Führung. Erfolge und Defizite der Führungsphilosophie für die Bundeswehr,* Berlin 2007.

Hans Joachim Reeb, *Sicherheitskultur als kommunikative und pädagogische Herausforderung – Der Umgang in Politik, Medien und Gesellschaft,* Berlin 2011.

Hans-Christian Beck, Christian Singer (Hrsg.), *Entscheiden – Führen – Verantworten. Soldatsein im 21. Jahrhundert,* Berlin 2011.

Eberhard Birk, Winfried Heinemann, Sven Lange (Hrsg.), *Tradition für die Bundeswehr. Neue Aspekte einer alten Debatte,* Berlin 2012.

Angelika Dörfler-Dierken, *Führung in der Bundeswehr,* Berlin 2013.

Cornelia Fedtke, Kai-Uwe Hellmann, Jan Hörmann, *Migration und Militär. Zur Integration deutscher Soldaten mit Migrationshintergrund in der Bundeswehr,* Berlin 2013.

Wolf Graf von Baudissin, *Grundwert Frieden in Politik – Strategie – Führung von Streitkräften,* hrsg. von Claus von Rosen, Berlin 2014.

Wolf Graf von Baudissin, *Der Widerstand. „… um nie wieder in die ausweglose Lage zu geraten…“,* hrsg. von Claus von Rosen, Berlin 2014.

Marcel Bohnert, Lukas J. Reitstetter (Hrsg.), *Armee im Aufbruch. Zur Gedankenwelt junger Offiziere in den Kampftruppen der Bundeswehr,* Berlin 2014.

Phil C. Langer, Gerhard Kümmel (Hrsg.), *„Wir sind Bundeswehr.“ Wie viel Vielfalt benötigen/vertragen die Streitkräfte?,* Berlin 2015.

Reihe: Jahrbuch Innere Führung

Uwe Hartmann, Claus von Rosen, Christian Walther (Hrsg.), *Jahrbuch Innere Führung 2009. Die Rückkehr des Soldatischen,* Eschede 2009.

Helmut R. Hammerich, Uwe Hartmann, Claus von Rosen (Hrsg.), *Jahrbuch Innere Führung 2010. Die Grenzen des Militärischen,* Berlin 2010.

Uwe Hartmann, Claus von Rosen, Christian Walther (Hrsg.), *Jahrbuch Innere Führung 2011. Ethik als geistige Rüstung für Soldaten,* Berlin 2011.

Uwe Hartmann, Claus von Rosen, Christian Walther (Hrsg.), *Jahrbuch Innere Führung 2012. Der Soldatenberuf zwischen gesellschaftlicher Integration und suis generis-Ansprüchen,* Berlin 2012.

Uwe Hartmann, Claus von Rosen (Hrsg.), *Jahrbuch Innere Führung 2013. Wissenschaften und ihre Relevanz für die Bundeswehr als Armee im Einsatz,* Berlin 2013.

Uwe Hartmann, Claus von Rosen (Hrsg.), *Jahrbuch Innere Führung 2014. Drohnen, Roboter und Cyborgs – Der Soldat im Angesicht neuer Militärtechnologien,* Berlin 2014.

Einsatzerfahrungen

Kay Kuhlen, *Um des lieben Friedens willen. Als Peacekeeper im Kosovo,* Eschede 2009.

Sascha Brinkmann, Joachim Hoppe (Hrsg.), *Generation Einsatz, Fallschirmjäger berichten ihre Erfahrungen aus Afghanistan,* Berlin 2010.

Artur Schwitalla, *Afghanistan, jetzt weiß ich erst… Gedanken aus meiner Zeit als Kommandeur des Provincial Reconstruction Team FEYZABAD,* Berlin 2010.

Uwe Hartmann, *War without Fighting? The Reintegration of Former Combatants in Afghanistan seen through the Lens of Strategic Thought*, Berlin 2014.

Rainer Buske, *KUNDUZ. Ein Erlebnisbericht über einen militärischen Einsatz der Bundeswehr in AFGHANISTAN im Jahre 2008*, Berlin 2015.

Erinnerungen

Blue Braun, *Erinnerungen an die Marine 1956–1996,* Berlin 2012.

Harald Volkmar Schlieder, *Kommando zurück!,* Berlin 2012.

Reinhart Lunderstädt, *Aus dem Leben eines Hochschullehrers. Persönlicher Bericht,* Berlin 2012.

Wulf Beeck, *Mit Überschall durch den Kalten Krieg. Mein Leben für die Marine,* Berlin 2013.

Jan Becker, *Aufgewühltes Wasser,* 3 Bde., Berlin 2014.

Heinz Dietrich Minkewitz, *An einem Sonnabend im Oktober,* Berlin 2014.

Klaus Grot, *So war's, damals. Dienstchronik eines Pionieroffiziers im Kalten Krieg 1954–1991,* Berlin 2014.

Gustav Lünenborg, *Bürger und Soldat. Innere Führung hautnah 1956–1993, 1993–2015,* Berlin 2015.

Reihe: Standpunkte und Orientierungen

Daniel Giese, *Militärische Führung im Internetzeitalter – Die Bedeutung von Strategischer Kommunikation und Social Media für Entscheidungsprozesse, Organisationsstrukturen und Führerausbildung in der Bundeswehr,* Berlin 2014.

Dirk Freudenberg, *Auftragstaktik und Innere Führung. Feststellungen und Anmerkungen zur Frage nach Bedeutung und Verhältnis des inneren Gefüges und der Auftragstaktik unter den Bedingungen des Einsatzes der Deutschen Bundeswehr,* Berlin 2014.

Uwe Hartmann (Hrsg.), *Lernen von Afghanistan. Innovative Mittel und Wege für Auslandseinsätze,* Berlin 2015.

Fouzieh Melanie Alamir, *Vernetzte Sicherheit – Quo Vadis?,* Berlin 2015.

Uwe Hartmann, *Hybrider Krieg als neue Bedrohung von Freiheit und Frieden. Zur Relevanz der Inneren Führung in Politik, Gesellschaft und Streitkräften,* Berlin 2015.

Romane

Christoph Karich, *Bewährung im Grünen Meer,* Berlin 2009.

Robert B. Thiele, *Die Treuhänderin,* Berlin 2012 (als Taschenbuch 2013 erschienen mit dem Titel "Der General").